夢をかなえるゾウ4

ガネーシャと死神

水野敬也

文響社

インドの国の遥《はる》か上空の雲の上に、二つの人ならざるものが鎮座《ちんざ》していた。

ふがぁと大きなあくびをした方は、ぽっこりとふくらんだお腹をさすりながらつぶやいた。

「神様、辞《や》めよかなぁ」

すると、隣《となり》から冷静沈着な声が聞こえた。

「これはまた、どうしてですか」

大きな腹の神は、四本ある人差し指の一つを鼻の穴に突っ込みながら答えた。

「ぶっちゃけた話、マンネリなんよねぇ。結局、神様の業務って同じことの繰り返しやん？　神様って、究極のルーティン・ワーカーみたいなとこあるやん？」

隣の者は、穏《おだ》やかな微笑《ほほえ》みを浮かべて言った。

「あれはどうなさったのですか？　最近、よくおっしゃっていたじゃないですか。『人間の夢かなえたるの、マイブームやねん』と」

「ああ、あれな……」

大きな腹の神は、鼻から出てきた汚いものが予想以上に大きかったので目を丸くしたが、すぐにほくそ笑んだ。そして、座っている位置を徐々に隣の者に近づけていき、その体にこっそりと汚物をなすりつけながら言った。

「あれ、飽《あ》きてきてんな。結局、人間の夢なんて『お金持ちになりたい』とか『魅力的な異性と付き合いたい』とか『自分の名前が残るような仕事がしたい』とか、そんなんばっかで、全然バラエティに富んでへんやん」

そして大きな腹の神は、笑っているのを悟《さと》られぬよう、隣の者に背を向けて横になった。

ちなみに、隣の者は自分の体につけられた巨大な鼻クソのことを、もちろん知っていた。

彼は、鼻クソを静かに指に移すと、目にも止まらぬ速さで元の持ち主の尻につけた。それから、下界を指差して「あ！」と言った。

「なんや？」

大きな腹の神は、気になって体を起こした。

そのとき、大きな腹の神の尻の下で鼻クソが押しつぶされ、こびりつくことになった。

その様子を見て満足そうにうなずいた隣の者は、薄《う》っすらと開けた目を遥か彼方《かなた》の地上に向け、東方の島国に住む人物に目をとめて言った。

「ガネーシャ様、あの者の夢なんてどうですか?」

大きな腹の神、ガネーシャもその方向に目をこらした。それから、ゆっくりとアゴをさすりながら言った。

「あれは……ちょっと面白《おもろ》そうやな」

夢をかなえるゾウ　4

～ガネーシャと死神～

1

「うぐぉっ」

空から何かが落ちてきた衝撃で目を覚ますと、娘の晴香《はるか》が両手で布団を叩きながら言った。

「起きて！　起きて！　お・き・てっ！」

——僕の朝は、晴香のフライングボディプレスで始まる。

保育園児にありがちな一切躊躇《ちゅうちょ》のないジャンプと日々の体重増加によって、晴香のボディプレスは日増しに威力が強まっていた。このまま彼女が攻撃力を高めていけば、いつか寝起きにアバラ骨の二、三本は持っていかれるかもしれない。

（あり、だな）

上着の中に両膝を収め床を転がるという、謎の動きを始めた晴香を見つめながら思った。

（今はこうして毎朝起こしに来てくれるが、そのうち「パパの布団、超くさい」とか言って、近づくことすらしてくれなくなるかもしれない。だとしたら二、三本と言わず、全アバラを持っていくがいいさ！）

そんなことを考えている僕の目の前で、晴香は、まるで僕なんてこの世界に存在していないかのように夢中で床の上を転がっていた。

「晴ちゃん、さっきからしてるそれは何？」

たまらなくなってたずねると、晴香は満面の笑みで答えた。

「ダンゴロウ！」

ダンゴロウというのは、晴香が保育園の帰り道で見つけて持ち帰ったダンゴムシの名前だ。今はリビングルームに置いてある虫カゴの中にいるが、晴香はよくご飯をあげ忘れるので、妻の志織《しおり》が拾ってきた枯れ葉を入れている。

晴香は、ふくらんだ上着から出している顔をこちらに向けて言った。

「パパも、ダンゴロウやって」

「ああ、いいとも」

ベッドから降りた僕は、晴香がしているように、上着の中で両膝を抱えて転がった。

お、おお……足が固定されていることで体の向きをコントロールできない感覚——これは意外に面白いぞ。

僕が晴香にぶつかっていくと、晴香もきゃはは！　と笑いながらぶつかり返してきた。

こうして僕と晴香が部屋の中で転がっていると、すぐ目の前に、白くて細い足首が現れた。顔を上げると、そこには志織が立っていて、僕たちを見下ろして言った。

「早く朝ご飯食べにこないと、全部ダンゴロウにあげちゃうよ?」

＊

我が家の食卓は、狭《せま》い。

他の部屋も決して広いわけではないけれど、ダイニングルームはキッチンを含めても四畳ほどだ。食器棚に小さなテーブルをくっつけて、晴香と志織の対面に僕が座っている。

朝食は昨晩に引き続きカレーだった。でも、志織はカレーが続くと味を変えてくれるので全然気にならない。しかも今朝のカレーには僕の好きな納豆が入っていて、トマトやキュウリ、枝豆など、旬の野菜がふんだんに使われたサラダが添えられていた。

「いただきます」

両手を合わせてからスプーンを手に取り、カレーを口に運ぶ。

(う、うまい!)

カレーの香りが納豆のくさみを消し、納豆の味がカレーの辛さをまろやかにするという絶妙なハーモニーは、まさに理想の夫婦のあり方を表しているると言えるだろう。

ただ、そんなことを考えながらも、

(おいしいご飯を、いつもありがとう)

という言葉を今日も口にすることができない。僕の悪い癖《くせ》だ。晴香のことは自然に褒《ほ》められるのだけれど、学生時代からの付き合いになる志織には、どうしても照れてしまう。

(男は言葉ではなく行動で語るものだ)と心の中で言い訳しながら、カレーを猛烈な勢いでかき込んで額《ひたい》に汗を溜めていると、志織が心配そうな顔で言った。

「そんなに勢いよく食べて大丈夫? 今日、病院に行く日でしょう」

志織から体調の心配をされるのは不思議な気分だ。ホルモンを作る臓器に持病を持つ志織は体調を崩しがちで、彼女の体を気遣《きづか》うのはいつも僕の役目だった。

「念のためにした再検査だし、これだけ食欲があったら心配いらないよ」

笑いながら返すと、口の周りに大量のカレーをひっつけた晴香が言った。

「パパ、病院でちっくんするの?」

注射のことをちっくんと呼ぶ晴香に向かって僕は、

「ちっくんしないよ」

と言って続けた。

「お医者さんに体の中を調べてもらったんだけど、パパは晴香のことが好きすぎて、胸に穴が開きそうになっちゃったみたいなんだ」

そして、大げさな動きで胸を押さえると、

「何それ」

晴香はつまらなそうな顔で食事に戻っていった。

（ツッコミのリアクションとしては、完璧だな……）

愛情表現をスルーされた悲しみは娘のコミュニケーション能力の成長だと解釈して乗り越えたが、晴香の皿の端にスルーできないものを見つけた。

「だめじゃないか晴香。ちゃんとピーマン食べないと」

真面目な雰囲気に切り替えて注意すると、

「だって、まずいんだもん」

と即答された。

僕は、

「そんなことないよ。ピーマンおいしいよ」

と自分の皿のピーマンをスプーンですくって口に入れ、

「おいしい！　ピーマンってこんなにおいしいんだ！　しかも栄養があるなんて最高の食べ物じゃないか！」

わざとらしく言ってみたが何の反応もなかったので、

「晴ちゃんのピーマン、もらっちゃおうかな」

とスプーンを伸ばすと、「いいよ」とそっけなく言われてしまった。

こうして打つ手をなくした僕は、ひたすら自分の皿のピーマンを口に運ぶしかなかったている。


が、志織の声に手を止めた。

「晴ちゃん、見て」

僕もそちらに視線を向けると、晴香のピーマンの表面にゴマが置かれて顔の模様ができている。


志織は声色を変えて言った。

「お肉さんもニンジンさんも晴ちゃんのお口に入れてもらえたのに……僕だけ入れてもらえないのは寂《さび》しいよぅ」

すると晴香は一瞬で悲しそうな表情になり、

「ごめんねぇ」

と言いながらスプーンでピーマンをすくって口の中に入れた。

(す、すごい……)

相変わらずの誘導の上手さに感動し、

(今こそ志織を褒めるタイミングだ!)

と口を開こうとしたが、
ゴホッ、ゴホホゥッ!

飲み込もうとしたピーマンを喉《のど》につまらせてしまった。

すると晴香が僕の顔を見て、きゃははは! と笑い出した。

最初は何がおかしいのか分からなかったが、志織が言った。

「パパ」

「何？」

「緑色の鼻毛が出てる」

「え……」

あわてて鼻に手をやると固形物の感触があった。ピーマンだ。志織がたまりかねて噴《ふ》き出すと、僕も笑うしかなかった。ただ、笑っているうちに本当に楽しくなってきて、僕たち三人は声を上げて笑った。

――我が家の食卓は、狭い。

でも、その場所には、いつも笑い声が満ちあふれていた。

＊

エアコンの調子が悪いのだろうか。七月も下旬に差し掛《か》かった朝の通勤電車の車内は、すし詰めになった乗客たちの熱気であふれ返っていた。

少しでも楽な体勢を取ろうと、ぎりぎり届きそうな位置にあるつり革に向かって汗ばんだ手を伸ばすと、窓上広告のコピーが目にとまった。

「あなたの夢は何ですか？」

クレジットカード会社の広告だった。続く文章には、

「今すぐ夢をかなえられるプレミアムなカードがあります」

と書いてある。

（僕の夢……）

伸ばしていた手をいったん止め、窓の外に視線を向けた。そこには、いつもと変わらぬ住宅地の景色が広がっている。

僕は、心の中でつぶやいた。

（僕の夢は――これからもずっと、この景色を見続けることだ）

自宅マンションを三十年ローンで購入した僕は、これから何百回、何千回と、乗車率が180％の通勤電車の窓からこの景色を眺《なが》めることになるだろう。

でも、いつも同じように流れる川の水が地域住民の生活を支えるように、この変わらない景色を見続けることが、家族の成長を支えてくれる。

もちろん、楽なことばかりではないはずだ。

志織は体調を崩しがちだからいつも気遣う必要があるし、遠出《とおで》が苦手なので家族で行け

る場所も限られる。

晴香は——本当に可愛くて愛嬌《あいきょう》のある女の子だけれど——髪《かみ》がものすごい天然パーマだ。今の保育園では問題なくやっているようだけど、小学校に上がったときクラスメイトにからかわれて、学校に行くのが嫌になってしまうかもしれない。思春期になったら、自分の髪の毛ごと僕のことが嫌いになってしまう可能性だってある（くせ毛は明らかに僕からの遺伝だ）。

でも、それ以上に、想像もつかないような素晴らしい出来事が待っているだろう。

晴香は将来、どんな職業に就くだろうか。今は「パティシエになりたい」と言っているが、三か月前は「おにぎりになりたい」と言っていた。料理と料理人の境界線すら持たない彼女の将来は、本当に見当もつかない。

そして、未来は、子どもたちだけのものじゃない。

目覚ましい速さで進化を続ける医療テクノロジーは、志織の病気を治してくれるかもしれない。もともと行動力のある彼女が自由を手に入れたら、我が家の生活スタイルも大きく変わるだろう。

そんな未来を——素晴らしい未来の可能性を——一つでも多くこの手でつかむために、毎日、変わらない景色を見続けること。

それが、僕の夢だ。

そして僕は、クレジットカード会社の広告の手前にあるつり革に向かって、力強く手を伸ばした。

＊

会社を早めに出て病院に来た僕が、待合室で必死に考えていたことは、

(自宅にある消耗品《しょうもう》で切れかけているものは何か)

ということだった。

駅から病院に来る道の途中に100円ショップを見つけたのだ。何が切れかけているかは志織にLINEで聞けば確実なのだけれど、

「サランラップ、切れそうだったから買っといたよ」

というさりげなさこそが、妻を喜ばせる最高のサプライズだと言えるだろう。

そういうわけで、麦茶のティーバッグや調味料、ゴミ袋などの日用品の残量を、記憶を頼りにメモしていたところ、受付で自分の名前が呼ばれたので立ち上がった。

担当医師は灰色の髪をした恰幅《かっぷく》のいい男性で、素足に健康サンダルを履《は》いた足元からは、やる気のなさが漂っているように感じられた。

彼はゆったりした動きでパソコンの画面をこちらに向けると、淡々とした口調で話し始

めた。

最初は普通に聞こえていた言葉が、病状について話し始めたころから聞き取りづらくなった。医師の口は同じ調子で動いている。ただ、遠くで話しているように感じて、声が耳に入ってこないのだ。

医師の言葉に反応できたのは、病状を家族へ伝えるかどうか聞かれたときだった。

「あ……」

口から声を漏《も》らした僕は、

「家族には、何も言わないでください」

とだけ言った。自分でもやっと聞き取れるくらいの、小さな声だった。

診察が終わり部屋を出た僕は、一番近くの椅子《いす》に倒れ込むように腰を下ろした。

(一体何が起きたんだ?)

状況が飲み込めず、しばらくの間、呆然としていた。

次に感じたのは、怒りだった。突然、猛烈な怒りが込み上げてきた。

(何なんだあの医者は? こんなに大事なことを、まるで風邪の診察でもしているような雰囲気で話していたぞ。あんな態度の医者にまともな診察ができるわけない。セカンドオピニオンがどうとか言っていたけれど、あれなんてまさに自分の診断に自信がないことの裏返しじゃないか)

そして、僕は自分に何度も言い聞かせた。

(大丈夫だ……。体調はいつもと変わりないんだし、何かの間違いに決まってる。大丈夫だ……大丈夫だ……)

しかし、そう思えば思うほど、自分が不安を感じているという事実だけが強く意識させられた。

僕は立ち上がった。この場でじっとしていたら頭がおかしくなりそうだ。

ただ、そのとき、待合室に座っている人たちのほとんどが老人であることに気づいた。

(どうして僕が……)

人生の終盤に差し掛かっているこの人たちならまだしも、僕のような若い人間が残り三か月の命だなんて、そんなことあっていいはずがない。

(うっ……)

逆流してきた胃液を押しとどめようと、手で口をおさえた。

トイレに向かって歩き出したが、スポンジでできた床を踏んでいるような感覚だった。

それでもなんとか足を進めてトイレに入り、奥の個室の扉を閉めた。

便座に腰を下ろすと、体がガクガクと震え始めた。まるで真冬の雪山にいるような寒さを感じて両腕を抱えるようにつかんだが、震えは増すばかりだった。

(もし、あの医者の言っていたことが本当だったとしたら……)

僕は、自分の中にある医学の知識を必死に手繰《たぐ》り寄せ、医師の言葉を否定しようとした。

（そういえば、医師は実際の余命よりも短く宣告すると聞いたことがあるぞ。余命一年と宣告したのに半年で亡くなったら医師の責任が問われるからだ。だから三か月というのは医師がついたウソで……）

そこまで考えた僕は、

（仮に余命が三か月じゃなくて半年や一年だったとしても、それが何の慰《なぐさ》めになるというんだ――）

不安に耐えられなくなった僕は、とにかく誰かと話したくてスマートフォンを取り出した。

ディスプレイに電気が灯《とも》ると、待ち受け画面に設定してある晴香と志織の笑顔の画像が目に飛び込んできた。

その瞬間、みるみるうちに両目に涙が溜まってきた。泣くのをこらえようとまぶたを閉じたが、その拍子に涙があふれて頰《ほほ》を伝った。

「ああっ……ああっ……」

僕は嗚咽《おえつ》しながら思った。

僕の命が残りわずかなのだとしたら、家族はどうなってしまうんだ？

家のローンは？　晴香と志織の生活は？

こんなことが起きるなんて夢にも思っていなかった僕は、生命保険に入っていない。両親を頼ろうにも、志織との結婚に反対されたことをきっかけに疎遠になってしまい、十年近くまともに連絡を取っていなかった。

(晴香が生まれたとき、実家に行っておくべきだった)

母には電話で伝えたが、父と顔を合わせると間違いなく口論になると思った僕は、実家に戻って報告するのを止めたのだ。

(僕は、これからどうすればいいんだ……)

自分の体を抱えるようにして、その場でうずくまった。そうすること以外、何をすればいいのかまったく分からなかった。


それから、どれくらいの時間が経っただろう――。

とてつもなく長い時間のようにも感じられたし、ほんの数分かもしれなかった。

個室の扉の向こうから切羽詰《せっぱつ》まった男の声が飛び込んできて、ハッと我に返った。

「先生、本当のことを教えてください！　私の病状はどうなっているんですか⁉」

「……ほんまに言うてもええんやな？」

関西なまりで確認する先生に向かって、男は懇願《こんがん》するように言った。

「私はどんな診断でも受け入れる覚悟があります。だから、本当のことを教えてください！」

　すると、先生はしばらく黙ったあと、

「分かった。ほんなら言うで」

　と深刻な口調で語り出した。

「自分の体には悪性の腫瘍《しゅよう》があって全身に転移してもうてる。手術の施《ほどこ》しようもあれへん」

「そ、そんな――」

　患者の男がその場に崩れ落ちる姿が目に浮かんだ。なぜなら彼の診断は、僕に下されたものとほとんど同じ内容だったからだ。息をのみながら会話の続きに集中すると、絶望に満ちた患者の声が続いた。

「……私はあと、どれくらい生きられるんですか？」

　すると先生は、

「せやなぁ」

　と言って続けた。

「犬で言うと二十日《はつか》くらいやな」

「は？」

「セミで言うと七、八時間や」

「せ、先生……」

「ただ、安心しいや。もし自分が縄文杉やったらあと五十年は生きられるで」

「あの……」

「何や?」

「言いたいことは山ほどあるのですが……私は、縄文杉ではありません」

「せやな。自分は縄文杉ちゃうな。縄文杉は鹿児島県屋久島《やくしま》に自生する、縄文時代から生《は》えてると噂される樹齢の長い杉の木やもんな。ただ、ワシは患者さんにいつも言うてんねん。『あきらめたらあかん』て。『最後の最後まで生きる望みを捨てたらあかん』て。せやから、ここでもういっぺん考えてみよ。自分はほんまに、縄文杉ちゃうんか? 縄文杉との共通点ちゅうか、縄文杉的なとこ、ないんか?」

「縄文杉的なとこ……?」

「せやから、小学生のときのあだ名が『縄文杉』やったとか、『お前、縄文杉かよ』って言われがちやとか……ちなみに、自分、『もののけ姫』観た?」

「『もののけ姫』は観ました」

「ええやん。『もののけ姫』の舞台は屋久島の森なんやで。自分、これで一歩、縄文杉に近づいたやん」

何なんだ――。

この人たちは一体、何の話をしているんだ――。

あまりの意味不明さに呆気《あっけ》に取られたが、すぐに怒りの感情がわき上がってきた。

僕がこんなにも苦しんでいるというのに、こいつらは病院のトイレで何をふざけているんだ⁉

怒りに駆られた僕は、連中の顔を一目見てやろうと扉を開いたが、

(え――)

目に飛び込んできた光景に、思わず扉を閉めた。

(な、何だったんだ、今のは――)

震える手をもう一度ドアノブに伸ばした。ごくりと唾《つば》を飲み込んで慎重に扉を開き、隙《すき》間《ま》から外の様子をうかがい見る。

先ほどの光景は、見間違いではなかった。

手前にいるベレー帽をかぶった細身の男は、正直、どこにでもいそうな人だった。

問題は、その奥にいるやつだ。

そいつは、なんと、ゾウだった。

着ぐるみと呼ぶにはあまりにも精巧な作りをした白衣姿のゾウが、長い鼻を振り回しながら話していたのだ。

口をあんぐりと開けている僕の目の前で、彼らの奇妙なやりとりは続けられた。

白衣姿のゾウが言った。

「もうこの際、『杉』の字が入ってたらええってことにしようや。自分、杉並区に引っ越したらどうや?」

するとベレー帽の男は、堪忍袋《かんにんぶくろ》の緒《お》が切れたように言った。

「さっきから何なんですか、めちゃくちゃなことばかり言って! あなた、本当に医者なんですか!?」

するとゾウは言った。

「ワシは医者や。正真正銘《しょうしんしょうめい》の医者やで」

そしてゾウは叫んだ。

「ただ、医者は医者でも、ガネ医者ですけど！」

それから二人は、

「はい！　オーマイゴッド！」

と声を合わせてハイタッチをすると、突然、僕の方に顔を向けてきた。

（き、気づかれてた――）

僕は恐怖でその場に固まったが、二人の顔はなぜか異常なまでのキメ顔であり、そのことがさらに恐怖を増幅させることになった。

しばらくの間、その顔のまま静止していたゾウは、目をぱちくりさせて言った。

「あれ……？　全然ウケてへんで」

ベレー帽の男もうなずいて言った。

「そのようですね」

「なんで？」

「私にも分かりません。ただ、唯一分かっているのは――ラストの『ガネ医者ですけど！』のタイミングがあまりにも完璧だったということです」

「いやいや、それを言うたら自分の『私は、縄文杉ではありません』の言い方、秀逸《しゅういつ》やったで。改めて言うまでもない明白な事実をあえてサラッと口にする。簡単なようでいて、なかなかできへん高等テクニックや。ワシ、あんときコント中断してホメよかなて思たもん」

「そう言っていただけると光栄です」

「となると、ますますウケへん理由が見当たらへんな。病状聞いてショック受けてるやろうから笑かして元気づけたろ思たのに……。やっぱりあそこやろか。『セミで言うと七、八時間』のくだりやろか。セミは幼虫の期間入れたら結構生きてるから、厳密に言うと七、八時間ちゃうねんな」

「確かに、思い当たる問題点はそこくらいですね」

「せやったら、『セミ』を『ホタル』に変えて、もう一ぺんやってみよか」

「そうしましょう」

ははははは……。

二人のやりとりを聞いているうちに、僕の口から自然と笑い声が漏れ出した。

そうか、分かったぞ。僕は、今、夢を見ているんだ。

そもそも僕が不治の病になんてなるはずがないし、白衣姿のゾウの化け物がいるのも説明がつく。

　これは夢だ。全部、夢の中の出来事なんだ。

　死の恐怖から解放された僕は、うれしさのあまり「あははは！」と腹の底から笑い声を上げた。

「お、急にウケだしたで」

　僕の様子を見たゾウが表情を輝かせて言うと、隣の男も満足そうにうなずいて言った。

「おそらく、笑いのレベルが高すぎたことで理解するまでに時間差が生じたのでしょう」

　するとゾウは急に真剣な表情になり、男の肩に手を置くとうつむいて言った。

「ワシ、前々から自分に言おうと思てたことがあんねんけど、時期尚早や思てよう言わんかってん。ただ、確信したわ。今が言うべきタイミングや」

　そしてゾウは顔を上げ、くわっと目を見開いて言った。


「今年の『M－1』出よ」


　ゾウは勝手にうなずきながら続けた。

「分かる、分かるで。自分が言わんとしとることはよう分かる。『ガネーシャカ』言うたら神様界におけるコント師の代名詞やし、ワシらずっと、コントにこだわってやってきたもんな。ただ、ここは怒らんで聞いてもらいたいんやけど、やっぱり笑いちゅうのは、お客さんファーストであるべきや思うねん。そんで、今回のネタは、扉の向こうにおるお客さんに届けるために言葉中心の笑いで練《ね》り上げてきたわけやんか。それがここまでウケた、ウケてもうたちゅうことは、ワシらの本領がコントやのうて、しゃべくり漫才にあることの紛《まご》うことなき証拠やねん。証左やねん。プルーフやねん」

そしてゾウは、こちらに顔を向けて言った。

「な？　自分もそう思うやろ？　ワシら、コントより漫才向きやんな？」

視界に映るゾウの顔が、だんだんとぼやけていく。

すべてが夢の中の出来事だと分かり安堵《あんど》した僕は、全身の力が抜けていくのを感じた。

＊

気づいたとき、僕は自宅のベッドの上にいた。

「パパ、起きたよ！」

目の前に、晴香がいる。そんな日常のありふれた光景があまりにも感動的で、僕は晴香を思い切り抱きしめた。

「きゃあ！」

晴香が驚いて声を出したが、僕は離さなかった。

良かった――。僕の生活は何も変わっていない――。

「あなた、大丈夫？」

扉の向こうから志織が顔を出した。

「志織……」

立ち上がろうとすると、軽いめまいを感じてベッドに手をついた。

その動きが面白かったのか、晴香はベッドに飛び乗って笑いながら飛び跳ねたが、志織が晴香を抱き上げて言った。

「パパはお仕事で疲れてるから。もうちょっと休ませてあげて」

仕事――。

志織の言葉にハッとした僕は、焦《あせ》ってたずねた。

「今何時？」

「八時くらいだと思うけど」

「八時って……夜の？」

「そうだけど？」

きょとんとする志織に向かって、僕は声を張り上げた。

「どうして起こしてくれなかったの？　会社を休んじゃったじゃないか！」

あわててスマホを探し始めると、志織は笑って言った。

「寝ぼけてるのね。ちゃんと会社には行ったわよ」

——会社に行った？　どういうことだ？　僕はベッドの上で眠りながら夢を見ていたんじゃないのか？

志織は続けた。

「一緒にいた方がここまで運んでくれたの」

ますますわけが分からず混乱していると、志織が「まだいらっしゃるわよ」とリビングの方を指したので、首をひねりながら部屋を出て廊下《ろうか》を進んだ。

まだぼんやりしている頭で扉を開けてリビングに入り、食卓に通じる引き戸が開いていたのでそちらに顔を向けた。その瞬間一気に目が覚め、

「ぎゃあ！」

と叫んで後ずさった。

食卓に座っていたのは、ゾウだった。着ているのは灰色のポロシャツだが、首から上は夢の中で見たのと同じゾウだ。しかもそのゾウはあろうことか、うちの茶碗と箸を使い、でっぷりとしたお腹を揺らしながら普通にご飯を食べていたのだ。

僕に気づいたゾウは、まるで学生時代からの友人のような雰囲気で、

「まいど！」

と手を挙げるとすぐに食事に戻った。

僕は急いでリビングから飛び出ると、志織に問いただした。

「ど、どうしてあんなやつを家に入れたんだ⁉」

志織は不安そうな顔で答えた。

「あなた、本当に大丈夫？　もう少し休んだ方がいいんじゃない？」

志織の片足に抱きついている晴香は、おびえた目を僕に向けている。

「でも、あいつは、あの化け物は――」

食卓を指差しながら言うと、

「何を言ってるのか全然分からないわ」

不満を浮かべた表情の志織は、僕をその場に残してリビングに向かった。

「行っちゃだめだ！」

僕は志織の手をつかんで引きとめたが、晴香が足元を抜けて中に入ってしまった。

「晴香！」

晴香を連れ戻すべく急いで後を追うと、

（えっ……）

リビングに足を踏み入れた僕は、その場で立ちつくすことになった。

食卓にいたゾウは――服装は同じだったが――顔が、人間のおじさんになっていた。

おじさんは、食事を続けながらのんきな口調で言った。

「しかし奥さんの料理ほんまおいしいでんなぁ。小料理屋出したら繁盛《はんじょう》するんちゃいまっか？　あ、でも奥さんの腕やったら小料理屋では収まらへん。大料理屋や」

「大料理屋ってなあに？」

晴香に聞かれたおじさんは、にっこりと笑って言った。

「ワシにも分からへん。勢いで言うてみただけやからね。でも晴ちゃん、一緒に考えてみようや。大料理屋って……何やろ？」

晴香の名前を馴《な》れ馴れしく呼んだことにいら立ったが、おじさんは僕に顔を向けると同じ調子で言った。

「せやけど自分、びっくりしたでぇ。突然トイレで倒れてまうんやもん。ワシも今まで色んな人間を笑わせてきたちゅう自負はあってんけど、気絶までするやつはおらへんかったからテンション上がってもうて……ちょっと何？」

僕は急ぎ足でおじさんに近づくと、腕をつかんで立たせ、志織に向かって言った。

「この人と少し話したいことがあるから」

そして僕は、おじさんを強引に寝室まで引っ張っていった。

「ちょ、ちょっとちょっと、何やねんな」

戸惑うおじさんを部屋の中に押し込むと、扉の鍵を閉め、向き直って言った。

「あなた……何者なんですか?」

おじさんは、僕の質問には答えず、顔の前で手をサッと交差した。

すると、僕が先ほど食卓で——そして、夢の中で——対面したゾウの顔が現れた。

ゾウは、不敵な笑みを浮かべて言った。

「自分、ワシが何者か聞いたな?」

ゾウの質問におそるおそるうなずくと、

(え——)

僕は驚愕《きょうがく》してその場に凍《こお》りつくことになった。なんと、ゾウの体が、宙に浮かんだのだ。

ゾウは、空中をふわふわと漂いながら言った。

「ワシ、神様やで」

2

（か、神様だって……？）

突然の言葉に思考が追いつかずその場で固まっていると、空中のゾウはおもむろにポケットから黒色の小さな箱を取り出して言った。

「ワシ、アイコスにしてん」

――何の話だ？

混乱は深まるばかりだったが、ゾウは加熱式タバコをセットしてしばらく待ってから一口吸い、蒸気を吐き出して言った。

「どう思う？」

（「どう思う」も何も――）

僕は何も答えられなかった。答えようがなかった。こいつは、一体、何がしたいんだ？

しかしゾウは、一人で勝手に話を進めていった。

「ほら、ワシってタバコの煙をくゆらせながら教えを説く、ロックな神様てイメージあるやん？　そんなワシが煙出えへんアイコス吸ってたら『丸くなったね』とか『昔の尖《とが》りがなくなったね』とか言われるんちゃうかなって。ただ、『あの神様、周りの人や環境も気遣う優しい神様なんだね』て言われる可能性も捨てきれへんかってん。ちなみに、自分はどっち派？　ワシに紙巻タバコ吸うてほしい派？　それともアイコスの方がええ派？」

――意味不明すぎて頭がおかしくなりそうだ。

やっぱり、僕は今も眠っていて、夢の中にいるんじゃないだろうか――。

ただただ呆然としていると、じっと僕を見ていたゾウは床に降り、近づいてきて僕の肩に鼻をぽんと置いて言った。

「正解や」

ゾウは腕を組み、感心するように続けた。

「ワシからどっちのタバコがええか聞かれるんは、いわばレオナルド・ダ・ヴィンチくんから『今描いてるモナ・リザだけど、どれくらい微笑ませる？』て聞かれるみたいなもんやからな。自分みたいな凡夫に答えられるわけないから、無言、ないしは絶句が正解やねん。ちなみに、実際にダ・ヴィンチくんからその質問を受けたワシは、『見る角度で微笑んだり微笑まなんだりしたらええんちゃう？』て答えたんやけどね」

そして、ゾウは僕に向かって親指を立て、キメ顔になった。

その瞬間、僕は強烈な寒気に襲われた。ゾウの作った表情に見覚えがあったからだ。

さらに次の一言で、僕の不安は決定づけられることになった。

「ま、ワシがどっちのタバコにするかは、今後も議論を重ねていかなあかん重要な問題なわけやけど、さすがに自分の前では紙巻タバコは吸われへんやろ。言うても自分、大病人なんやから」

（大病人だって――⁉）

ゾウの発した一言で、視界が歪《ゆが》み、足が震え出した。僕はとっさに、

「ぼ、僕は病気なんかじゃない！」

と叫び声を上げたが、ゾウはあっさりとした口調で言った。

「いや、自分は病気やで。今日、医者から宣告されてたやん」

ゾウの言葉に、まるで背筋を氷柱《つらら》で貫《つらぬ》かれたかのような、痛みに似た寒気を覚えた。

「まあ、否定したなる気持ちも分からんでもないけどな」

ゾウは、タバコの蒸気を吐き出しながら、淡々とした口調で続けた。

「突然、残りの人生が三か月しかないて言われたら、そら簡単には受け入れられへんわな」

ショックや、不安、怒り……様々な感情が入り混じって言葉が出てこない。

沈黙に包まれた部屋で、ゾウが蒸気を吐き出す微《かす》かな音だけが繰り返し聞こえた。

しばらくして、ゾウが口を開いた。

「……ただ、こうしとる間にも、自分の持ち時間はどんどん減ってるねんで。それはつま

り、自分が夢をかなえられる可能性も減ってるちゅうことや」

（あれは、夢じゃなかったのか――）

灰色の髪をした医師。レントゲンに映る白い影。機械的な口調で語られる病状。思い出したくもない記憶が次から次へとフラッシュバックする。

額にびっしりと溜まった冷や汗が、こめかみを伝ってゆっくりと流れ落ちた。

僕が不治の病なわけがない。きっと何かの間違いだ。そう何度も自分に言い聞かせたが、気づいたときには、目の前のゾウにすがるようにたずねていた。

「あ、あなた、神様なんですよね」

「いかにも、やで」

「だったら、僕の病気を治してください」

するとゾウはため息をつき、ゆっくりと首を横に振って言った。

「みんなそれ言うねんな。自分らは、神様言うたら何でもかんでも願いをかなえてくれる思てるからな。でも、それはやったらあかんことになってんねん」

「じゃ、じゃあ……」

僕はゾウに詰め寄って言った。

「あなたは、何ができるんですか？」

するとゾウは、待ってましたと言わんばかりの調子で胸を張り、得意げに言った。

「ワシにできることは色々あんねんけど、メインは『天啓《てんけい》』やね」

「天啓？」

僕が首をかしげると、ゾウはフンと鼻を鳴らして言った。

「なんや自分、天啓も知らへんのかいな。天啓ちゅうのは神様からのお告げや。ま、平たく言うところの『アドバイス』やね」

「アドバイス……」

僕が弱々しい声でつぶやくと、ゾウは鼻息を荒くして言った。

「何や、その『めっちゃ期待して福引引いたけど景品が洗濯バサミでした』みたいなリアクションは。ええか？　アドバイス言うてもただのアドバイスちゃうで。めっちゃええアドバイスやで。あと、さっきもちらっと言うたけど、レオナルド・ダ・ヴィンチくんをはじめ、過去にごっつい夢かなえてきた子は、たいがいワシのアドバイスを聞いた結果、みたいなとこあるからな」

意気揚々と話すゾウに向かって、僕は唇を噛みしめながら言った。

「……アドバイスなんていらない」

「な、なんやと？」

驚く顔のゾウに向かって、僕は、自分の中に渦巻く気持ちをそのままぶちまけた。

「僕が望むのは、このまま生き続けて家族と一緒に過ごすことだ。それだけなんだ！」

ゾウは何も答えなかった。静まり返った部屋の中に、表の通りを走る車の音だけが響いている。

トン、トン……。

部屋の扉がノックされた。

ゾウが顔の前でサッと両手を交差しておじさんに戻ると、扉の向こうから志織の声が聞こえた。

「お話はそれくらいにして、ご飯食べに来ない？」

僕の叫び声が部屋の外に漏れてしまっていたのだろう。志織が気遣って言ってくれているのが分かる。

ただ、「すぐ行くよ」と答えたものの、部屋を出る気にはなれなかった。この状況で、どんな顔をして志織や晴香と接すればいいのか分からない。

呆然と立ち尽くす僕の前で、おじさんは再びゾウの姿になり、タバコを吸い始めた。ゾウの口から吐き出される加熱式タバコの白い蒸気は、現れたかと思うとすぐに霧散《むさん》する。

それは、もうすぐこの世界から消えてしまう、僕の存在を表しているようにも見えた。

ただ、突然、蒸気の流れる向きが変わったかと思うと、体が凍りつきそうなくらいの冷たい風が肌に触れた。

クーラーが壊れたのかと思い室内機に目を向けたが、

「少し、よろしいですか?」

聞き覚えのない声がしたので体を強張《こわば》らせた。この部屋には、ゾウと僕以外誰もいないはずだ。

おそるおそる部屋を見回すと、

「ひぃっ……」

思わず悲鳴を漏らしてしまった。

クローゼットと壁のほんの少しの隙間から黒い影がぬっと現れて、人の形になったのだ。

（こ、今度は一体何なんだ……⁉）

次から次へと部屋に現れる化け物に卒倒しそうだったが、ゾウは気楽な雰囲気で言った。

「なんや、誰かと思ったら死神《シニガミ》やないか」

すると死神は、頭蓋骨《ずがいこつ》をぺこりと下げて言った。

「ご無沙汰しております、ガネーシャ様」

（ガネーシャ……？）

死神の冷たい声に震えながらも、「ガネーシャ」という名前の記憶を呼び起こした。確か、志織が友人の旅行土産でもらってきて玄関に飾ってある小さなゾウの置物だ。

ガネーシャは、死神に近づくとぶしつけに大鎌を奪い取り、ゴルフクラブのようにスウィングしながら言った。

「自分、最近こっちの調子はどないやねん」

すると死神は、ガネーシャの肩を左手で叩《はた》きながら、勢いよく言った。

「私は死神！　ハニカミ王子じゃありませんから！　というか、今日び誰もプロゴルファーの石川遼《りょう》選手をハニカミ王子なんて呼びませんよ！」

するとガネーシャは、突然、死神の頭に噛みついて言った。

「このガイコツうまそうやけど、思い切り噛んだら歯が折れそうやな」

「死神を甘噛《あまが》みしない！」
すると今度は、突然ズボンを降ろし、お尻を振って踊り始めた。
なぜかお尻にはリンゴやバナナの絵が描かれている。

死神は一瞬考えてから、「それは尻が実《み》、私は死神！」と叫んだ。

するとガネーシャは感心するようにうなずいて、ゆっくりと拍手をしながら言った。

「さすがは『ゴッド・オブ・コント』の優勝者や。見事なツッコミやで」

（『ゴッド・オブ・コント』……毎年年末に開かれるお笑いの祭典じゃないか。そういえば以前、優勝コンビの相方が失踪《しっそう》してニュースになっていたような……）

何か大事なことを思い出せそうな気がしたが、死神の言葉に思考を中断させられた。

「ガネーシャ様――まずはおズボンをお穿《は》きください」

するとガネーシャは、顔を赤らめながら言った。

「こ、これもボケでやってんねんで。自分、ほんまにツッコミの腕上げたな。神様界のツッコミの名手言うたらワシと閻魔大王《えんま》やけど、その次くらいにええツッコミできるようになったんちゃうか」

「ガネーシャ様にそう言っていただけるとは、身に余る光栄です」

死神がうやうやしく頭を下げると、ハッと何かを思いついた様子のガネーシャは、ニヤリと笑って言った。

「ま、自分の場合は、その、余る身があれへんちゅう話やけどな」

「え？」

死神が聞き返すと、ガネーシャの柔和《にゅうわ》だった表情が一変し、眉間に太いしわが寄った。

そのまま二人は無言で見つめ合っていたが、ガネーシャがしびれを切らして言った。

「いや、せやから、自分はガイコツやから身がないやろ。身が」

「あ、ああ……」

死神はやっと理解したようにうなずいたがその態度が気に食わなかったのか、ガネーシャは、怒りで顔を赤くして言った。

「自分、あかんで。ワシは日ごろから、笑いちゅうのは常在戦場《じょうざいせんじょう》や言うてるやろ。自分、『ゴッド・オブ・コント』で優勝したからて天狗《てんぐ》になっててんちゃうか」

「いや、決してそういうわけでは……」

「言い訳すな！」

ガネーシャは厳しい口調で続けた。

「ワシは今まで色んな若手見てきたから分かるけど、自分みたいなんが一番危ないねんで。一発当たったからて調子こいて消えてった神様、どんだけおる思てんねん」

「す、すみません」

「さっきの『余る身があれへん』ゆうのも、わざと分かりにくいボケで自分のこと試したんやで！」

死神がひたすら頭を下げ続けると、ガネーシャは、ようやく機嫌を直して言った。

「……ま、ワシかてな、自分が憎くて言うてるわけやあれへんのや。神様界のお笑い第七世代を背負って立つ存在やて期待してるからこそ言うてんねんで」

そしてガネーシャは、ふと思い出したように言った。

「で、自分、何で出てきたんやっけ？」

するとと死神も、

「ああ、そうでした」

と、ハッとして僕に顔を向け、先ほどの凍るような声を出した。

「おい、人間」

――ガネーシャから散々ダメ出しされる様子を見ていたので恐怖は薄らいでいたものの、正面から見た骸骨の顔は、本当に不気味だった。

「これを見ろ」

死神が取り出したのは、ろうそくだった。

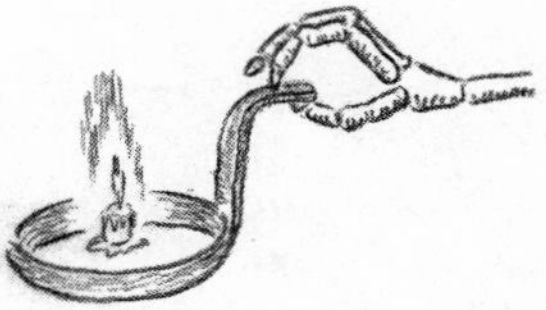

ろうの部分がかなり短くなっていて、炎が頼りなげにゆらめいている。

死神は言った。

「これは寿命を表すろうそくだ。この長さだと――残り九十日といったところか」

死神の口にした数字を聞いて、心臓が止まりそうになるほどの恐怖を感じた。

死神は続けた。

「お前が他の医者に症状を聞いて回れば『回復する見込みがある』『違う治療法を試してみよう』などと言う者も現れるだろう。だが、それはあくまで人間の判断だ」

そして死神は、手に持ったろうそくを、僕の顔に近づけて言った。

「人間はいつも間違いを犯す。神とは違ってな」

弱々しく揺れ続けるろうそくの炎を見つめていると、頭がぼんやりとしてきた。不安と恐怖で激しく波打っていた感情が、凪《なぎ》のようになっていく。

（ああ、僕は本当に死んでしまうんだ……）

あきらめにも近い感覚が体じゅうに広がっていくのを感じていると、死神はろうそくを黒色のローブの中に仕舞って言った。

「私はこれまで途方もない数の人の死に立ち会ってきたが、死に際《ぎわ》の人間が正しく行動できるケースは、極めてまれだ」

そして死神は、持っていた大鎌を僕の喉元に突きつけてきた。

（ひっ……）

再び恐怖で全身を強張らせた僕に向かって、死神は続けた。

「お前は先ほど『アドバイスなんていらない』とほざいたが、今、お前にとって何よりも必要なのは、ガネーシャ様のような偉大な神の助言を受けることではないのか？」


「え、なんて？」


突然、ガネーシャが死神の言葉にかぶせるように声を張り上げた。

死神は戸惑いながら、ガネーシャに顔を向けて言った。

「いや、あの……このような者にとってガネーシャ様の助言こそが必要であると……」

「あ、何か抜けたな。ワシの記憶が正しければ、『ガネーシャ様』と『助言』の間に、何か付いとったで」

死神は、自分の言葉を思い出しながらたどたどしい口調で言った。

「ガネーシャ様のような……偉大な神の」


「え、なんて?」


死神が「偉大な神」と口にした瞬間、ガネーシャは限界まで声を張った。ガネーシャが死神に、「偉大な神」という単語を繰り返し言わせようとしているのは明白だった。

(こんなにみっともないことをするやつのアドバイスが、本当に役立つのだろうか……)

そんな不安が猛烈に頭をよぎったが、先ほど見せられた死神のろうそくは、今も頭の中ではっきりとゆらめいている。

あの炎が消えてしまう前に——僕は、晴香と志織の未来を保証してくれる何かを生み出さねばならないのだ。

僕は、迷いを断ち切るように、ガネーシャに向かって言った。

「あなたの助言を……」

ただ、同じタイミングでガネーシャがタバコを取り出したので言葉を止めると、死神がタバコに火をつけようと動いた。

ガネーシャは、死神を手で制して言った。

「あ、ワシ、今アイコスやから火はいらへんねん」

「そうなんですね。失礼致しました」

するとガネーシャは、ハッと気づいた顔をして言った。

「そうか、ワシがアイコスにすることによって、ワシのタバコに火をつけて喜ばせたいちゅう奉仕の精神を無下《むげ》にしてまうことにもなるんやな。やっぱりこの問題、簡単には答えが出えへんで」

そう言って本気で悩み始めたガネーシャを見て、再び不安が込み上げてきた。

（やっぱり、こんなやつの助言を受けるのは間違っているんじゃないか――）

そして僕は、死神に対してもガネーシャと同様の不信感を抱くことになった。

なぜなら、死神がガネーシャのタバコに火をつけようとして取り出したのは、僕の寿命を表すろうそくだったからだ。

3

「行ってらっしゃーい！」

玄関で、晴香と志織がいつものように手を振ってくれている。

見慣れたはずの光景だったが、

(僕はあと何度、こうして見送ってもらえるのだろう……)

そう思うと涙がこぼれそうになってしまい、すぐに家を出て扉を閉めた。

それから拳をぎゅっと握りしめ、奥歯を噛みしめて顔を上げた。

もし許されるのであれば、残された時間はできるだけ家族と一緒に過ごしたい。でも、僕は――。

「そんで？」

隣に立っているガネーシャが、僕の顔をのぞきこんで聞いてきた。

「残りの時間、どう使うんか決めたんか？」

僕は、何も言わずに歩き始めた。こんな会話を、万が一にも晴香や志織に聞かれるわけにはいかない。

家族にはガネーシャについて、「彼は、関西在住の『我根《ガネ》』という少し変わった苗字の親戚のおじさんで、東京に仕事を探しに来ているからしばらくの間泊めてあげてほしい」という風に説明した。

苦し紛れの言葉でしかなかったが、志織も晴香もあっさりと了承してくれた。ガネーシャは腹立たしいほど我が家にとけ込んでおり、昨晩も、僕の部屋でガネーシャと話し合ったあと一緒に食卓に戻るとすぐに笑い声がこぼれ始めたほどだった。むしろ、家族だけの食卓にガネーシャ専用の席が易々《やすやす》と加わり、一抹《いちまつ》の寂しさを感じることになった。

マンションのエレベーターを降り、駅に向かってしばらく歩いた僕は、深刻な口調でガネーシャに切り出した。

「晴香と志織のために、お金を作りたいです」

ガネーシャは――僕がそう言うのを予想していたのだろうか――特に驚く様子はなく、一言だけ言った。

「なんぼや」

僕は、おそるおそる右手の人差し指を立てた。

昨晩、インターネットで、僕の死後に必要となるであろう金額を調べた。まず、マンションを買ったときに加入していた団体信用生命保険で家のローンが全額免除されることを知り、ほっと胸をなでおろした。さらに、会社の厚生年金によって、晴香が十八歳になる年度の末日まで遺族年金が毎月支給されることも分かった。ただ、晴香の教育費や志織の医療費のことを考えると、彼女たちが不自由なく生活していくためには、あと一千万円が必要だった。晴香が私立大学に進学した場合、この金額でも足りないのだが、欲を言い出せば切りがない。僕に残された時間は、あまりにも少ないのだ。

「こんな大金を、三か月という短い期間で作ることができるのでしょうか」

不安のあまり、立てた人差し指が震えてしまう。

すると、ガネーシャはフンと鼻を鳴らして言った。

「ワシを誰や思てんねん。ガネーシャやで。神様なんやで」

そしてガネーシャは、準備運動を始めるかのように、肩を回しながら続けた。

「もちろん簡単ちゅうわけやないけど、ワシのアドバイスどおりにやったら間違いなくいけるで。一億やろ？」

「い、一億円⁉」

驚きのあまり大声を出してしまったが、

「なんや、一億ちゃうかったんか？」

と言われ、あわてて首を横に振りながら言った。

「いえ、一億円で。一億円でお願いします」

僕はどぎまぎしながら、改めてガネーシャの全身に目を向けた。

今は普通のおじさんに見えるが、本当はゾウの姿をした神様なのだ。

もし、この状況を誰かに話したらバカバカしいと一笑に付《ふ》されて終わりだろうけれど、僕には、もう、この神様を信じて進む以外の道は残されていない。

(胡散《うさん》くさいところもあるけれど、言われたとおりにやってみよう)

そう自分に言い聞かせていると、ガネーシャは口を尖らせて言った。

「誰が胡散くさい神様やねん」

「す、すみません」

頭を下げながらも、興奮している自分がいた。さすがは神様。僕の考えていることなんてすべてお見通しなのだ。

今後のことを話し合うために駅前のカフェに入ると、僕は席につくなり身を乗り出すようにたずねた。

「それで……僕は、具体的に何をしたらいいのでしょう?」

するとガネーシャは「せやな」とアゴに手を添え、少し考えてから言った。

「ワシの教えは、基本『課題』やねん」

「課題……」

「ま、ざっくり言うたら、ワシが出す課題を実行していけば、最終的に夢をかなえることができまっせ、ちゅう話やわ。しかもその課題には特別なことはなーんもなくて、その気になったら誰にでもできてまうもんやねん」

ガネーシャが得意げに話す内容を聞いて、みるみるうちに気持ちが萎《な》えていった。

誰にでもできるようなことをするだけで大金が得られるなんて、そんな甘い話あるはずがないじゃないか。

「まあ、自分がそう考えるんも無理ないわな」

また心を読まれてドキッとする。ガネーシャは続けた。

「ただ、本来、夢とか成功ちゅうのはな、誰にでもできることを実行し続けるだけで手に入れられるもんやねん。そのことは、夢をかなえた人らはみんな知ってることやねんで。でも、世の中のほとんどの人らは、『こんなことやって意味あるの？』とか『面倒くさい』とか言うてやらへんから、『誰にでもできることを実行し続ければ夢がかなう』ちゅう事実にまでたどりつけへんねんな」

そしてガネーシャは、「そこでや」と、視線を鋭《するど》くして言った。

「ワシの教えには注意事項があんねん」

「はい」

僕が神妙な表情でうなずくと、ガネーシャは言った。

「注意事項があんねんで」

「はい」

「いや、『はい』やなしに。メモらんかい！」

「す、すみません」

僕はあわてて鞄から手帳を取り出した。ガネーシャはいつもふざけた雰囲気なので油断していたが、すでに教えは始まっているのだ。

緊張感を高めながら次の言葉を待っていると、ガネーシャは言った。

「まず最初の注意事項は、『教えが理解できなくても必ず実行する』や」

僕は言われたとおり、手帳のメモ欄《らん》に書き込んだ。

教えが理解できなくても必ず実行する

ガネーシャは続けた。

「ワシがこれから自分に出す課題は、過去にでっかい夢かなえたり大金を手にしたりした人らが実行してきたことや。ただ、そういう人らも最初から納得してたわけやあれへん。たとえば、ワシの教え子の一人、劇作家のシェイクスピアくんがこんな台詞《せりふ》を書いとるで。『天と地の間には、人間の哲学では及びもつかないことがいくらでもあるのだ』。……たぶん、あの台詞、ワシとのやりとりで思いついたんやろなぁ」

そう言って遠い目をするガネーシャを見つめながら、

（こうやってちょくちょく出てくる偉人を育てた話は本当なのだろうか……）

と疑わずにはいられなかったが、ガネーシャの機嫌を損ねるわけにはいかないので、

「必ず実行します」

と宣言した。

するとガネーシャは満足そうにうなずいたが、

「ほな次は……ま、なんちゅうか、あれやな」「言うで。次の注意事項、言うで」

と妙にもったいぶって、なかなか話を前に進めない。

戸惑いながらも待ち続けていると、ガネーシャは、ゴホンとわざとらしい咳《せき》払いをして、

「ま、今から言う注意事項は、映画を観る前に流れる『ＮＯ ＭＯＲＥ映画泥棒のＣＭ』くらい根本的に守らなあかんルールや思て聞いてもらいたいんやけど……」

と、よく分からない例《たと》えをしてから言った。

「ワシに、あんま気い遣わせんといてほしいねん」

（どういうことだ？）

眉をひそめる僕に向かって、ガネーシャは言いづらそうにしながら語り出した。

「実はな、ワシ、人に教えるとき、いつもはお供えものをもらってんねん。そんで、そのお供えものが好みやなかったりするとな、『こんなんじゃ教えられへんで！』てヘソ曲げたりしてんねん。いや、最終的には教えるんやで？　教えるんやけども、やっぱりちゃん

と持ち上げられた上で始めたいやんか。言うてもワシ、神様やし。崇《あが》められてなんぼの商売やし。ただ、ワシ、自分にはお供えもの要求してへんやろ？　それはな、要求してへんちゅうより、できへんかってん。言うても、自分、病人やから。お見舞い品もらう立場の人にお供えもの要求したら、『ガネーシャってどんだけ性悪なの？』て思われて、好感度爆下がりするやん？」

（何を言っているのかまったく意味が分からないぞ――）

僕はひたすら困惑するしかなかったが、ガネーシャは僕の肩に手を置いて言った。

「ま、お供えもののことは、ええねん。自分からはもろてないけど、家でご飯食べさせてもろてるからな。……で、結局、ワシが何を言いたいかっちゅうと、これは死神も言うてたことやけどな、ワシという偉大な神様に会えてラッキーやちゅう事実を、肌身離さず抱きしめといてもらいたいねん。そしたら、ワシが少々無茶なことしたり、不謹慎なことしたりしても『まあしょうがないか。だって偉大なんだから』て全部水に流せるやろ」

（今のままでも充分《じゆうぶん》自由に振る舞っているように見えるけど――）

ガネーシャの真意はいまいちピンと来なかったが、ガネーシャは僕の手帳を指でとんとんと叩いて言った。

「ほら、ここにちゃんと書いといてな。『ガネーシャに会えてラッキーだ』て」

僕は眉をひそめながらも、それで気が済むのならと思い、手帳に書き込んだ。

ガネーシャに会えてラッキーだ

すると、ガネーシャは「いやいやいやいや」と首を横に振って言った。

「今ワシが言うた『ガネーシャ』は自分を謙遜《けんそん》した言葉やん。ゆうたら返信用封筒における『行』やから。自分が書くときは『御中』に直さんと」

まったく意味が分からずきょとんとしていると、

「ガネーシャの後に、『様』が抜けてるやん」

「あ、ああ……」

僕は小さくため息をついて文字を書き足した。

ガネーシャ様に会えてラッキーだ

ガネーシャは、くを使って書き足したことに不満を感じている様子だったが、「ま、最初やしこのへんで勘弁しといたるか」とうなずくと、両手で自分の頬を軽く叩いて言った。

「ほな、始めよか」

（前振りにどれだけ時間かけてんだよ……）

時間がないことに焦っている僕は小言の一つも口にしたくなったが、

（ガネーシャは、こういうバカバカしいやりとりをすることで、僕の気持ちを軽くしようとしてくれているのかもしれない）

そんな風に解釈して言葉を飲み込み、ガネーシャの教えを待つことにした。

しかし、

「ほんならいくで。最初の課題は——」

ガネーシャの課題を聞いた瞬間、怒りで全身がわなわなと震え出した。

（きっと、僕が聞き間違えたんだろう）

そう思ってもう一度聞いたが、返ってきたのは同じ言葉だった。

ガネーシャは、コーヒーと一緒に頼んだミルクレープを口に運びながら言った。

「自分、あかんで。もう最初の注意事項忘れてもうてるやん。教えが理解できへんくても必ず実行する……」

僕は、ガネーシャの言葉をさえぎって叫んだ。

「ふざけるな！」

僕の声が店内に響き渡り、お客さんたちが一斉にこちらに振り向いたが、気にする余裕はなかった。

勢いよく席を立った僕は、ガネーシャをテーブルに残したまま店を後にした。

＊

「ただいま……」

会社から戻った僕は玄関の扉を開けながら、ため息と一緒に声を出した。

――本当に苦しい一日だった。

会社で仕事をしながらも、残された時間をどう使うべきかずっと考えていた。そもそもこんな風に仕事をしていていいのだろうか？　もっと他にやるべきことがあるんじゃないのか？　そんな不安と動揺を抱えながらでは、まったく仕事が手につかず、ささいなミスを連発してしまった。しかも、僕は、何の結論も出せないまま、今日という貴重な一日を終えようとしているのだ。

「おかえり！」

廊下を走って出迎えてくれた晴香を強く抱きしめる。僕はあと何度、こうして晴香を抱きしめることができるのだろう。

涙が出てしまいそうになるのを必死でこらえながら、

「今日は何してたの？」

と聞くと晴香は言った。

「ガネちゃんとお馬さんごっこしてた!」

(ガ、ガネちゃん……?)

自分の顔からみるみるうちに血の気が引いていくのが分かったが、晴香は楽しそうに続けた。

「ガネちゃんのお馬さん面白いんだよ。ヒヒーン! じゃなくて、パオーン! て鳴くの」

僕は晴香をその場に残し、廊下を駆け、リビングの扉を開けた。

食卓の方から声が聞こえたので顔を向けると、普通にガネーシャが座っていて、湯飲みを傾《かたむ》けながら志織と話していた。そして、僕の顔を見ると何事もなかったかのように、

「まいど!」

と手を挙げて会話に戻った。

「しかし、志織ちゃんのいれてくれるお茶はほんまにおいしいなぁ。おっちゃん、おっちゃまげたわ」

呼び方が志織ちゃんに変わっていること、そして何よりも、志織がガネーシャのくだらないダジャレで笑うのを見て、腸《はらわた》が煮えくり返った。

——今朝、ガネーシャから出された課題に激怒した僕は、ガネーシャをカフェに置き去

りにして会社に向かった。もうガネーシャに会うことはないと覚悟しての行動だったので、こんな風に家でくつろいでいるとは想像もしていなかった。

ガネーシャに「出ていけ！」と言いたい気持ちと、残りの人生をどう過ごせばいいのか分からない不安で答えが出せない僕は、黙ったまま食卓に背を向けて自分の部屋に向かった。

以前は志織と僕の寝室だったが、晴香が生まれてからは僕が一人で使っている。

部屋の扉を閉めると、ベッドに腰を下ろして頭を垂れた。

ガネーシャが「一億円を作る方法を教える」と言ったときは、それこそ全力で——命をかけて——実行しようと思っていた。

でも、ガネーシャが出してきたのは、この課題だった。

健康に良いことを始める

(今さらそんなことを始めて一体何になるというんだ！　僕の命は、残り三か月なんだぞ！)

思い出したら再び怒りが込み上げてきて、膝の上の拳を震わせた。

リビングの方から弾けるような笑い声が聞こえてきた。晴香と志織とガネーシャの声だ。

あいつが来るまで、食卓は僕たち家族三人の場所だった。それが今や、僕の居場所は存在しないのだ。

(やっぱり、あいつを追い出そう)

そう決意して立ち上がろうとした、そのときだった。

肩に冷たいものが触れ、体をビクッとさせた僕は、振り向いた瞬間、

「ひっ」

思わず声を上げてしまった。

僕の肩に置かれていたのは、死神の手だった。

死神は、唇のない歯がむき出しになった口を開いた。

「『一人の死は悲劇だが、一〇〇万人の死は統計上の数字にすぎない』」

死神は、耳が凍ってしまいそうな冷たい声で続けた。

「この言葉を残したドイツの軍人、アドルフ・アイヒマンは、人間界で相当な顰蹙《ひんしゅく》を買ったようだが——数多《あまた》の人の死を間近で見てきた私からすると、そう言いたくなる気持ちは分からんでもない。死に際《ぎわ》の人間は、統計的に見て、ほぼ同じことに後悔するからな」

そして死神は、骨の指を一本一本立てながら、人間が死に際に後悔する内容を挙げていった。

本当にやりたいことをやらなかったこと

健康を大切にしなかったこと

仕事ばかりしていたこと

会いたい人に会いに行かなかったこと

学ぶべきことを学ばなかったこと

人を許さなかったこと

人の意見に耳を貸さなかったこと

人に感謝の言葉を伝えられなかったこと

死の準備をしておかなかったこと

生きた証《あかし》を残さなかったこと

死神が、一つ、また一つと指を立てるたびに、体が嫌な汗で濡れていくのを感じた。生きられる時間が残り少ないと分かったとき、自分の人生に感じた後悔が、死神の言葉とほぼ一致していたからだ。

死神は、部屋の中を音も立てずに移動しながら続けた。

「死ぬ間際、本当に多くの人間が、健康を大切にしてこなかったことを後悔する。暴飲暴食や過度の喫煙だけではない。体の異変を感じていたのに『気のせいだ』『なんとかなる』と自分に言い聞かせ――ほとんどの場合、目の前の仕事を優先するためなのだが――精密検査を受けずに病気を放置し、回復の見込みがなくなってから後悔する者たちのなんと多いことか」

そして死神は立ち止まり、こちらに顔を向けて言った。

「人間にとって、仕事というのは相当気持ちの良いものなんだろうな。死期を大幅に早めることになったとしても、やめられないものなのだから」

そして死神は歯をカタカタと鳴らした。もしかしたら、これが死神の笑い方なのかもしれない。

死神は続けた。

「ガネーシャ様は――普段はあのように振る舞われているが――人間界では『夢をかなえるゾウ』と呼ばれることもある偉大な神だ」

「夢をかなえるゾウ……」

僕が神妙な表情でつぶやくと、死神はうなずいて続けた。

「もしかするとガネーシャ様は、お前の家族を守るだけではなく、お前自身が人生に悔《く》いを残さぬよう、導いてくださっているのかもしれんな」

死神の言葉に対して、

（晴香と志織の将来が守れるなら、僕の人生なんてどうでもいいんだ）

そんな思いが頭をよぎったが、ガネーシャの言動が僕の理解の及ばないものである可能性は否定できなかった。

（僕は、どうすればいいんだろう……）

答えを出せずにうつむいていると、目の前に何かが差し出された。

それは、僕の寿命を表すろうそくだった。

僕の不安がそう感じさせているのかもしれないけれど、昨日よりもはっきりと短くなっているように見えた。

死神が言った。

「『死の準備をするということは、充実した人生を送るということだ。人生の充実によって死の恐怖は和《やわ》らぎ、安らかに死を迎えられる』――ロシアの文豪、トルストイの言葉だ」

そして、死神はろうそくを仕舞いながら続けた。

「まあ、残りの命を悔いのないよう使い切ることだな。人間は死に際に、『人の意見に耳を貸さなかったこと』を後悔するが、『神の意見に耳を貸さなかった』場合、その後悔がどれほどのものになるのか、私も立ち会ったことがないからな」

そして死神は、カタカタと歯を鳴らした。

*

晴香と志織が眠りにつき、部屋でガネーシャと二人きりになった僕は思い切って言った。

「寝る前に、ストレッチをすることにしました」

床に敷いた布団の上であぐらをかくと、首の後ろで手を組み、前に倒しながら続けた。

「会社の仕事はデスクワークが多いので、首や腰に疲れを溜めないようにストレッチを勧められたことがあったのですが、ずっと始められてなかったんです」

すると、ベッドの上で体を横たえていたガネーシャは、肘枕《ひじまくら》の姿勢になって言った。

「自分、伊能忠敬《いのうただたか》くん知ってるか？」

僕は、動きを止めて答えた。

「日本地図を作った人ですよね」

「そうや」

それからガネーシャは、僕にストレッチを続けるよう言うと、話を進めた。

「忠敬くんはな、五十歳のとき自分の事業を全部子どもに譲ってな。そっから天文学や暦学を学んで日本地図を作り始めたんやけど、昔からめっちゃ健康に気い遣う子やってん。元々、ぜんそくやら痔《ぢ》やら、ぎょうさん持病があったことも影響してたんやけどな」

ガネーシャは続けた。

「そんな彼が、健康を保つために特に大事にしとったんは、食事や睡眠のスケジュールを管理して規則正しい生活をすることやったんや。忠敬くんは、日本地図作ってる最中もな、家族宛ての手紙で、『今日はここに行く』『何日までにここに行く』て細かいスケジュールを伝えとったんやで。そうやって自分の行動を徹底して管理しとったからこそ、日本地図を作るちゅう大事業を正確に進めることができたんや」

「そうだったんですね……」

「健康に気を遣うんは、長生きするためだけちゃうで。これまでは面倒くさがってた健康を大事にする習慣を身につけられれば、自分の行動を管理して目標を達成できるようになる。つまり——夢をかなえられるようになるっちゅうことや」

優しい口調で話すガネーシャの言葉を聞きながら、僕は、課題を出されたとき感情的になってしまったことを反省した。やはり、ガネーシャには深い考えがあったのだ。

ガネーシャは穏やかな口調で続けた。

「ほな、明日から本格的に教えていくからな。運動はほどほどにして、今日はゆっくり休み」

「分かりました」

僕はそう答えて、最後に足の関節を伸ばしておくことにした。僕は、上体を前に倒しながら、

(この神様についていこう)

と思った。

いつもふざけた雰囲気の神様だけれど、その裏側には深い優しさがある。

そして何よりも、突然暗闇に放り出されたこの状況で、唯一の光を与えてくれているのはガネーシャだった。

(いや、ガネーシャだけじゃない)

ガネーシャの話に耳を傾けるよう導いてくれた死神にも、心の中で感謝しながら関節を伸ばしていると、

「ぐおぉぉぉ！」

突然、ベッドの方から聞こえてきた大音量に、

(し、しまった――)

と身を震わせた。

昨晩、ガネーシャの豪快ないびきのせいでほとんど眠れなかった僕は、何か対策をしなければと思っていたのにすっかり忘れてしまっていた。しかも、ガネーシャはいびきだけじゃなくて――。

「……や、やめろや」

(く、来る!)

僕が身構えると、ガネーシャはベッドの上で身をよじりながら続けた。

「これ以上、リンゴとバナナだけ供えるのやめえや! 何べん言わすねん。ワシはただのゾウちゃうて! 神様やって! ……いや、確かに甘いもんは好きやで? 好きやけども、リンゴとバナナしか供えへんて、自分、ワシのこと完全に哺乳類扱いしてきてるやん。それやったら何か? ワシの見た目が魚やったら金魚のエサお供えするんか? せえへんやろ? ……って何でワシに金魚のエサ供えてくんねん!! 自分、ワシの話聞いとったか⁉ ……え? お洒落な容器に入れたから大丈夫? なるほどな、確かに入れ物がお洒落やと金魚のエサがキャビアに見えるからあとは付け合わせのパンがあったら最高やね……ってなるかいボケェ!」

(一体どんな夢を見てるんだ――)

昨晩と同じようにうなされるガネーシャを気の毒に思いながらも、明日は、課題を実行することと以上に、性能の良い耳栓《みみせん》を買うことを忘れないよう、手帳にしっかりと書き込んだ。

［ガネーシャの課題］

健康に良いことを始める

本書の使い方

本書に登場する［ガネーシャの課題］は、物語の主人公だけでなく、あなたの人生にも役立つ内容になっています。

また課題は、過去の偉人たちが実行してきた習慣であり、あなたが夢をかなえたり成功したりするのを助けるだけでなく、「死ぬときに後悔しない人生を送る」ためのものでもあります。

「人はいつか必ず死ぬ存在であり、死を直視することが生を輝かせる」――これは、遠い昔から繰り返されてきた言葉です。しかし、過去と比べて死に触れる状況が少なくなった現代は、自分は必ず死ぬ存在だと意識するのが難しい時代だと言えるでしょう。

だからこそ、今、ここで立ち止まって考えてもらいたいのです。

あなたは、自分の人生に心から満足していますか？

今の生き方を続けることで、「最高の人生だった」と笑いながら死を迎えることができそうですか？

そして、もし心のどこかで不安に思ったなら――このままの人生を続けたとしたら、死を迎えるときに後悔しそうだと感じたなら――ガネーシャの課題を実行してみてください。

主人公に残された時間はわずかですが、もしあなたが主人公の心境に寄り添い、いつか必ず訪《おとず》れる「死」を意識しながら課題に取り組むことができれば、短い期間で大きな成果を手にすることができるでしょう。

さあ、それでは一度大きく深呼吸をして。

次の「ガネーシャの課題」へと進みましょう。

4

土曜日の朝。

洗面所で顔を洗いタオルで水をふき取って鏡を見ると、これまでにないくらい顔色の悪い自分が映っていた。

(僕の体は、いつまで持つのだろうか……)

死神は余命九十日だと言っていたが、その前に症状がひどくなって身動きが取れなくなるかもしれない。やはり病院に通い、医師の判断を仰《あお》ぎながら生活した方が良いのではないだろうか。

(いや、そんなことをしてはだめだ)

僕は首を大きく横に振って、頭の中に渦巻く疑念を追い払った。

医師の診断次第では、すぐに入院するよう言われるかもしれない。また、何よりも恐れなければならないのは、志織に連絡が行って病状が知られ、自由に行動できなくなることだ。

僕が今、考えるべきことは、ただ一つ。

晴香と志織の将来を守るお金を作るために、一刻も早くガネーシャの課題をクリアすることだ。

(迷いを捨て、前に進むことだけを考えよう)

鏡に映る土気色《つちけいろ》の顔に向かって誓いを立てた僕は、洗面所を出て食卓に向かった。


朝食を食べ終えた僕は、ガネーシャを誘って家の近くにある公園にやって来た。

大金を手に入れるためには次の課題が重要な足掛かりになるという予感があり、家ではガネーシャの話に集中できなさそうなので、外に出ることにしたのだ。

(どんな課題を出されたとしても、すぐにクリアしてみせるぞ)

そう決意して自分を奮い立たせ、新たな課題が出されるのを待っていたのだが——なぜか僕は、夏の暑い日差しを浴びながら、呆然とした顔で砂場を見つめていた。

「晴ちゃん、こっちのお山もできたで」

「じゃあお山の上に松ぼっくりを乗せて……できた！」

「何ができたん？」

「おっぱい！」

「……さすがは晴ちゃんや。これはもはや砂遊びの域を超えた、現代アートやで」

(ガネーシャは一体、何をやっているんだ——)

——僕とガネーシャが連れ立って家を出ようとしているのに勘付いた晴香が、

「私も行く！」

と言い出したのだが、ガネーシャは、

「ほんなら晴ちゃんも一緒に行こうや」

とあっさり了承してしまったのだ。

晴香は、二つの砂山を見てはしゃぎながら言った。

「じゃあ、もっと大きくしよう！」

そして周囲の砂を集めて山を大きくし始めると、突然、ガネーシャは真剣な表情になって言った。

「晴ちゃん、それはあかん」

「なんで？」

不思議がる晴香に向かって、ガネーシャは目を細め、諭《さと》すように言った。

「おっぱいを大きくしたいちゅうことは、大きいおっぱいの方がええおっぱいちゅうことになってまうやろ？　でも、神様はな、大きいおっぱいも小さいおっぱいも、同じくらいええおっぱいや思て作ってんねん。晴ちゃん、このことは覚えとき。『地球上に存在するすべてのおっぱいは、神の創《つく》りしええおっぱい』やねんで」

（あんた、子どもの前で何回おっぱいって言えば気が済むんだ——）

「ガ、ガネさん！」

たまりかねた僕はガネーシャを砂場から引き離し、喫煙所の近くのベンチまで連れて行ってたずねた。

「今日から本格的な教えが始まるんじゃなかったんですか？」

するとガネーシャは、

「分かってるがな」

と言ってタバコを取り出すと、ゆっくりと吸い込んでから蒸気とともに言葉を放った。

「自分は、どないしたらお金作れる思う？」

「それは……」

（それを教えるのがあんたの役目なんじゃないのか？）

小言の一つも言いたくなったが、僕の様子を見たガネーシャは、フンと鼻を鳴らして言った。

「あのな、ワシは課題を実行するだけでええ言うたけど、何も考えんでええとは一言も言うてないで。だいたい、言われたことを『はいそうですか』て適当な気持ちで実行して手に入る金額やないやろ、一億は」

僕はガネーシャの言葉を聞いて、

（そのとおりだ……）

と自分の甘さを痛感した。僕が手に入れようとしているのは一億円という大金なのだ。言い訳や愚痴が入り込む余地は一切ない。

ただ、普通の会社員としてしか働いたことのない僕が、一億円を手に入れる方法を考えても思いつくことはほとんどなく、苦し紛れの答えを言うことになった。

「たとえば、ギャンブルで大勝ちするとか……」

するとガネーシャは、

「ギャンブルやて⁉」

眉間にしわを寄せ、目をギロリと見開いて言った。

「自分、ワシを誰や思てんねん！　ガネーシャやで⁉　ガネーシャ言うたら、金運、仕事運、恋愛運……運と名のつくものすべてを司《つかさど》る、神様の中でもトップ中のトップ、トップ・オブ・ゴッドであるところのワシの運を、ギャンブルなんかで使おうちゅうんか⁉」

「す、すみません！」

あわてて頭を下げると、ガネーシャが言った。

「競馬やね」

「え？」

「いや、ここはどう考えても競馬やろ。パチンコで一億円出そ思たらどんだけ時間かかんねん。ジェットカウンターで出玉計算するだけで三か月経ってまうで」

意外にも僕の意見が受け入れられてホッとしていると、ガネーシャは続けた。

「今はスマホで勝馬投票券買える時代やからな。今から買うたらええやん、勝馬投票券」

馬券を正式名称の勝馬投票券と呼ぶあたり、ガネーシャの競馬に対するこだわりがひしひしと伝わってきて期待が高まった。

早速、競馬アプリに会員登録をすると、まずは一万円を入れてみることにした。

それから、スマホ画面をガネーシャに向けて言った。

「どの馬に投票します？」

するとガネーシャは「せやなぁ」と言いながら目にも止まらぬ速さで指を動かし、画面をスワイプしたりタップしたりしていたが、「おっ」と言って指を止めた。

「豊《ゆたか》くんや」

ガネーシャの視線の先には、武《たけ》豊騎手の名前があった。

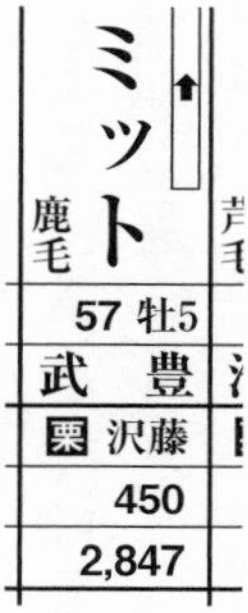

ガネーシャは言った。

「ワシ、一時期、豊くんとよう遊んでてん。豊くんの馬の後ろに乗せてもらうんはもちろんやけど、公園の遊具の馬や遊園地のメリーゴーランドの馬に一緒に乗る『武豊の無駄遣い』ちゅう遊び発明して、ようやってたんで」

（本当かよ……）

疑いの目を向けざるを得なかったが、ガネーシャは意気揚々と話し続けた。

「豊くんは五十歳超えてんねんけど、ワシに言わせたらこっからが楽しみな騎手やで。騎手ちゅうのは体重制限が厳しい仕事でな。高齢になるほど体重の管理が難しくなんねんけど、豊くんはいつも同じ時計をはめて手首の太さの変化で体重を管理してんねん。二〇一〇年の落馬で骨折して不調になったときもな、年齢に合った乗り方が必要や言うて、乗り方を一気に変えてV字復活したんやで。ＪＲＡの史上最年長勝利記録は岡部幸雄《おかべゆきお》くんの五六歳二か月二四日やけど、豊くんは間違いなく更新することになるやろな。ただ、名前が出たついでに話しとくと、幸雄くんの何が凄かったかっちゅうと……」

騎手について熱く語り続ける姿は、偉人を育てた神様というより競馬場にいる蘊蓄《うんちく》好きのおじさんでしかなかったが、ふとスマホ画面に目を向けたとき、あることに気づいて驚きの声を上げてしまった。

武騎手が騎乗する馬の馬券の倍率が、とんでもなく高かったのだ。

「こ、これ……」

震える指で画面を指すと、ガネーシャは落ち着き払った声で言った。

「自分は競馬素人やから知らんやろうけど、有名騎手が毎回人気の馬に乗るわけやないんやで。ちなみに豊くんが過去に騎乗した一番の大穴は、二〇一五年阪神グリーンステークス、12番人気のプランスペスカで単勝42・1倍やったわ」

「ということは……」

僕が画面を指す指を震わせると、ガネーシャは無言でうなずいた。

レースが始まるまで、残り時間は三十分を切っていた。

僕は、入金額を増やし、武騎手の馬に絡んだ馬券をどんどん買っていった。当たれば一千万円を超える組み合わせも購入することになった。馬券を買っている間、何度も晴香から話しかけられたが、すべて、

「パパは、今、お仕事中だから」

の一言で返した。

そして——ついに、レース開始のファンファーレが鳴り響いた。

（お、お願いします！）

僕は心の中で祈りながら、自分が買った馬の行方を見守った。

「あ、お馬さんだ！」

背後からスマホをのぞき込んできた晴香が、興奮して言った。

「ねえ、パパ、お馬さんして！　お馬さんして！」

晴香を引き離そうとしたが強引に背中に乗っかって首に腕を回してきた。僕は仕方なく四つん這《ば》いになり、体を揺らしながら画面に注目した。

そして、馬群はついに最終コーナーに差し掛かった。

（行け！　行け！）

「行け！」

心の叫び声が思わず口から漏れ出てしまった。状況を理解していない晴香も「行け！」

と無邪気に叫んでいる。

馬群から抜け出した数頭の馬が、競り合いながらゴールに向かって突き進んでいく。その中に武騎手の騎乗する馬の姿もあった。

そして、一頭、また一頭とゴール板の前を通り抜けていった。

僕は――四つん這いのまま、その場に固まった。

背中から降りた晴香が、僕の顔をのぞき込んで言った。

「パパ……お腹痛いの？」

*

「――どういうことなんですか？」

昼食を取るために入ったファミリーレストランのソファ席でガネーシャにたずねると、

「どういうこともなにも……」

ガネーシャは、砂糖とミルクがたっぷり入ったホットコーヒーを飲みながら言った。

「ええレースやったよね」

「はぁ？」

唖然とする僕に向かって、ガネーシャは感動のため息を漏らしながら語った。

「いやあ、さすがは豊くんやで。馬の性格考えて最初はあえて後方につけて様子を見つつ、第三コーナーから徐々にポジション上げてって、最終コーナーで馬の力を目いっぱい引き出してきよった。こんだけ見せ場作ってもらえると、もはやギャンブルやのうて感動的なスポーツ以外の何物でもあらへんから、お金が減っても全然気にならへんもんな」

「気になりますよ！」

思わず大きな声が出てしまい、晴香が不安げな顔を僕に向けた。

ガネーシャは晴香に小銭を渡して言った。

「晴ちゃん、ガチャガチャしてきいや」

うれしそうに店の入り口に向かう晴香の後姿を見つめながら、ガネーシャは言った。

「自分、今、追い詰められてるやろ？」

（何を今さら……）

ガネーシャの言葉でさらにいら立たされたが、話は続いた。

「世の中には、二種類の人間がおんねん。それは、『追い詰められて弱なるやつ』と『追い詰められて強なるやつ』や」

そしてガネーシャは、僕を指差して言った。

「今んとこ、自分は前者やな」

ガネーシャの言葉で胃のあたりが一気に重くなった。ガネーシャは続けた。

「追い詰められて弱なるやつは、一発逆転を狙ってまうねん。結果が出る可能性がほとんどないのに、期待だけふくらませてまうねんな。でも現実は甘《あも》うないから、お金を失《うしの》うて、さらに追い詰められることになるんや」

今の自分の状態を言い当てられ、耳を塞《ふさ》ぎたくなる。

「逆に、追い詰められて強なるやつはな、ちゃんと自分を責めれるやつやねん」

沈黙する僕に向かって、ガネーシャは続けた。

「そういうやつらはな、追い詰められた原因は、現実に対する自分の見方が甘かったちゅう風に考えんねん。そんで、今まで以上に現実を——ものごとの原因と結果を——シビアに見れるようになんねんな」

ガネーシャの言っていることが正しいのは分かる。でも、その言葉が正しければ正しいほど、拒絶したい気持ちも強まっていった。

「僕は突然、病気を宣告されて……」

悔しさのあまりまぶたの奥が熱くなってしまうのを感じていると、ガネーシャは、じっと僕を見つめて言った。

「確かに自分は不運やったかも分からん。ただ……自分に甘さはなかったんか？」

心の奥底に潜《ひそ》んでいたどろどろとした感情に触れられた気がした。その感情から目を背けたい僕は、声を荒げて言った。

「僕は病気なんですよ？　生きられる時間が残り少ないんですよ？　その僕に甘いなんて、よくもそんなことが……」

僕は、テーブルの上の紙ナプキンを取ってまぶたに当てた。泣いているところを晴香に見せたくなかった。幸い、彼女は入り口の玩具《おもちゃ》コーナーに夢中になっている。

ガネーシャは、しばらく沈黙したあと、ゆっくりと口を開いた。

「今、自分が苦しんでるのは分かるで。そんで、もし自分の望みが『苦しみを取り除くこと』やったら、そのためのアドバイスをすることはできんねん。でも、自分はワシにこう言うたやろ。

『家族を守るためにお金を残したい』

ちなみに、そのお金は——現実で残したいやんな？」

「……はい」

「せやったら、現実を見なあかん。自分の甘さを認めなあかん。もし自分が、どんな状況に巻き込まれても家族を守るつもりやったなら、そのための行動を事前に取っとったなら、こんな風にあわててお金を作ろうとせんでも良かったはずや。でも、自分はそれをしてこうへんかった」

——ガネーシャの言葉に反論の余地はなかった。

生命保険に入っていなかったことだけじゃない。現実では、ある日突然、何らかの災害に巻き込まれたり、会社が倒産してしまったりすることだってある。僕が本当に家族を守るつもりだったのなら、やっておくべきことはたくさんあった。

コツコツと頑張ってさえいれば——毎日、満員電車に乗り、仕事で嫌なことがあっても耐え続け、いつもと変わらぬ日々を過ごしていれば——家族を幸せにできるというのは、僕の思い込みでしかなかったのだ。

僕は顔を上げ、ガネーシャに向かって言った。

「僕は、これからどうしたらいいのでしょうか」

そして、頭を深く下げて言った。

「教えてください。お願いします」

すると、ガネーシャはゆっくりとうなずいて言った。

「世の中のほとんどの人らは、自分が『いつか必ず死ぬ』ちゅう事実から目を背けてる。それは、つまり、現実から目を背けてるちゅうことや。逆に、今の自分みたいに、現実を見据える覚悟を持ったとき、現実を変える力を手に入れることができんねんで」

僕は、スマホを取り出した。

一発逆転を狙うのではなく、ガネーシャの言葉をメモするためだ。

ガネーシャは、僕と呼吸を合わせるように言った。

「ほな、次の課題はこれや——『死後に必要な手続きを調べる』」

（死後に必要な手続きを調べる……）

頭の中で課題を唱《とな》えながらメモを取ると、ガネーシャは続けた。

「進化論を発表したチャールズ・ダーウィンくんな。彼が動物や昆虫の生態をめっちゃ詳しく調べてたんは有名やけど、それと同じくらいの緻密《ちみつ》さで収支を計算して資産運用しとったんやで。その結果、彼は投資でほとんど失敗せずに利益を上げ続けたんや」

「なるほど……そんな一面があったんですね」

「何でダーウィンくんがそない熱心に財テクしてたかちゅうとな、彼には七人子どもがおったんやけど、病弱な子が多かってん。せやから、自分が世を去ったあとも子どもたちが生きていけるように、お金を残したかったんやな」

自分の置かれた状況とダーウィンを重ね合わせ、感銘を受けながら話の続きを聞いた。

「これは、ダーウィンくんが進化論を発見できたことと無関係やないで。当時の人らはな、人間が猿から進化したなんか認めたくなかってん。でも、多くの人が目を逸《そ》らしたなる現実を冷静に観察して、分析できたからこそ、正しい考えにたどり着くことができたんやで」

そして、ガネーシャは言った。

「自分が死んだあとどんな手続きが必要になるか。多くの人にとって、目を背けたくなる現実や。ただ、その苦しさから逃げんと、冷静に見つめて対処する姿勢を持てれば、ダーウィンくんみたいに自分の死後も家族を守れる力が身につくはずやで」

僕は、ガネーシャの話を聞きながら、死神の言っていた「多くの人が、仕事を優先して体の異変を見過ごしてしまう」という言葉を思い出していた。これも、「自分は病気かもしれない」という厳しい現実から目を逸らしてしまったために、望む未来を手に入れられなかった例だと言えるかもしれない。

「パパ、これ、あーけーてー!」

テーブルに戻ってきた晴香が、カプセルトイを差し出してきた。

僕は、カプセルトイを受け取りながら思った。

この玩具のように、中に入っているものが魅力的なら、蓋《ふた》を開けるのは簡単だ。

逆に、目を背けたくなるものが入っているのだとしたら、開けずに放置したくなる。

「はい、どうぞ」

蓋を回し開けて差し出すと、晴香は「わぁ」と目を輝かせて受け取った。

僕は、晴香の笑顔を見ながら思った。

もし、蓋を開けることにどれだけ痛みや苦しみが伴《ともな》うのだとしても――「現実」が入っているカプセルを開けなければならない。

なぜなら、そのカプセルの中にしか、現実の、晴香の笑顔はないのだから。

［ガネーシャの課題］
死後に必要な手続きを調べる

5

自分の死後に必要な手続きを調べてみて驚いたのは、
（こんなにもたくさんの作業が必要なんだ……）
ということだった。

死亡診断書（もしくは死体検案書）の受け取り、死亡届と火葬許可申請書の提出、さらには職場への死亡退職届の提出、健康保険証の返却……携帯電話やクレジットカードの解約など普段の生活のことまで含めると膨大な作業が必要になる。

また、あらかじめ葬儀社を決めておかないと、自分の死で混乱する親族の負担が増えてしまうことや、葬祭費や埋葬料など、請求しなければ支給されないお金の存在を知ることができたのも大きかった。

もし本人が何も準備していなかったら、残された遺族は大変な作業に追われることになるだろう。

また、生前にこういった準備ができるのは、本当に誠実で心の強い人だと感じた。中には、自分が認知症になったときに備える人もいると知ったが、「将来、自分が認知症になるかもしれない」という現実と向き合うのは本当に苦しいことだと思う。

「もし、自分が死んでしまったとしたら」

日常生活を送っているとき、この想定をするのはすごく難しい。

僕も、自分が病気になるまで、本気で考えたことはなかった。

ただ、こうした事実から目を逸らさず、可能性のある現実の一つとして準備を進めておくことは、自分の生き方を見直すきっかけになる大事な行動だと感じた。

また、死後の手続きや、その周辺の情報について調べていると、普段は触れる機会のない内容に行き当たった。

それは、「自殺（自死）」についてだ。

自死を選んでしまう人の中には、僕のように治る見込みのない病気を患《わずら》った人もいると知り、調べを進めていった。その中で特に印象に残ったのは、自死者の半分近くがうつ病を患っているという事実だ。

職場にも、うつ病で長期休養をしていた人がいるくらい他人事ではない病気だが、うつ病で知っていることといえば、「やる気がなくなってしまう」「文章を読むのがつらくなる」「ものごとの判断が難しくなる」という程度のものだった。「もし自分がうつ病になったら、どうすればいいいか」――そのための知識を身につけておくことは、死後の手続きを知る以上に大事なことだと思った。

また、厚生労働省をはじめ、様々な自死予防団体が発表している「自死を考えている人の兆候」にも考えさせられることになった。

［自死を考えている人の兆候］
・「死にたい」と口にするなど、自殺をほのめかす
・これまで関心のあったものに興味を失う
・大切にしていたものを整理したり、誰かにあげたりする
・急に涙ぐんだり、不自然なほど明るく振る舞ったりするなど感情が不安定になる
・交際が減り、引きこもりがちになる
・極端に食欲がなくなり、体重が減少する
・身なりに構わなくなる……

こういった項目の中でも、特に印象に残ったのは、「『死にたい』と口にするなど、自殺をほのめかす」だった。
というのも、僕の知人が、「親友が『死にたい』と言っていたが、軽い口調だったので冗談だと思って聞き流していたら本当に命を絶ってしまった」という出来事に遭遇したことがあったからだ。彼は、「どうしてもっと詳しく話を聞いてあげられなかったのだろ

う」と深く後悔していたが、もしそれが兆候だと知っていれば、親友を救うことができたのかもしれない。

――こういった知識は読んでいて楽しいものではないから、つい目を逸らしたくなってしまう。ただ、それでも頑張って吸収していくと、心に渦巻いていた死への不安が、少しずつではあるけれど和らいでいく感覚があった。不安とは、分からないからこそどこまでも広がっていくものであり、知識という具体性によって立ち向かえるものだと知った。

＊

この日の夜、体調を崩していた志織には早めに休んでもらい、僕は自室で死後に必要な手続きについてノートにまとめた。いわゆるエンディングノートだ。今後も書き足していかねばならない項目もあるが、今書ける部分は、ほぼ埋めることができた。

しかし、そのノートを持ってガネーシャのいるリビングに向かうと、

「おお、おつかれさん」

と言っただけで目もくれず、額に手を当てて叫んだ。

「あかん、『有名シェフの店でディナー』してもうた。一万五〇〇〇ドル払うや！」

すると晴香が、「やったぁ！」とガッツポーズを取った。

――前に晴香と『人生ゲーム』をプレイしたときはルールを全然理解してくれなかったが、今回はガネーシャに教えてもらうことで楽しめているようだった。そんな晴香に心苦しさを感じつつも、僕は言った。

「晴ちゃん、ゲームはその辺にして、そろそろ寝ようか」

「なんで？　まだ遊んでるよ！」

「せやで！　まだ遊んでるで！」

（なんでお前までダダをこねるんだよ――）

ガネーシャのわがままぶりに唖然としたが、挙句の果てにはこんなことまで言い出した。

「なんなら、自分もゲームに参加するか？」

「結構です」

この状況でゲームをする余裕なんてあるはずがないので即答すると、ガネーシャは片方の眉をピクリと動かして言った。

「――もしかして自分、ワシがただ遊びたいがためにゲームに誘ったと思てへんか？」

「どう考えてもそうでしょう」

素っ気ない口調で返すと、ガネーシャは、

「自分はほんまに分かってへんなあ」

と、わざとらしいため息をつきながら言った。

「『人生ゲーム』にはな、現実で大金作るためのヒントが詰まってるんやで」

（まさかそんなはずは……）

確かに人生ゲームは現実の縮図だと言われることもあるけれど、それはゲームを盛り上げるために大げさに表現しているだけで、実際に役立つヒントがあるとは思えない。

しかしガネーシャは、スタート地点を指差して言った。

「特に、最初のコース選びなんかヒント満載やん」

――人生ゲームは、最初に『ビジネスコース』か『専門職コース』かを選ぶことができる。『ビジネスコース』を選ぶと確実に仕事に就くことができるが、給料が少ない。逆に、『専門職コース』は大金を手にする職業に就けるかもしれないが、無職になってしまう危険性もある。

「さあ、どうする？　自分はどっちの道を選ぶ？」

ガネーシャが詰め寄って来るので、僕は、自分のコマを専門職コースに進ませた。

すると、ガネーシャは皮肉いっぱいの笑みを浮かべて言った。

「自分は、現実ではビジネスコースやのに、ゲームでは専門職コースを選ぶんやなぁ」

僕はガネーシャの言葉にカチンと来て言い返した。

「……今からゲームに参加するなら一攫千金《いっかく》を狙うしかありませんからね」

そしてルーレットを回して出た目を進むと、専門職の中では給料の設定が低い教師のマ

ス に止まった。

僕は大金を目指すために教師にはならず、次のチャンスに賭けることにした。

すると、僕のプレイを見ていたガネーシャが含みのある表情で言った。

「ちなみに、現実ではどっちのコースが大金得られるんやろな?」

「それはやっぱり……専門職コースじゃないですか」

「なんでや?」

「このゲームと同じで、リスクがある分リターンが大きいから、ですかね」

するとガネーシャは「うーん、ちょっとちゃうなぁ」と言ってルーレットを回した。

そして出た目の数コマを進めると、「よっしゃ、お宝カード『幻の名画』ゲットや!」と言って話を続けた。

「仕事で大金を手に入れるには、多くのお客さんを喜ばせるとか、他の人が真似《まね》できないことをするとか、色々言われとるけどな……ざっくり言うと、人が買うてくれる『価値』を作ることやねん。名画と呼ばれるような絵は高い値段で買うてもらえるし、人生ゲームみたいに楽しいゲームやったら、たくさんの人に買うてもらえる。また、そういうものを自分で作らんでも、たくさんの人に広めることができたら、それも自分の生み出した『価値』になるわな」

僕がうなずくとガネーシャは続けた。

「自分は、どないしたらそういう『価値』が作れる思う？」

正直、これまでの人生でそのことについて深く考えたことはなかった。大きなお金を生む価値が作れるのは、人並外れた発想力があったり時代の流れを読むことができたりする、特別な人に限られると思っていたからだ。

ゲームは再び僕の番になり、ルーレットを回すと、

（ああ、しまった）

大きな数が出てすべての職業のマスを飛び越えてしまい、無職になってしまった。

（やっぱり僕は、大金を生み出すことなんてできないんじゃないか……）

自分の未来が暗示された気がして肩を落とすと、ガネーシャが言った。

「自分、ビル・ゲイツくん知ってるか？」

突然の質問に戸惑いながらも、

「マイクロソフトの創業者ですよね」

と答えると、ガネーシャはゲームを進めながら話した。

「ゲイツくんが最初にコンピューターのソフトウェア作ったんは十三歳のときや。時計のチックタックちゅう動きのプログラミングやったんやけどな。……この話聞いたらゲイツくんは天才やて思うやろ？」

僕がうなずくとガネーシャは続けた。

「ただ、当時からコンピューターに興味ある子はぎょうさんおって、ゲイツくんより優れたプログラミングできる子もおってんで。でも、そういう子らはゲイツくんみたいにはなられへんかった。なんでか分かるか？」

僕が首を横に振ると、ガネーシャは続けた。

「ゲイツくんが通ってた学校では大型コンピューターを予約制で貸し出してたんやけどな。そのコンピューターをどうしても使いとうて、いつも争ってた二人がおってん。それがゲイツくんと、のちにマイクロソフトを一緒に創業することになる、ポール・アレンくんやったんや」

僕が感心してうなずくと、ガネーシャは続けた。

「この二人がずば抜けてたんは、プログラミングや時代の流れを読む能力やない。この分野に対するとてつもない情熱やった。彼らが大学時代に家庭用のコンピューターを動かすプログラミング言語を開発したときもな。徹夜で作業しとったゲイツくんは、コードを打ち込んでる最中に眠たなってもうてちょっとずつ体が前に傾いていくねん。そんで最後はキーボードに鼻ぶつけてまうんやけど、ハッと気づいたゲイツくんは何事もなかったかのように作業を再開しとったで」

そしてガネーシャは言った。

「ゲイツくんみたいにな、『これをやるために生まれてきたんだ』て思えるような情熱持って仕事ができたら、専門職コースやろうがビジネスコースやろうが、自然と大金つかめるもんやで」

そしてガネーシャは、目をキラリと光らせて言った。

「つまり、『人生ゲーム』のコツは、『どっちのコースを選べば良いか』ちゅうことにはあれへん。どんだけこのゲームに情熱燃やせるかちゅうことにあるんやぁ！」

そしてガネーシャは、「ハイィィッ！」と掛け声を上げながら、ボードから吹き飛ばすくらいの勢いでルーレットを回した。

そして、ガネーシャは、『バナナの皮でハデに転んだ』のマスに止まった。

「なんでやねん！」

晴香はきゃははは！　と笑ったが、僕は沈んだ表情でガネーシャにたずねた。

「でも、そういう情熱を持って仕事に取り組めるのは、ごく一部の人だけなんじゃないでしょうか」

僕はこれまで仕事に対して、「これをやるために生まれてきた」と言えるような情熱を燃やしたことはなかった。

すると、ガネーシャは言った。

「確かに、みんながみんなゲイツくんみたいな情熱持って仕事はでけへんかもしれん。趣味が第一で仕事は生活の手段や思てる人もおるやろし、それはそれで全然かまへん。ただ、

『一部の人だけ』て決めつける必要はないんちゃうか？　もしかしたら、単に出会《お》うてへんだけかも分からんし、人生は常に変化していくもんやから、このタイミングやからこそ情熱燃やせる仕事が見つかるかもしれへんで」

そしてガネーシャは自分のコマを動かし、「お、『給料日』や」と言って銀行から紙幣を受け取って続けた。

「自分、この課題やってみいや。『お金の問題がなかったらどんな仕事をしたいか夢想する』」

（お金の問題がなかったら……）

何よりもお金を求めている今の僕にとって想定するのが最も難しい課題に思えたが、ガネーシャは優しい口調で続けた。

「もちろん、今やってる仕事の中に情熱を見出していくんも大事やで。ただ、もし自分がこれまでの人生で、情熱を燃やせる分野を本気で探してこうへんかったなら、いったんお金のことを脇に置いて自由に考えてみいや。言うても、仕事は生活の手段やて割り切ったとき、一番脇に置いてかれるのが、やりたいこと――つまり、情熱やからな」

ガネーシャの言葉に背中を押されながらも、

（残された時間が少ないのに、「どんな仕事をしたいか」なんて悠長なことを考えていていいのだろうか……）

不安がぬぐえないままルーレットを回したが、

「あっ……」

止まったマスは、『夢かないマス』だった。

このマスでは職業をキャリアアップしたり、無職の場合は自由に職業を選んだりすることができる。

僕は『工芸職人』を選ぶことにした。

この仕事はキャリアアップに成功すると『人間国宝』になり、全職種の中で最高の給料が得られるのだ。

——もちろん現実の人生は、ゲームのように簡単に逆転できるわけではないだろう。

ただ、自分の中で見過ごされていた可能性がどこかのタイミングで花開くことは、決して起こり得ないことじゃない。

そんな風に自分を鼓舞《こぶ》しながら『工芸職人』のカードに手を伸ばしたが、突然、ガネーシャに手をはたかれた。

「『工芸職人』はあかん」

「ど、どうしてですか？」

戸惑いながらたずねると、ガネーシャが目配せをして言った。

「分からへんか？　晴ちゃんが次の転職で『工芸職人』狙ってんねん」

見ると、晴香が泣きそうな顔をこちらに向けている。

(ゲームで勝つ喜びは晴香に譲って、希望だけもらっておこう)

そう思った僕は『工芸職人』をあきらめて他の職業を選んだが、しばらくゲームを進めると、あり得ないことが起きた。

転職のチャンスを得たガネーシャが、『工芸職人』になったのだ。

「ど、どういうことですか……?」

混乱しながらたずねると、ガネーシャは目を血走らせて言った。

「ワシ、さっきも言うたやろ? このゲームに勝つために必要なんはただ一つ——情熱や!」

そして、晴香の泣き声を一切気にせずゲームを進行するガネーシャを見て思った。

「情熱を燃やす」と「大人げない」は、ほとんど同じ意味の言葉なのかもしれない。

[ガネーシャの課題]

お金の問題がなかったらどんな仕事をしたいか夢想する

6

「で、見つかったんか？　自分が情熱を燃やせそうな仕事は」

ガネーシャは、少し開けられたガラス戸の前でタバコを吸いながら言った。外からは、自分の仕事を全《まっと》うするかのような、虫の鳴き声が聞こえてくる。

「それは……」

会社で仕事をしているときも、仕事が終わってからも、ずっとそのことについて思いを巡らせていた。でも、「これが僕のやりたいことです」と胸を張って言えるようなものは見つからなかった。

ガネーシャの質問に口ごもっていると、突然、目の前にろうそくが差し出された。

「わっ」

びっくりして声を上げると、ろうそくの火が少し揺らめいた。

「気をつけろよ。消えないわけじゃないからな」

死神の言葉で背筋が冷たくなったが、それ以上に僕を震え上がらせたのは、ろうそくの残りの長さだった。

それほど時間が経っていないのに、ろうの部分がかなりすり減っているように見えたのだ。

「YouTubeにアップしておいてやろうか?」

「え?」

意味が分からず眉をひそめると、死神は続けた。

「悠長《ゆうちょう》に構えているようだから、このろうそくの動画をアップしてリアルタイムで減り具合を見れるようにした方が緊張感も高まるかと思ってな」

「け、結構です」

僕が断わると、死神は歯をカタカタと鳴らしながら言った。

「冗談だ。そもそも、このろうそくを撮ったところで何も写らん」

死神の笑えない冗談は不愉快でしかなかったが、言っていることは間違ってはいなかった。

限られた時間の中で大金を手に入れるためには、一刻も早くガネーシャの課題をクリアして、新たな課題を出してもらわなければならない。

まだ答えは出ていないものの、僕は少しでも前に進むために口を開いた。

「もしお金の問題を考えなくていいのだとしたら、ぼんやりとではありますが、こういうことをやってみたいと思ったことがあります」

ガネーシャが話を続けるよう手の動きでうながしたので、言葉をつなげた。

「病気になったことで、なおさら強く感じるのですが……僕の仕事は後に残るものがありません。晴香に『これがパパの仕事なんだよ』と胸を張って言えるものがないのです。だから、僕がこの世を去ったあとも、何らかの形で人の役に立つものが残る仕事がしたいと思いました」

あまりのとりとめのない内容に言っていて恥ずかしくなったが、ガネーシャは明るい表情で答えた。

「ええやん」

「え？」

予想外の好反応に驚いていると、ガネーシャは続けた。

「自分らが豊かに暮らせるんも過去に色んなもんを頑張って作ってくれた人のおかげやし、そうやって後に続く人らに役立つもんを作りたいちゅうのは素敵なことや。そんで何より……」

ガネーシャは僕を指差して言った。

「自分が『本音』と向き合い始めたんは大きな前進やで」

ガネーシャに励まされ胸が温かくなるのを感じていると、死神が付け加えるように言った。

「アメリカの伝説のギタリスト、ジミ・ヘンドリックスもこう言っている。『死が訪れたとき、死ぬのは俺なんだ。だから俺の好きなように生きさせてくれ』とな」

「今の何？」

突然ガネーシャが死神をにらみつけたので、死神は戸惑いながら答えた。

「い、いえ。この者に、死にまつわる名言を教えることでガネーシャ様をフォローしようと思いまして」

「気持ちは分かるんやけど、ワシのポジションとかぶってへんか？」

「いや、かぶってはいないと……」

弁解する死神に向かって、ガネーシャはわざとらしくため息をついて続けた。

「バラエティ番組でもたまにあんねんな。無理に爪跡残そうとした若手が、大御所が言うべき台詞を先に言うてまうことな。その場では笑いが取れて良かった思うかも分からんけど、あとで編集するときディレクターさんが困んねん」

そしてガネーシャは死神に向かって叫んだ。

「ディレクターさんが困んねんで！」

「す、すみません」

（この場合のディレクターって一体誰なんだ……）

言い掛かりにしか聞こえない内容に首をかしげたが、その後の話し合いで、「死神は死に関する名言に限り言ってよし」という、謎の取り決めが行われた。

「で、何の話やったっけ？」

僕は拍子抜けしながらも話を元に戻すと、ガネーシャはアゴに手を添えて考えながら言った。

「ただ、後に残る仕事言うても、ぎょうさんあるからなぁ。道路や橋作るんもそうやし、映像作ったり、文章書いたり、発明したりするんも、全部後に残る仕事やもんな」

僕もガネーシャと一緒に考え込んだ。まさに、そこで考えが止まってしまっていたのだ。

「……僕は、どうすればいいのでしょうか？」

何度も繰り返してきた質問を再びぶつけると、ガネーシャは顔を上げ、遠い目をして言った。

「自分、キング牧師くん知ってるか？」

「はい。人種差別撤廃運動をした人ですよね」

「そうや。ただ、その運動はな、実は一人の女の子の行動がきっかけやったんやで」

「へぇ……そうだったんですね」

「ローザ・パークスちゃん言うんやけどな。仕事終わりに乗ったバスで椅子に座ってたローザちゃんは、運転手から白人に席を譲るよう脅《おど》されたんや。他のアフリカ系アメリカ人は黙って命令に従ったんやけど、ローザちゃんは従わへんかった。これまで差別されてきた自分の先祖たちのことを考えて、抵抗せなあかんて思たみたいやな。結果、彼女は逮捕されたんやけど、この事件をきっかけにバスのボイコット運動が始まって、人種差別を禁止する法律ができたんやで」

「そんな出来事があったんですね」

たった一人の勇気ある女性の行動が歴史を変えたと知り感動していると、ガネーシャは言った。

「自分、次はこの課題やってみい。『大きな夢に向かう小さな一歩を、今日踏み出す』」

「大きな夢に向かう小さな一歩を、今日踏み出す……」

「そうや。どれだけ途方もない夢に思えても、最初の一歩は、誰にでも踏み出せる小さい一歩やねん。それを、今日やんねん」

どんな大きな目標の達成も小さな一歩から始まるというのは、その通りだと思う。

ただ、時計を見ると夜の十一時を回っていて、今日という日はほとんど終わりかけていた。

「さすがに今日、何かを始めるのは難しいのでは……」

そう言って肩をすくめると、ガネーシャは表情を険《けわ》しくして言った。

「自分はまた、やるべきことから目を背けるんか?」

――ガネーシャの言葉が重く心にのしかかった。前にファミリーレストランでガネーシャから言われた「自分に、甘さはなかったんか?」という言葉が頭の中でこだまする。

ただ、それでも何をすればいいのか分からずうつむいていると、ガネーシャは、

「自分には、この話もしといたるわ」

と言って、新しいタバコを取り出して続けた。

「マクドナルドの創業者、レイ・クロックくんな。彼はもともとうだつの上がらんミキサーの販売員をしとったんや。せやけど、たまたま出会ったマクドナルド兄弟のハンバーガー店の味のうまさと運営システムに感動してな。その日のうちにマクドナルド兄弟とのディナーにこぎつけて、そのまま近くの安宿に泊まってビジネスの契約を結ぶ計画を立てたんやで。そんで翌日、ランチのあとの時間狙ってもう一度会いに行って、チェーン展開をもちかけたんや。ただ、兄弟がどうにも乗り気やなくてな。ほんだらクロックくん、『自分が店の経営やります』言うて、マクドナルドチェーンが始まったんやで」

「へぇ……」

レイ・クロックの並外れた行動力に感服していると、ガネーシャは続けた。

「『やる』て決めたその瞬間から、やれることはなんぼでも生まれてくんねん。自分のやりたい仕事が分かれへんのやったら、色んな仕事について調べたり、人に相談のメール送ったりするんは今すぐできるやろ。なんなら、今日、自分が考えたことを日記にまとめとくだけでも、何か発見があるかも分からんで」

そしてガネーシャは、人差し指を床に向けて言った。

「なんぼ大きくてかないそうにない夢でもな、その夢に近づくためにできることは、今、この瞬間にあるんやで」

僕は、ガネーシャの言葉に深くうなずきながら思った。

（ガネーシャの言うとおりだ。どんなに大きな夢や目標も、小さな行動に分けていけば……いや、今すぐ行動に移せるくらい、小さく分けることが大事なんだ）

椅子に座っていた僕はそのまま机に向かい、ノートパソコンを開いた。

何をするかは決めていなかった。

ただ、こうしてパソコンを開くという作業も、夢に近づくための小さな一歩と言えるかもしれない。

（日記か……）

ガネーシャの言葉を思い出し、まずはメモのような文章から書き始めてみた。すると、ほとんど時間が経たないうちに、あるアイデアを閃《ひらめ》いた。

「ガ、ガネさん……！」

そのことを伝えたくて振り向いたが、そのときすでにガネーシャは、
ぐおっ！　ぐおおっ！　ぎょぎゅぇぇ！　ぼぶぎゅおぉぉ！

恒例の大いびきをかき始めていた。

僕は、すぐに耳栓を装着して作業を始めた。

このとき思い描いたことがどんな結果を生むのか——ましてや大金を作ることにつながるのか——まったく予想がつかなかった。

ただ僕は、情熱に突き動かされるように、ひたすらキーボードを叩き続けた。

［ガネーシャの課題］

大きな夢に向かう小さな一歩を、今日踏み出す

7

日曜日の朝、ガネーシャが起きてこなかったので家族三人で食事をした。

以前は当たり前だった光景が、今は、何ものにも代え難い貴重なものに感じられる。僕はあと何度、こうして家族と一緒に食事をすることができるのだろうか。

（ああ、だめだ……）

どれだけ遠くに追いやろうとしても、ちょっとしたきっかけで別れの悲しみが迫ってきて、心を支配しようとする。

この感情を家族に悟らせてはならないと思い、できるだけ早く食事を終わらせた僕は、

「ガネさんを起こしてくるよ」

と言って席を立ち、部屋に戻った。

ガネーシャは、相変わらず豪快ないびきをかいている。

過去に色々な偉人を育ててきたと言うガネーシャだけど、僕には気を遣うと言っていたから疲れが溜まっているのかもしれない。

（もう少し休ませてあげよう）

そう思ってベッドから離れ、机の前でパソコンを開いて操作を始めると、

（ええ――）

画面に映ったものが信じられなくて、しばらく呆然としてしまった。

それから僕は、

「ガ、ガネさん！　起きてください！」

ベッドで寝ているガネーシャの体を揺り動かしたが、ガネーシャはもごもごと口を動かした。

「……いや、せやから、バナナシェイクが意外と喜ばれたから言うて、ずーっとバナナシェイク供えるんはおかしいやろ？　え？　リンゴシェイク？　確かにリンゴシェイクは未経験やけど……いっぺんシェイクから離れよか？　てか、いっぺんゾウのエサから離れえ！！！」

「寝ぼけてる場合じゃないですよ！　これを見てください！」

僕がノートパソコンの画面を向けると、

「なんやの、もう……」

ガネーシャは寝ぼけ眼《まなこ》をこすりながら上体を起こし、画面を見た。

そこにはグラフが表示されていた。

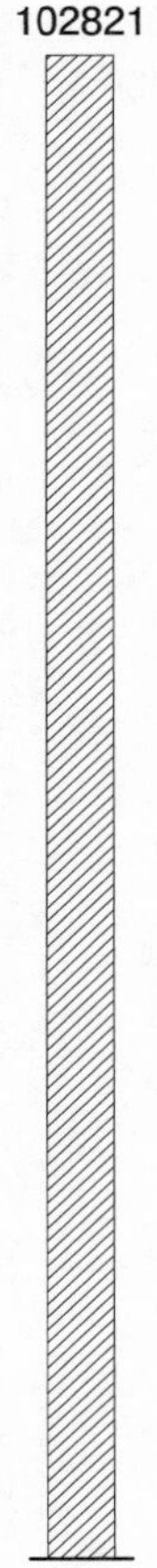

僕は、アクセス数が表示された画面を指差しながら、興奮して言った。

「この前、ガネさんの話を聞いてから色々考えて、ブログを書くことにしたんです！」

そして僕は、画面を切り替えてブログのタイトルを表示した。

都内で働く会社員が、余命三か月を生きるブログ

僕は続けた。

「正直、こんなブログを書いていいのか迷いました。でも、自分に残せるものが何なのか考えたとき、すぐに始められるのはブログを書くことだったんです」

ブログの内容は――僕と家族の名前は伏せつつも――突然、病気を宣告されてから今に至るまでの心情をこと細かに書き綴《つづ》ったものだった。

自分に関するこんなに長い文章を書いたのは初めてだったけれど、誰にも相談できなかった不安を吐き出せたことへの安堵《あんど》や、今の自分の状況が誰かの役に立つかもしれないという希望に後押しされ、どんどん書き進めることができた。

どこかの有名サイトで取り上げられたのだろうか、今、こうしている間もアクセス数は増え続け、ブログへのコメントも次から次へと書き込まれている。

その状況をじっと見ていたガネーシャは、ぽつりとつぶやくように言った。

「ワシ、寝るわ」

そしてベッドに戻ると、僕に背を向けて横になってしまった。

「ちょ、ちょっとガネさん……」

ガネーシャの反応の薄さに戸惑いながら、背中に向かって訴えた。

「これだけ注目してもらえたということは、色々な可能性が生まれると思うんです。このままアクセス数が上がっていけば、出版社から声がかかって本にできるかもしれません。そうすればお金が……」

しかし、ガネーシャは無言のまま背中を向け続けている。

（どうして何も言ってくれないんだろう……）

ガネーシャの態度にいよいよ不満を募《つの》らせていると、

「おい、人間」

冷たい風と共に部屋の隅に現れた死神が手招きしていた。

（何だろう？）

疑問に思いながらもそちらに向かうと、死神は声をひそめて言った。

「ガネーシャ様は、自分以外の者に注目や人気が集まるのがお嫌いなのだ」

「ええっ⁉」

思わず声を上げてしまったが、死神が「しっ」と人差し指を立てたのであわてて口をつぐんだ。死神は続けた。

「ただ、お前の置かれている状況も分かっているから表立って咎《とが》めることができず、結果、『ふて寝』という行動を取られている」

言われてみると、ガネーシャの丸まった背中からは不機嫌さがにじみ出ているように見えた。

「僕は――どうすればいいんですか？」

困惑しながらたずねると、死神は答えた。

「フォローしろ」

「フォロー？」

「ガネーシャ様の沈んだ気持ちをフォローして差し上げるのだ」

（なんで僕がそんなことを……）

まったくもって意味不明だったが、死神がろうそくを取り出して時間のなさを強調してきたので、仕方なくベッドで横になっているガネーシャに近づいて言った。

「あの……ありがとうございました」

ガネーシャは背を向けたまま言った。

「何が？」

「いや、その……」

僕自身、何に対する「ありがとう」なのか分からなかったが、感謝の気持ちを無理やり捻《ひね》り出して言った。

「前にガネさんが言ってくれたじゃないですか。『現実を見ろ』って。あの言葉があったからこそ、読者の厳しい目線を想像しながら文章を書けたんだと思います」

話し始めると、意外に言葉はすらすらと出てきた。

「このブログのアクセス数がすごく伸びたのは、間違いなくガネさんのおかげ……いや、『おかげ』というのは語弊《ごへい》がありました。よく小説家が、『この作品は神が私に書かせたのだ』などと言いますが、このブログはまさにガネさんによって『書かされた』のです。ある意味、ガネさんの作品です。©ガネーシャです」

するとガネーシャは言った。

「『あるある』やね」

「え?」

「ようあんねん、そういうこと。ワシが『書け』とか『描け』とか言わんでも、ワシと一緒におったら色んなもんが自然と生まれてまうねんな。せやからそれ、『ガネーシャあるある』やねん」

　思い切り調子に乗ってきたガネーシャにたじろいだが、死神が「そのまま続けろ」というジェスチャーをしていたので、「これが噂の……!」「歴史的瞬間に立ち合えて光栄です!」「結局、僕は、ガネさんの手のひらの上で遊ばされていただけなんですね!」「なんて大きな手のひらなんだ!」などとひたすら持ち上げていった。

　するとガネーシャは、ガバッと勢いよく体を起こして言った。

「ワシもブログ書こかな」

「え?」

「いや、ワシ、前にインスタ始めよかなて思たことあったんやけど、インスタやとどうしても、ワシの外見をアップしたなるやんか。ワシの外見なんてどこをどう切り取っても『いいね』なわけやから。『いいね』か『ええね』の二択なわけやから。ただ、これは諸刃《もろは》の剣ちゅうかな、盛り上がりすぎて炎上したら面倒やな思て二の足踏んでたんやけど、ブログやったら文章だけで成立するから問題なさそうや思てな。ま、それでも結構なレベル

て言った。

僕が言うと、ガネーシャは、ベッドから飛び降りてパソコンの前に座り、目を輝かせて言った。

「い、いいんじゃないですか」

の騒ぎにはなる思うけど」


「で？　どないすればええのん？」

僕がブログの開設の仕方を一つ一つ丁寧に教えていくと、「なるほどな」と感心しながら聞いていたガネーシャは、説明を聞き終えるや否や、冷徹な口調で言った。

「ほな、一人にしてくれるか？」

「え？」

「ワシって文章書くとき周りの物音がめっちゃ気になんねん。せやから部屋に一人で籠《こも》って書きたいねん。そういうタイプの文豪やねん」

「いや、でも……」

「でも、何や？」

「この部屋は僕も使いたいので、あまり長時間一人で使われると……」

するとガネーシャは、少し考えてから何かを思いついた様子で言った。

「ほな自分、この課題やってみいや。『人に会ってわだかまりをとく』」

「人に会ってわだかまりをとく？」

「自分、スティーブ・ジョブズくん知ってるやろ?」

「もちろんです。アップルの創業者でiPhoneを作った人ですよね」

「そうや。そのジョブズくんが、がんで病床に伏せとったときグーグル創業者のラリー・ペイジくんから連絡があってんな。ちょうどペイジくんがグーグルの経営に復帰したタイミングやったから、優れたCEOになるための話を聞きたい言うてん。せやけど、ジョブズくんはグーグルのアンドロイド携帯がiPhoneのパクりや言うて激怒しとってな。『アンドロイドをつぶすためなら、人生最後の時間を使っても、銀行にあるアップルの四〇〇億ドルすべてをつぎ込んでも構わない』て言うてたくらいやったんや」

「なるほど……」

「せやからジョブズくんは、いったんは断わろうとしたんやけど思いとどまってな。自分も若いころにヒューレット・パッカードの創業者、ビル・ヒューレットくんをはじめ、色んな人に助けられたこと思い出したんや。そんで電話を折り返してペイジくんと会うて、できるかぎりのことを教えたったんやで」

「そんなことがあったんですね」

「ジョブズくんは、自分のことだけやのうて、次世代の人間やシリコンバレー全体のことを考えて行動したんやな。そんなジョブズくんやったからこそ、自分が世を去ったあともアップルが魅力的な会社として存続できるような仕組みを作ったり、後継者を選んだりすることができたんやで」

感心して何度もうなずいていると、ガネーシャは僕に顔をぐっと近づけて言った。

「自分、仲違《なかたが》いして疎遠になってもうてたり、お世話になったのにお礼が言えてへん人おらへんか？　そういう人に直接会って心のわだかまりをといてみい。それができる器の持ち主こそが、会社や家族を末永く繁栄させられるんやで」

そしてガネーシャは、僕に手の甲を向け、こちら側に振りながら言った。

「分かったら、さっさと行き」

ガネーシャの偉そうな態度には少々引っかかったが、僕はすぐに服を着替え、志織に「帰るのは遅い時間になるかもしれない」と言って家を出た。

「直接会ってわだかまりをとく」ことを考えたとき、真っ先に思い浮かんだ人がいたからだ。

［ガネーシャの課題］

人に会ってわだかまりをとく

8

躊躇《ちゅうちょ》する気持ちがないわけではなかった。

でも、長年、心の奥底でくすぶっていた問題と向き合うタイミングは今しかないと思い、新幹線に乗り込んだ。

——両親とは、十年近く顔を合わせていない。

結婚の報告をしに行ったときに反対され、特に反対してきた父と感情的な言い争いになってしまったことが原因だった。

父は、県内でも有数の進学校で働く社会科の教師で、僕の教育にも熱心だった。小学生のころから毎日欠かさず勉強を見てもらっていたので、テストの成績はいつも良かった。でも僕は、中学受験をして進学した学校で徐々に成績が落ち、勉強を頑張れなくなってしまった。

そのころから父との関係もぎくしゃくし始め、勉強のやり方や進路のことで言い争うことが多くなった。大学受験のときも、僕は、著書を読んで感銘を受けた教授がいる大学への進学を希望したが、父は偏差値が高く名前の通った大学にこだわり、大声を張り上げて言い合うことになった。

こうした価値観の違いは仕方のないことだと割り切ってきた。父は、自分の思い通りにならない僕にイライラするだろうし、僕も父の期待通りの人間にはなれない。

ただ、結婚の意志を報告するために一人で実家に戻ったとき、志織について言われた言葉に対して、これまでの人生で感じたことのないような憤《いきどお》りを覚えた。

父は、志織の持病を知るとあからさまに嫌な顔をし、

「そんな人と結婚しても苦労するだけだぞ」

と言ったのだ。

志織は自分で望んで病気になったわけじゃない。それでも病気を受け入れようとしながら前向きに生きている素晴らしい女性だ。その志織に対して「そんな人」と言った父を、どうしても許せなかった。

感情的になった僕は、父に対して溜まっていた鬱憤《うっぷん》をぶちまけた。僕に勉強を頑張らせてきたのも、僕のやることに反対してきたのも全部、自分が世間に見栄を張りたかっただけじゃないか。あなたはいつも「お前のためだ」と言うけれど、結局、自分のことしか考えていないじゃないか。そんな内容の言葉を強い口調でぶつけていった。

すると父も激高し、「病気持ちの人と結婚したがるのは、お前が普通の女性から相手にされないからだ」と侮辱《ぶじょく》してきた上に、病気が子どもに遺伝する可能性があることを知

ると、「生まれてくる子どもは不幸になるぞ」とまで言ってきた。

こうして、売り言葉に買い言葉で言い争いが過熱していった結果、僕は、「もう二度とこの家には戻らない」と言い捨ててその場を立ち去った。こんな父には、絶対に志織を会わせてはならないと思った。

そして、早くに両親を亡くしていた志織と僕は、ごく親しい友人だけを呼んで、ささやかな結婚式を開いたのだった。

*

新幹線が駅に到着し、在来線に乗り換えてから十五分ほど電車に揺られると、実家の最寄り駅に到着した。

快速列車が止まらないこの駅は、十年前とほとんど変わっていない。

(懐かしいな……)

アブラゼミの鳴き声に耳を傾けながら線路沿いを歩いていくと、幅二メートルくらいの用水路が見えてきた。この季節の用水路にはザリガニやフナなどたくさんの生き物がいて、子どものころよく捕まえて遊んだものだ。

ただ、立ち止まって用水路をのぞき込んでみたものの、生き物たちは見当たらなかった。

少し残念に思いながら、実家に向かって再び歩き始めようとしたが、そのとき、遠い過去の記憶が蘇《よみがえ》った。

それは、幼いころ、夏の強い日差しを受けながら、父と一緒にザリガニを採ったことだった。

タモが届かない場所にいた大きなザリガニを欲しがる僕のために、探してきた木の枝をタモにくくりつけ、片手でフェンスをつかみながらもう一方の手を限界まで伸ばして捕まえてくれた。父が用水路に落ちるんじゃないかと冷や冷やしながら見守っていた僕は、草で縛《しば》って持ちやすくしてもらったザリガニを手渡されたとき、飛び上がって喜んだ。

僕の知らないことを何でも知っていて、勉強以外にも色々なことを教えてくれた父は、当時、憧れの存在だった。

そんな父と、もうすぐ会うことができなくなる。親より早くこの世を去るのは一番の親不孝だと言われるけれど、そんな子どもに、僕はなってしまうのだ。

もし、今の関係のままこの世を去ることになってしまったら、僕は最期の病床で、激しい後悔に襲われることになるだろう。

用水路を離れた僕は、実家に向かう足取りを速めた。

しかし、いざ実家の扉を前にすると胃に鉛《なまり》を入れられたような重い気持ちになった。

父は、突然帰ってきた僕に対してどんな思いを抱くだろう？　結局、何も解決できず、嫌な思いをして終わるだけなんじゃないのか……。

そんな不安が次から次へと思い浮かんで来たけれど、僕は、自分に言い聞かせた。

（ガネーシャの課題を実践したあとはいつも、目標に向かって近づいている感覚がある。今回の課題も、きっと大きな意味があるはずだ）

緊張と不安で震える手を引き戸に向かって伸ばし、思い切って横に押し開いた。

家に人がいるとき鍵をかけない習慣は、昔と変わっていない。

「ただいま……」

声をかけると、奥から母が顔を出した。白髪が増え、体も小さくなったように見える。

（健康は大丈夫なのだろうか……）

そんな心配をしていると、母は僕を見るなり表情を変え、

「どうしたの」

と不安げな声を出した。

「ちょっと、仕事でこっちの方に来てたから」

用意しておいた言葉を伝え、軽く立ち話をしてから、靴を脱いで家に上がった。

先にリビングに向かった母が、僕が来たことを父に伝えている。

リビングに入ると、大きなテレビ画面にワイドショーが映っていて、ソファに父が座っ

ていた。

何か声をかけなければと思い、

「久しぶり」

と言ったが父は何も答えなかった。顔はテレビ画面に向けられたままだ。

母がお茶をいれるためにキッチンに向かうと、僕は、父から離れたソファの端に腰を下ろした。

どういう会話をすればいいのか分からず、父と同じようにテレビ画面に目を向けた。コメンテーターが興奮して何かをまくしたてているが、話の内容はまったく頭に入ってこない。

父への謝罪の言葉を口にしてしまおうかと考えたが、不自然な気がした。そこで、駅の近くの用水路でザリガニを採ってもらった話をすることに決めたが、先に父が口を開いた。

「金か？」

父の一言で、強い不快感が胃のあたりから駆け登ってくるのを感じた。

父は、続けた。

「連絡もよこさないでいきなり訪ねてきたのは、何か魂胆《こんたん》があるからだろう」

怒りの感情と共に、父への嫌悪感が蘇ってきた。父は、いったん相手をこうだと決めつけると、一方的に非難する癖がある。

（ああ、だめだ……）

頭の中で、自分を止める声がする。冷静になれ。感情に飲み込まれてはだめだ。

でも、どうしても、ふくらんでいく怒りをおさえることができない。

そして、僕が頭に浮かんだ言葉をそのまま吐き出そうとしたときだった。

「こんにちは〜」

玄関の方から声が聞こえてきたので意識がそちらに向かった。来客は勝手に家に上がり込んできているようで、足音がどんどん近づいてくる。母が対応に向かったが、客の方が先に顔を出して言った。

「まいど！」

その瞬間、

「ええっ⁉」

驚きの声を上げてしまった。

やってきたのは、おじさんの姿をしたガネーシャだった。

無作法な動きで近づいてきたガネーシャは、僕の目の前に立って言った。

「何、ぼーっとしてんねん。敏腕上司であるところのワシを、ちゃんとご両親に紹介してくれんと」

「あ、ああ……」

困惑しながらガネーシャの話に合わせて紹介すると、父は不審そうな表情を浮かべながらもテレビの電源を切り、

「息子がお世話になっております」

と頭を下げた。するとガネーシャは、僕の隣に乱暴に腰かけ、テーブルの上の茶菓子を鷲《わし》づかみにして口の中に放り込んだ。そして、もぐもぐと口を動かしながら話し始めた。

「いえいえ、お世話になっているのはワシの方ですねん。ワシら世代は、ほら、ITちゅうのが分かりませんやろ？　せやから息子さんに……てか、この和菓子めちゃめちゃうまいやないですか。これ何て言いますのん？　羊羹《ようかん》！　なんちゅうええ響きや！　ちなみにこの羊羹、一目見た瞬間にうまそうな予感がしてましして……ちなみに、今、『羊羹』と『予感』が掛かったのはたまたまちゃいますで。確信犯でっせ」

「あの……」

「何や？」

「何しに来たんですか」

僕がたずねると、ハッとした表情になったガネーシャは、ノートパソコンを取り出して画面を指差した。

「ここの文字大きくするにはどうしたらええのん？」

（こんなことを聞くためにに、わざわざ――）

衝撃を受けながらも説明すると、ガネーシャは膝をパンと叩き、

「よっしゃ、これでランキング入りは確実やで！」

と言ってノートパソコンを閉じて立ち上がった。それからテーブルの上の羊羹を右手で目いっぱいつかんでポケットにしまうと、

「ほな、失礼します」

と言って玄関の方に向かった。

しかし途中で引き返してきたガネーシャは、母に、

「この羊羹、どこで買えますのん？　え、この近くのお店でしか買えませんの？　せやったら定期的に送ってもらうことできます？　ええ、届け先は息子さんの自宅で。ここに住所書いときますわ」

と勝手にメモ書きを残し、僕の所に来て、

「商談成立や。これが敏腕上司の実力やで」

と、持ち上げた上腕を得意げに叩いて帰って行った。

リビングルームは、嵐が過ぎ去ったあとのような静けさに包まれたが、そのとき僕は、先ほど渦巻いていた怒りが収まっているのに気づいた。人間は、怒った状態を数秒しか保つことができないと聞いたことがあるけれど本当の話らしい。

僕は一度、大きく息を吸い込んで吐き出すと、父に向かって言った。

「今日、僕が家に来たのは、信じてもらえないかもしれないけれど——お金を無心するためじゃないんだ」

そして、僕は頭を下げて言った。

「結婚に反対されたとき感情的になってしまって、あなたの子どもとして間違ったことを言ってしまいました。すみませんでした」

言葉を口にしながら、突発的な感情よりも誠実さを選び取れた自分への誇らしさのようなものが、体じゅうに広がっていくのを感じた。

——父からの返答はなかった。

ただ、僕自身も、この程度で長年のわだかまりが解消できるとは思っていなかった。そして、本来であれば、時間をかけて粘り強く向き合っていくべき問題であることも分かっていた。

でも、僕には時間がないのだ。

しばらく間を取ってから、僕は再び口を開いた。

「今、僕には子どもがいるんだ」

沈黙する父に向かって、訥々《とつとつ》と話を続けた。

「晴香っていう名前の女の子なんだけどね。父親になって初めて気づいたことがあるんだよ」

　僕は、晴香と過ごしてきた日々を振り返りながら続けた。

「僕は、できるだけ多くの時間を晴香と過ごすようにしているけれど、どうしても仕事で帰るのが遅くなる日があるんだ。そんな日は、晴香が先に寝ちゃってるんだけど、父さんは、毎日必ず、僕のために家に帰ってきて勉強を教えてくれてたよね。休みの日も、虫採りや図書館に連れて行ってくれたり……いつも一緒にいてくれてた」

　僕は、父の背中を追いかけていた、幼かったころを思い出しながら続けた。

「それがいかにすごいことだったのか、晴香を育ててみて初めて分かったよ。世の中には、子どもに色々な習い事をさせたり、お金をかけて教育する親はいるけれど、一番大変なのは、自分の時間を子どものために使うことだと思う。だって時間は――自分の人生そのものだから」

　それは、余命を宣告されてからずっと考えてきたことだった。

　今、晴香と志織のために少しでも多くのお金を残そうとしているのは、僕に時間がないからだ。

　時間があれば、時間さえあれば――僕は、晴香と志織を幸せにできるんだ。

　僕は顔を上げ、父に向かって心を込めて言った。

「父さんの一番貴重な財産――『時間』を僕のために使ってくれて、ありがとうございました」

そして僕は、深く頭を下げた。

僕の話をじっと聞いていた父は、やはり、黙ったままだった。

「あなた……」

言葉をうながすように母が父に近づいたが、それでも父は、口をつぐんだまま、膝の上に置いた拳を震わせていた。

——伝えるべきことは伝えた。これ以上、今の僕にできることはないだろう。

「……じゃあ、帰るね」

そう言って席を立ち、玄関に向かうと、母がやって来て言った。

「次はいつ戻って来れるの？」

僕は、とっさに笑顔を作り、

「年末には戻って来るよ」

と答えたが、同時に心の中で思った。

今年の僕に、年末はない。

おそらくこれが、母と話せる最後の機会になるはずだ。

「母さん」

僕は母を呼び、抱きしめて言った。

「僕は今、すごく幸せに生きてるよ。産んでくれて、本当にありがとう」

背中に回した手に、涙で震える母の感触が伝わってくる。

父とのわだかまりをとくことはできなかったけれど、僕は今日、家に戻って来ることができて本当に良かったと思った。

9

——もちろん、直接会って話すことで、確実にわだかまりがとけるわけではありません。また、「両親とは必ず分かり合わなければならない」と自分を縛りすぎる必要もないと思います。

ただ、それでも、長年目を背けていた人間関係に向き合い、できる限りの行動を起こすことは、後悔しない人生を送るために本当に大事なことだと感じました。

仲違いしたままになっている人や、ずっとお礼が言えていなくて心に引っかかっている人……そんな人がいるのだとしたら、ぜひ、連絡を取り、会いに行ってみてください。

「迷惑がられないだろうか……」「嫌な思いをして終わるだけなんじゃないか……」

そんな風に不安を感じる人もいると思います。実際、僕がそうでした。

ただ、忘れてはいけません。これは、相手のためではなく、自分のためにやるべきことなのです。

「いつかやろう」——そう考えている人もいるかもしれません。

でも、あなたや相手の方が、病気や不慮の事故で命を落としてしまったら、直接会って話す機会は永遠に失われてしまいます。

これまで、僕は、病気や事故で亡くなる人のニュースを目にしたとき、「まさか自分がなるわけがない」と思っていました。出来事の詳細を知っても、実際の映像を見ても、自分が住んでいるのとは別の世界で起きている感覚がありました。

でも、現実は違いました。

そして、僕がその一人になってしまったように、あなたもまた、そうなってしまう可能性があるのです。

だからこそ、あなたが生きている、今、行動することを考えてみてください。

そして、もしこのブログが、あなたの背中を押すきっかけになれたとしたら、僕は本当にうれしいです。

帰りの新幹線の中で、両親とのやりとりで気づいたことをノートにまとめていった。

書き始めると、みるみるうちに白紙のページが埋まっていく。自分の伝えたいことがそのまま相手の人生に役立っている感覚があり、過去に味わったことのない高揚感があった。

ガネーシャは、「大きな結果を出す人間は、『これをやるために生まれてきた』という情熱を持って仕事をしている」と言っていたけれど、その片鱗《へんりん》に触れることができたのかもしれない。

自宅に着いたのは、夜の十時すぎだった。

大きな音を立てないよう、そっと扉を開けて家に入った。

リビングの電気は消えていたので、晴香と志織はもう寝てしまっているのだろう。

僕は急に二人の寝顔が恋しくなり、彼女たちの寝室の扉を開けようとした。

しかし、どこからともなくすすり泣くような声が聞こえ、手を止めた。

志織たちの部屋からかと思ったが違う。その声は、僕の寝室の方から聞こえてきていた。

足音を忍ばせて部屋に向かい、開いていた扉からそっと中をのぞいた。

すると、

「ううっ……ううっ……」

泣いていたのはガネーシャだった。

ガネーシャは、ノートパソコンの前でうつむき、肩を震わせていた。

「ガ、ガネさん」

部屋に入り、近づいて声をかけると、ガネーシャは涙まみれの顔をこちらに向けてもごもごと口を動かした。

声が小さくて聞こえないのでさらに近寄ると、やっと聞き取れた。

「アクセス数が……全然……伸びひんねん……」

パソコン画面には、ガネーシャのブログのアクセス数が表示されていた。

48

8/2(日)

僕はガネーシャを慰めるように言った。

「で、でも、アップした初日でこれだけの数字が出ているわけですから、これから伸びていくんじゃないですか」

するとガネーシャは首を横に振って言った。

「全部、ワシやねん」

「え？」

「この数字、全部ワシやねん」

ガネーシャは、涙を流しながら続けた。

「ブログをアップしたあとな、どんだけアクセスされてるかな思て数分おきにチェックするとな、毎回、必ず数字が一個増えてんねん。そんでワシは、『少しずつやけど、着実に伸びてるやん！』て感動してたんやけど……それ、ワシやってん。ブログのアクセス数て、ワシ自身のアクセスもカウントされとったんや」

——僕は、返す言葉が見つからなかった。

ブログのアクセス数をチェックするたびに一つずつ数字が増えているのを見て歓喜するガネーシャの姿を想像すると、なおさら何も言えなくなった。

い、一個増えてる……
また一個
増えてるやん！
着実、最高！
ビバ、着実！

「読んでみ」

ガネーシャがマウスを操作すると、ブログが画面に表示された。

ガネーシャのおもしろ神日記　～笑う門には神来たる（笑）～

タイトルからして嫌な予感しかしなかったが、とりあえず読んでみることにした。

はじめまして。私、ガネーシャと申します。

のっけからこんなこと言っていいのか分かりませんが、何なら、最終回まで引っ張った方がいい話題なのかもしれませんが、言っちゃいますね。推理小説で言うと最初に犯人が分かっちゃうパターンになっちゃいますけど、言っちゃいますね。

本物です（笑）。

はい。

私、あのガネーシャです。

神様界の最高神、トップ・オブ・ゴッドのガネーシャがブロガーとして降臨し……って誰がミミガーやねん！　ミミガーは豚の耳やし！！！　ワシ、ゾウの神様やし！！！

……この笑いのセンスの塊みたいな文章が飛び出した時点で完全に本物だとバレちゃったと思いますけど(笑)。隠す気あれへん、やんちゃな神やで！(笑)　拍手！　拍手！　シャン、シャシャシャン！（爆笑必至のポーズ）(笑)。

　というわけですでにお気づきだと思いますが、このブログ、お笑い路線でやらせてもらおうと思ってます(笑)。「おいおい、有難い教えはどうなってんだよ！」とおっしゃるあなた、ご心配なく(笑)。教えの方は、有料会員になってもらえた方限定で……ってそんなわけあるかーーーい！　ワシのこと誰や思てんねん！　ガネーシャやで！　「笑いと教えのハイブリッド・ゴッド」ことガネーシャが、偶数日・笑い、奇数日・教えで毎日更新させてもらいますわ！　もちろん無料で！　ほんま太っ腹な神様やで！(笑)　拍手！　拍手！　シャン、シャシャシャン！（爆笑必至のポーズ　パート2）(笑)。

　というわけで、お供えものは「いいね」だけで大丈夫なんで(笑)。今後ともよろしくお願いしますガネ　←この語尾、流行らそうと思ってます(笑)。

お供えものお願いしますガネ

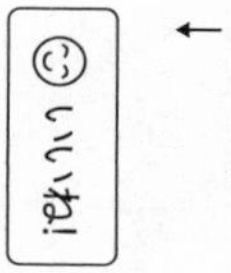

（な、何なんだ、この意味不明な内容は――）

衝撃を受けながらちらりと横を見ると、ガネーシャが物欲しそうな顔でこちらを見ていた。

（明らかに、褒められたがっている――）

どうコメントすればいいのか迷いに迷っていると、部屋の奥からひんやりとした空気が流れてくるのを感じた。

死神が、口の動きだけで（フォローしろ）と言っている。

「ガネさん」

僕は意を決してガネーシャの名を呼ぶと、ため息をつき、首を大きく横に振って言った。

「このブログは、正直言って――素晴らしいです」

「ほ、ほんまか？」

顔を輝かせるガネーシャに向かって、僕は大きくうなずいて続けた。

「シュールなタイトルに漂う気品。一行目からどこに向かうのか分からない極上のミステリー。さらには、異常発生する（笑）と神の審判を彷彿《ほうふつ》とさせる唐突な巨大文字……もはやブログの域を超えて芸術作品だと思います」

「芸術作品！」

「ただ、こういった作品は――過去に多くの偉人を育ててこられたガネさんが誰よりも自覚されていることだとは思いますが――世の凡人には理解できないものですよね」

「せ、せやねん！　世の凡人には理解でけへんねん！」

「もちろん、このブログも後世の人々には絶大な評価を受けることになります。殿堂入りは間違いありません」

「せやな、殿堂入りは間違いないな！」

「石板に彫られて美術館に収められることになるでしょう」

「せやな！　石板に彫られて美術館に収められることになるな！」

「だから現時点でのアクセス数が少なくても全然気にしなくていいのです」

「うん！　アクセス数が少なくても全然気にせえへん！」

「では、ガネさん、僕もブログを更新したいので席を代わってもらってもいいですか？」

「うん！　ガネさん、席、代わる！」

そしてガネーシャは素早い動きで席を立つと、机の横で直立して敬礼のポーズを取った。

僕はガネーシャの扱い方を完全にマスターしたことを確信しながら椅子に座り、新幹線の中で書いたノートを取り出した。

それからすぐにキーボードを叩き始めたが、しばらくすると、ガラス戸の前でタバコを吸うガネーシャの声が聞こえた。

「……ワシのブログが理解されるまでに時間かかるんやったら、今回は、自分に教える方に専念してもええかもなぁ」

「その意見、賛成です」

作業を続けながら答えたが、その後、突然、パソコン画面の前にガネーシャの顔が現れたので、

「おわっ」

と驚いて上体をのけぞらせると、ガネーシャが画面を指差して言った。

「このブログに、ワシ、出せる？」

「え？」

「ちょっとでええねん、邪魔にならん程度で」

「どういうことですか？」

眉をひそめる僕に向かって、ガネーシャは続けた。

「いや、ワシがブログを始めよう思たんは、教え子たちがワシのことを一切作品に登場させへんかったこともあんねんな。たとえば、ダ・ヴィンチくんが『最後の晩餐《ばんさん》』に、一人ぐらい増やしても分からへんやろってワシのこと描いてくれてたり、シェイクスピアくんが『ロミオとジュリエット』やのうて『ロミオとガネエッシャ』にしといてくれてたら、ワシの溜飲《りゅういん》も下がってたちゅうもんや」

（めちゃくちゃ邪魔になってるじゃないか――）

呆《あき》れる僕に向かって、ガネーシャは続けた。

「せやから自分もブログの文章をな、語尾をガネにしてみたり、思い切って一人称をガネにしてもええ。ただ、まあ現実的な落とし所は、ブログの最後に、

『Produced by《プロデュースド バイ》 ガネーシャ』

的な文言を入れることやろなあ。……なんやったら、ワシが直接書き込んどくからパスワード教えてえや」

（パスワードなんか教えたら、何をされるか分かったもんじゃないぞ）

不安になった僕は、

「ガネさんのことは必ずどこかに書いておきますからご安心ください」

と答えておいた。

するとガネーシャは満足そうにうなずき、

「これで心おきなく伝説のブロガーを引退できるわ」

と言って続けた。

「ほな、次の課題は――」

僕はパソコンを打つ手を止めてメモをすると、ガネーシャはベッドの上で横になり、すぐにいびきをかき始めた。僕は、耳栓をセットしてブログの続きを書く作業に戻ろうとしたが、気づいたときには出された課題について考え始めてしまっていた。

ついそうしてしまうほど、今回のガネーシャの課題は興味が惹《ひ》かれるものだった。

10

（す、すごい……）

更新したブログを会社のパソコンで確認すると、アクセス数がさらに伸びていた。読者のコメント欄も——もちろんすべてが好意的というわけではなかったが——「両親との関係を見直そうと思いました」「長年連絡が取れていない恩師に手紙を書きたくなりました」など、うれしくなるものが並んでいた。

ただ僕は、読者の反応を見るのは早々に切り上げて仕事に戻った。

残された時間が少なくなってからは仕事との付き合い方が分からなくなっていたけれど、会社にいる間は仕事に集中することにしたのだ。

ガネーシャは「目の前の仕事に情熱を見出すことも大事だ」と言っていたし、ブログの読者の多くは会社員だと思われるので、同じ目線を保つことはブログを更新する上で大いに役立つはずだ。

こうして迷いがなくなってからは仕事への集中力も高まり、いつもより早く仕事を終えて会社を出ることができた。

ガネーシャとの待ち合わせ場所に選んだ会社近くのカフェで、出された課題について考えていると、

「どや、調子は」

とガネーシャが現れた。僕はガネーシャの前でノートを開きながら言った。

「言われたとおり、書き出してみました」

ガネーシャから出された課題は、

「死ぬまでにやりたいことリスト」を作る

だった。「できるかどうかは一切考えず、やりたいことを二十個以上書き出すこと」という指示どおり、思いつくままに書き出してみた。

家族旅行をする

本を出す

昔の友人と集まって飲む

カウンターで高級お寿司を食べる

富士山に登る
息ができなくなるくらい笑う
英語を話せるようになる
外国人の友達を作る
本場のヨガを習う
一〇〇巻以上ある漫画を一気に読む
楽器が弾けるようになる
豪華客船に乗る
自分で設計した家を建てる
ハンモックで寝ながら読書をする
猫を飼う
携帯アプリを作る
自分の会社を作る
トライアスロンに挑戦する
憧れの人に会う
ギネスブックに載るようなことに挑戦する
母校で講演する

世界遺産を見に行く

「本当に、思いつくまま書いてしまったのですが……」

　実現しなさそうなことばかり並んでいるのが恥ずかしくて弁解するようにつぶやいたが、ガネーシャは穏やかな口調で言った。

「レオナルド・ダ・ヴィンチくんな。彼は画家だけやのうて発明家でもあったんやけど、めっちゃメモを取る習慣があってん。彼の残したメモの中には、将来作ろう思てた、パラシュートやヘリコプター、コンタクトレンズの構想まで書かれてたんやで。そのダ・ヴィンチくんに影響受けたんがエジソンくんや。彼も、これから発明したいもののリストをノートにびっしり書いててんな」

　ガネーシャは、僕のリストを見つめながら続けた。

「もちろん、ダ・ヴィンチくんやエジソンくんが書いたリストの中には生きてる間に作られへんかったものもあったやろ。でも、頭で考えて終わりにするんやのうて、まずは書き出してみることが大事やねん」

　ガネーシャは続けた。

「できへんかもしれんて考え始めると、楽しくなくなってまうやろ？　せやけど、ワクワクしながら気軽に書き出していけば忘れてもうてた願望を思い出せるし、気持ちが高まれば行動に移したなるから実現しやすくなるもんやで」

確かにガネーシャの言うとおり、できるかできないかを判断したり深刻に考えすぎたりして可能性を狭《せば》めてしまうのはもったいないことだ。

（どうせ無理だと思って書かなかった「結婚式を開いて両親を呼ぶ」もリストに加えておこう）

そんなことを考えていると、ガネーシャは唐突に、項目の一つを指差して言った。

「ほな、今日はこれやろか。『カウンターで高級お寿司を食べる』」

「え？」

「いや、せっかくリスト作ったんやから、やらな意味ないやろ」

「で、でも……」

予想もしていなかった提案に戸惑ったが、（待てよ……）と思い直した。

このリストを作っているときは頭の片隅で、

（こんなことを実行してもお金が減るだけじゃないか）

と思っていた。ただ、「死ぬまでにやりたいことリスト」を実行する過程をブログに書けば、読者が興味を持ってくれる可能性は高い。

（ガネーシャは、ブログのアクセス数を伸ばして大金が作れるよう仕向けてくれているのかもしれないぞ……)

ただ、それでもカウンターの高級寿司屋に行くのは、料金をはじめ敷居の高さが不安なことを伝えると、ガネーシャは「自分には、彼の話、しといたるかぁ」と妙にもったいぶって話し出した。

「自分、ミッキーて知ってるか? 愛されキャラの」

突然、何を言い出すんだと戸惑いながらも、一応答えた。

「もちろんです。世界的に有名な、夢の国のキャラクターですよね」

「アホか。なんでワシが寿司屋の話題に洋物の架空のキャラクター名ぶっこまなあかんねん。愛されキャラのミッキー言うたら、御木本幸吉《みきもとこうきち》くん以外おれへんがな」

「御木本……幸吉?」

「……ウソやろ。自分、御木本幸吉くん知らへんの? 真珠王のミキモトやで」

「ああ、それだったら分かります。高級ジュエリーブランドの『MIKIMOTO』ですよね」

「そうや、そのミッキーや! そんでミッキーのどこが愛されキャラかちゅうとな。世界で初めて真珠の養殖に成功してごっつい財産築いたのに、質素な暮らしをする倹約家として有名やってん! 渋いやろ⁉ めっちゃ渋いやろ⁉ そんなミッキーが、あるとき汽車の一等車で知り合いとばったり会うてな。『倹約を心がけているのに一等車に乗るなんて、君らしくないな』てディスられたんや。そんときミッキー、何て返した思う？　『高価な真珠の買い手は三等車よりも一等車の客のほうが断然多い。商売の観点からすると一等車に座ることに意味がある』て言うたんやで！　極めつけにミッキーは、自分の弁当箱を開いて中身を見せたんやけど、どこの家庭の食卓にもありそうなものしか入ってへんかってん！　それはまさに、倹約の宝石箱やったんやぁぁぁ！！！」

「……」

ガネーシャの激しすぎる御木本幸吉推《お》しにはついていけなかったが、確かに、お金持ちの行動を研究することは大金を作ることにつながる気がしてきた。

（い、行くか、カウンターの高級寿司屋へ）

普段から節約している僕は、いざというときのために貯めておいたへそくりがある。競馬のときに手をつけてしまったが、残りの金額でなんとか行けそうだった。

僕はスマホでグルメサイトを開き、口コミ評価の高いお店を調べ、順番に電話をしていった。人気店を当日に予約するのは大変だったけれど、幸運にもキャンセル客の出たお店が見つかり、そこに向かうことにした。

＊

(つ、ついに、生まれて初めてのカウンター寿司へ……！)

志織と晴香に申し訳ないと思いつつも興奮をおさえられずにいると、隣のガネーシャが、わざとらしい咳ばらいをして言った。

「ま、自分は初めてで緊張してるやろうけど、ここはワシに任せとき」

僕は感心しながら、

「ガネさんはカウンターの寿司屋に来たことがあるんですね」

と言うと、ガネーシャは顔を真っ赤にして言った。

「あ、当たり前やがな。ワシのこと誰や思てんねん。神様やで？　寿司と名のつくもんは、カウンターのやつから、回るやつ、撒《ま》き散らすやつまで全部知ってるわ！」

(撒き散らすやつって、ちらし寿司のことか……？)

首をかしげていると、ガネーシャが僕の肩をバン！　と叩いて言った。

「ほら、ぼさっとしとらんで、早よ入らんかい。寿司は新鮮さが命やで！」

こうして僕は、不安と興奮を抱えながら高級カウンター寿司屋の扉を開くことになった。

「いらっしゃいませ」

店に入ると、ホールスタッフの男性とカウンターの向こうの大将が出迎えてくれた。

カウンター八席とテーブルが二席のこじんまりとしたお店だったが、その小ささが高級店を象徴している気がして、いよいよ緊張感が高まった。

一番奥のカウンター席に通されると、スタッフの男性が注文を取りに来た。

「お飲み物はいかがしますか」

何を注文すればいいのか分からず、助けを求めるように隣を見ると、ガネーシャはプルプルと顔を震わせながら言った。

「ガ、ガリで」

「ガリですか？」

「せ、せや、ガリや。ガリもらうわ」

店員さんは困惑の表情を浮かべたが、僕も戸惑うしかなかった。確か、寿司屋のガリは生姜《しょうが》を指す言葉だ。

すると、ガネーシャは言った。

「あ、あれやろ？　こういう店では、お、お茶のことをガリ言うんやろ」

(ガネさん、それ、あがりじゃないですか――)

呆然としていると、店員さんは、

「あがりですね。かしこまりました」

と機転を利かせてくれた。

僕も同じものを注文すると、ガネーシャは言った。

「ワシ、最初から『あがり』言うてたよなぁ？　なぁ？」

しつこく聞いてくるガネーシャをなんとかやり過ごしていると、『あがり』が運ばれてきた。緊張しているので味はよく分からなかったが、普通のお茶ではない気がした。

ガネーシャは『あがり』を飲んで、「ワシが普段飲んでるやつより、あがってへんな。もっとあげれたんちゃうか」と謎のコメントをしていたが、しばらくすると大将がカウンター越しに話しかけてきた。

「今日は、どういう感じで出していきましょうか？」

（き、来たぞ）

カウンター寿司における最大の難関、食べ物の注文に差し掛かったのでガネーシャの様子をうかがった。ガネーシャは、背筋をピンと張り視線を一点に集中したまま、ものすごいスピードでテーブルの上のガリを食べ出した。まだ一口も寿司を食べてないのに、みるみるうちにガリが消え去っていく。

（だめだ、緊張しすぎてわけが分からなくなってる――）

僕は最終手段である「お任せで」と言おうとしたが、突然、ハッと何かに気づいた様子のガネーシャが、親指で僕を指して言った。

「大将、実はワシのツレがカウンター寿司初めてやねん。ワシはちゃうねんけど、ツレが初めてやねんな。せやから初心者に分かりやすいやつで頼むわ」

するると大将は、

「かしこまりました。ではこちらで決めてお出ししますね」

と言って調理を始めた。

ガネーシャは、一仕事終えたように、

「ふう」

と額をぬぐって『あがり』をすすった。

（すでに剥《は》がれ落ちているメッキを必死に貼り直す……なんて無様《ぶざま》な光景なんだ――）

ガネーシャの底なしの愚かさには哀れみすら感じたが、アットホームなお店の雰囲気と大将の物腰柔らかい対応のおかげで、料理が出始めたころにはかなり楽しい気分になっていた。

そして、このお店の刺身と寿司は、見た目も味も、これまで食べた中で間違いなく最高のものだった。

「日本酒、やな」

ガネーシャの言葉に深くうなずいた。今宵《こよい》、酒を飲まずして、一体いつ飲めばいいというのだろう。

大将のお勧めの冷酒を出してもらうと、ガネーシャと互いに酌《しゃく》をした。「ワシにお酌してもらえるちゅうのは、グラハム・ベルくんにモーニングコールしてもらうくらい貴重なことやで」と言われ、正直まったくピンと来なかったが「ですよね」と言って頭を下げておいた。

こうして酒を飲み始めると、あまりの美味しさに体がとろけそうになった。ガネーシャも、気持ち良さそうにおちょこを傾けて言った。

「普段、経験してへんサービス受けると、勉強になるやろ」

ガネーシャの言葉に、深く同意した。

正直、今日までの僕は、千円でおいしい寿司を食べられるお店があるのに何万円もする高級寿司屋が存在する理由が分からなかった。

しかし、こうして実際に食事をしてみると、高級店のある理由が分かる気がした。大将が自分で魚を仕入れて最良の状態で出すためには、小さなお店で少ないお客さんを相手にする必要がある。また、お客さんからすると、時間をかけて目の前で料理を作ってくれるのを楽しむことができるから、記念日など特別な日の食事に選びたくなる。こうした理由が重なってカウンターの高級寿司屋が生まれてきたのだと思った。

そのことを伝えると、ガネーシャはおちょこの酒を飲み干して言った。

「自分、アリとキリギリスの童話知ってるやろ?」

「はい」

僕がうなずきながら酌をすると、ガネーシャは続けた。

「アリは将来の不安に備えて、『今』を使《つこ》て貯えてる。それは悪いことやあれへん。ただ、キリギリスのように『今』を楽しむことも大事なんやで」

そして、ガネーシャは言った。

「あの童話は、ずっと遊んどったキリギリスが最後に後悔して終わるけどな。自分の人生に後悔せえへんために大事なんは、アリとキリギリス、どっちかの生き方に囚《とら》われるんやのうて、自分が本当に望む方を選べるようになることなんやで」

――ガネーシャの言葉には深く考えさせられた。

これまで僕は、自分に合わなそうなことには手を出さない、食わず嫌いの人生を送ってきた。ただ、残りの人生が少ないと分かってからは、その生き方に深く後悔させられていた。

(ああ、このことにもっと早く気づけていれば……)

込み上げてくる悲しみを、

(この思いをブログに書いて、多くの人生に役立ててもらおう)

という前向きな気持ちに変化させていく。

そして僕は、

(ガネーシャに出会えて本当に良かった)

と心から思った。もしガネーシャが僕の前に現れてくれなかったら、人生には色々な形の喜びがあることを知らないままこの世を去らなければならなかっただろう。

酔いの力にも後押しされ、ガネーシャに感謝の言葉を伝えようと顔を向けたが、

（うわわっ）

思わず声を上げそうになった。

ガネーシャの鼻の部分が、ゾウに変わっていたのだ。

「ガ、ガネさん、鼻！」

「ん？　ああ……」

僕が耳打ちすると、ガネーシャはサッと手で鼻を覆って元に戻した。

カウンターの端の席だったこともあり、他の人には気づかれていないようで胸をなでおろしたが、ほとんど時間が経たないうちに、今度は耳がゾウに変わり始めた。

「ガ、ガネさん、耳！」

「お、おお……」

ガネーシャが耳を元に戻すのを見ながら、僕は思った。

（初めてのカウンター寿司で緊張しまくっていたのが解放された分、すごい勢いで酔いが回ってないか――）

そうこうするうちに、今後はガネーシャの鼻の根元から牙《きば》が生えてきた。

「ガ、ガネさん！　牙！」

「お、おうお……」

こうして僕は、ガネーシャの顔がゾウに戻ってしまわないか監視の目を光らせねばならず、食事もお酒も一切味わえなくなってしまった。

［ガネーシャの課題］

「死ぬまでにやりたいことリスト」を作る
経験したことのないサービスを受ける

11

あくる日。会社の仕事を終えた僕は、夕食の食材を買うために自宅近くのスーパーに来ていた。

これまでにも志織の体調が良くないときや休日は料理を作ることがあったけれど、今日の夕食を作ることになった理由は、ガネーシャだった。

昨晩、べろんべろんに酔っぱらったガネーシャに肩を貸しながら家に戻ると、ガネーシャは玄関の扉を開けるなり大声で言った。

「志織ちゃ〜ん、ご主人にカウンターのお寿司おごってもらったで〜」

(志織には黙っておこうと思ったのに、何で早速バラしちゃってくれてんだよ!)

猛烈に焦らされたが、志織が不機嫌になることはなく、店の雰囲気や寿司の味について興味深そうに聞いてくれた。

安心した僕はカウンター寿司の素晴らしさについて熱を込めて語ったが、ふと、志織がこんな言葉を口にした。

「お寿司の話を聞いてたら、私も食べたくなっちゃった」

するとガネーシャが、

「せやったら、明日はワシらが家で寿司握るで！」

と言い出したのだった。

僕は、せっかくだから志織にもカウンターの高級寿司を食べてもらいたかったが、へそくりを使い果たしてしまったことと、志織もガネーシャの提案に乗り気だったので、自宅で寿司を作ることになったのだ。

（でも、自宅で握り寿司なんてできるのだろうか……）

職人の技を間近で見たばかりなのでなおさら不安だったが、何事にも挑戦する姿勢を大事にしようと思い、やってみることにした。こうして僕は、寿司の食材を買うために近所のスーパーに来ていたのだった。

（寿司と言えば、やっぱりマグロだよなぁ）

昨日、高級寿司を食べた手前、ちゃんとしたものを作らなければとマグロのブロックを手に取ると、ガネーシャが僕の手をはたいて言った。

「予算は一人五〇〇円までやで！」

見るとガネーシャは、試食コーナーのウィンナーを四本、左手の指の間に挟んでキープしている。僕は、ガネーシャにたずねた。

「どうして予算が決まってるんですか？」

僕の質問にガネーシャは、「何で分からへんの？」とため息をついて言った。

「昨日、アリとキリギリスの話したったやんな？」

「はい」

「そんで、アリとキリギリスの生き方、どっちも選べることが大事やて言うたやんな？」

「はい」

「せやったら昨日は高級寿司やったんやから今日は逆の節約寿司にするのが道理やろがい！　『がい』が出たついでに教えといたると、赤貝！　つぶ貝！　ホタテ貝！　ミル貝！　ほっき貝！」

ガネーシャは、次から次へと貝をカゴの中に入れ、指差して言った。

「貝は全部、値段的にＮＧやで！」

――結局、貝は元の場所に戻さなければならなくなった。何がしたいんだこいつは。

ただ、そんなやりとりをする中で、カウンターの高級寿司と自宅の節約寿司、両方の体験談をブログに書いたら面白がってもらえるかもしれないという考えが思い浮かんだ。

こうして僕は、マグロの赤身を安いびんちょうマグロに替え、一人五〇〇〇円の予算を超えないようにお寿司のネタを選び始めたが、ふと、幼いころに遠足のおやつで何を買うか迷っていたときのことを思い出した。三〇〇円という限られた金額でなんとかやりくりしようとするあの時間は、本当に楽しかった。

高価なサービスも素晴らしいけれど、お金が限られているからこそ味わえる喜びもある。

そのことに気づいた僕は、楽しみながら商品を選び、カゴに入れていった。

こうして、買いたいものがほぼ決まったのでレジに向かおうとしたのだが、さっきまで隣にいたはずのガネーシャが見当たらない。

（どこに行ったんだろう）

ガネーシャを探してスーパーの中を歩き回ると、和菓子コーナーの前に立っているのを見つけた。

そろそろ行きましょう、と声をかけようとして近づいたが、

（えっ……）

途中で足を止めてしまった。

ガネーシャが、涙を流していた。いや、流しているという言葉で表現できるほど生易《なまやさ》しい状況ではなかった。

ガネーシャは、号泣していた。

「ガ、ガネさん、どうしたんですか」

心配して声をかけると、ガネーシャは言った。

「分からへん。分からへんねん。ただ、この食べもん見てたら、涙が――とめどなくあふれ出てくんねん」

そしてガネーシャは、

「なあ……」

と手に持ったものをこちらに差し出して言った。

「これ、何なん？」

僕は、ガネーシャが持っているものを見て、戸惑いながら言った。

「これは、あんみつですけど……」

すると、ガネーシャはあんみつに向かって言った。

「そうか、自分は、あんみつ、言うんやな」

そしてガネーシャは、まるで赤ちゃんをあやすような優しい手つきであんみつの容器をなでながら、ちらちらとこちらに視線を送ってきた。

「で、でも、予算はもう……」

僕が申し訳なさそうに言うと、ガネーシャは、

「せやな。一人五〇〇円て決めたのは、他ならぬ、ワシやもんな」

そう言って棚に戻そうとしたが、

「せめて別れる前に、ハグさせてや」

と、あんみつをぎゅっと抱きしめた。

その光景を見てたまらなくなった僕は、ガネーシャに気づかれないように、そっとあん

みつを買い物かごに入れた。

*

自宅に戻り、キッチンで夕食の準備をしていると晴香が近づいてきて言った。

「晴香もお寿司作る！」

そこで、晴香にも寿司作りを手伝ってもらうことにした。

少なめの水で炊いたお米を櫃《ひつ》に入れたものを渡し、分量をはかっておいた寿司酢を入れてまぜてもらう。その間に、僕は買ってきた魚を切っていった。

こうしてできた寿司のネタを並べ、晴香に作ってもらったシャリで寿司を握り始めたが、思っていたよりも簡単に作ることができた。

その理由は、ガネーシャに寿司の握り方を教えてもらったから――ではもちろんなく、インターネットの動画を観たからだ。「家庭でできる簡単なお寿司の握り方」という解説動画の通りにやってみると、本当に握れてしまったので驚いた。「素人が寿司を握るなんて無理なんじゃないか」という先入観にとらわれず、実際に試してみて本当に良かった。

こうしてできた寿司を食卓に並べ、

「いただきます」

と言って手を合わせて食べ始めた。

「おいしい！」「おいしいね！」「めっちゃうまいやん！」

予想以上のおいしさに、みんなが感動の声を上げた。

確かに、ネタの良さやお寿司の出来栄えは、カウンターの高級寿司には遠く及ばないだろう。でも、「何のお寿司を作ろうか」と考えて材料を選んだり、「晴香や志織を喜ばせたい」と思って作ったりしたものを一緒に食べるのは、カウンターの高級寿司では味わえない喜びがあった。

ガネーシャが満足そうに寿司をほおばりながら言った。

「自分、チャップリンくん知ってるやろ?」

「はい。コメディアンや映画監督として有名なチャップリンですよね」

「そうや。彼は母子家庭で育ったんやけどな。玩具を買うてもらえへんくらい貧乏やってん。でも、母親のハンナちゃんは、チャップリンくんを楽しませるために、家の窓の前に立って通行人のモノマネをしとってな。チャップリンくんはハンナちゃんのモノマネを見て、床を転げ回って大笑いしとったわ。しかも彼はこの遊びを通して、人の行動を注意深く観察することや、手や表情だけで人の気持ちを表現する方法を覚えていったんやで。チャップリンくんは名声を手にしたあと、当時を振り返ってこう言ってんねん。『もしハンナがいなければ、自分は平凡な喜劇役者にしかなれなかっただろう』てな。せやから自分も、お金がなかったとしても……」

――ガネーシャの話を途中で聞いていられなくなった僕は、席を立ちキッチンに向かった。

僕も、チャップリンの母親のように晴香を笑わせたい。色々なことを教えたい。晴香の隣で、人生を分かち合いたい。でも、僕には、そうするだけの時間が残されていないのだ。

（考えちゃだめだ）

僕は、唇を噛みながら自分に言い聞かせた。

このことについては、数えきれないくらい考えた。

そして僕は、晴香と志織の将来を守るために――自分がやるべきことに集中して、悲しみを乗り越えようと決めたのだ。

流しの前に立つ僕の背後から、

「パパ、何してるの？」

晴香の声が聞こえた。

僕は、深刻な雰囲気を取り払うために、冷蔵庫に入れておいたものを持ってテーブルに戻った。

「こ、これは……」

目を丸くするガネーシャに向かって言った。

「実は、ガネさんに内緒で買っておいたんです。もしよかったら――」

そこまで言うと晴香が、

「晴香が食べる！」

と言ってあんみつに向かって手を伸ばした。

そのあんみつを、目にも止まらぬ速さで奪い取ったガネーシャは、厳《おごそ》かな口調で言った。

「晴ちゃん、『愛』って言葉の意味、分かるか？」

首を横に振る晴香に向かって、ガネーシャはゆっくりとあんみつの封を開けながら言った。

「愛、ちゅうのはな、自分が一番大事にしてるもんを目の前の相手に差し出すこと――

ただし、あんみつを除くや」

そして、ガネーシャがテーブルの上にあんみつを置いてスプーンを挿《さ》し込もうとすると、晴香が、

「晴香のだよ！」

と言って再び手を伸ばした。そのままガネーシャと軽い揉み合いになり、その拍子にあんみつの容器が倒れて中身が漏れ出してしまった。

「あ……」

一瞬、時が止まったようになり、みんな押し黙ったが、次に言葉を発したのは僕だった。

「志織！」

あんみつの奪い合いに気を取られてしまっていたが、志織が、お腹を抱えるようにして、テーブルの前にうずくまっていたのだ。

［ガネーシャの課題］

節約を楽しむ

12

「……大丈夫、落ち着いてきたわ」

薬を飲み、布団で横になっていた志織が言った。

救急車を呼ぼうとしたが彼女が頑《かたく》なに拒《こば》んだので、薬を飲んで様子を見ることになった。

体調の最終判断は志織にしてもらっているが、それでも僕は不安だった。

ただ、時間が経つにつれ、実際に体調は回復しているように見えた。少し安堵した僕は、食事の後片付けをするためにいったん部屋を出ようとすると、志織に呼び止められた。彼女は笑って言った。

「お寿司、おいしかった。ありがとう」

僕は笑顔を返したが、部屋を出た瞬間、その場に崩れてしまいそうになった。

もし、僕がいなかったら、志織はどうなっていただろう?

幼い晴香一人で、苦しむ志織を助けることができただろうか――。

そして、もし晴香が適切に対応できなければ、場合によっては志織の命が――。

(だめだ。だめだ、だめだ、だめだ……)

頭から不安を追い出そうと、首を大きく横に振る。

こんな状況だからこそ、目を向けるべきは、現実の中にある希望なんだ。

僕がいなくなってもいいように、晴香には救急車の呼び方や救急相談サービスの利用の仕方を教えておこう。そして、僕は今やるべきことに集中する。そうすれば、志織と晴香の将来を守ってくれる成果を必ず手に入れられるはずだ。

キッチンの洗いものを急いで済ませた僕は、部屋に戻り、ノートパソコンを開いた。

カウンターの高級寿司と、自宅の握り寿司の経験で気づいたことをブログに書き始める。

最初は志織のことが気になって集中できなかったが、ある程度書き進めると、まるで自分に何かが乗り移ったかのように、次から次へと言葉が思い浮かんできた。

よく、人間は脳の大部分を使っていないと言われるけれど、このブログを開設してから感じている集中力と、体の底からみなぎってくるエネルギーは、これまでの人生で経験したことのないものだった。この状態で仕事に取り組むことができれば、間違いなく大きな結果を出すことができるだろう。

（このこともブログに書いて、できるだけ多くの人に伝えなければ……）

使命感に燃えながら文章を書き進め、何度も読み返しては書き直し、最終確認をしてからアップロードした。

「よし」大きく息を吐いて背もたれに体を預けると、ガネーシャが言った。

「よし、ここやな」僕がブログを書いている間、ベッドの上でずっと僕のスマホをいじっていたガネーシャは、画面をこちらに向けた。

そこには、河口湖の温泉旅館が表示されていた。

「明日、ここ行こうや」

「はぁ？」意味が分からず首をかしげると、ガネーシャは続けた。

「自分、家族旅行したい言うてたやん」

その言葉で理解した。ガネーシャは「死ぬまでにやりたいことリスト」の話をしているのだ。

ガネーシャはニヤリと笑って言った。

「この旅館の庭には、なんと……ハンモックがあんねんで！」

ガネーシャが画面をスワイプしてハンモックの画像を表示したが、僕は首を横に振って言った。

「志織の体調が心配ですし、明日は会社もありますから」

するとガネーシャが言った。

「志織ちゃんが問題なかったら、行くか？」

「それは……」

僕はすぐに答えられなかった。僕の頭には、明日会社でする予定の作業が思い浮かんでいた。

ベッドから降りたガネーシャはガラス戸の前まで行き、タバコを容器にセットしながら言った。

「自分は、『死ぬまでにやりたいことリスト』よりも、会社の『ＴｏＤｏリスト』の方が大事なんやなぁ」

そしてガネーシャは、こちらに顔を向けて言った。

「自分がなんで会社を休まれへんか分かるか？」

責められている気がした僕は、反論するように答えた。

「他の人に迷惑がかかるからです」

「他の人に迷惑がかかると何が問題なんや？」

切り返された言葉に、すぐ答えることができなかった。幼いころから、「他人に迷惑をかけるな」と言われて育てられてきたから、それ以上のことがうまく説明できない。

ガネーシャは、ガラス戸の隙間にタバコの蒸気を吐き出して言った。

「ほな、聞き方を変えよか。人に迷惑をかけられへんのは、自分が何を恐れてるからや？」

——最初に思い浮かんだのは、「評価が下がる」ことだった。周囲からの評価が下がったり、叱責《しっせき》されたり、バカにされたり……「この人はダメだ」と思われたくない。だから僕は人に迷惑をかけることを恐れている。

ガネーシャは続けた。

「ワシはな、人に迷惑かけることがええことやて言うてるわけやないで。ただ、人の評価を大事にしすぎるちゅうことは、自分がほんまに大事にせなあかんもんを見失ってまうことでもあるんやで」

そして、ガネーシャは言った。

「自分、ジョン・レノンくん知ってるやろ？」

「はい。『ビートルズ』を結成したミュージシャンですよね」

「そうや。彼の奥さんのヨーコちゃんが四十二歳で妊娠したときな、彼は、奥さんと生まれてくる子どものために全部の時間を使うて決めて、新作アルバムの録音をあきらめたんやで。そんで息子が生まれてから五年間、音楽活動は一切せずに主夫しとってん。そうやって家族と過ごすレノンくんを見て、彼の友人はこう言うたんや。『ジョン・レノンが幸せになるためには、コンサートもお世辞も拍手喝采《かっさい》もいらなかったんだ』てな」

ガネーシャの話を聞きながら、

（ビートルズを作った人が音楽活動を休止するなんて、どれくらいの勇気が必要だったんだろう……）

と想像を巡らせていると、ガネーシャは「あ！」と思いついて言った。

「ちょうどこのテーマで練習してたから、自分に見せといたるわ」

（練習してた……？）何の話か分からず眉をひそめていると、

「おーい」とガネーシャがどこともなく声をかけた。

すると、クローゼットと壁の隙間から現れた死神が、大鎌をセンターマイクのように立てた。それから少しの間、小声で打ち合わせをすると、突然、ガネーシャが甲高い声で話し始めた。

「はいっ、どうも～。『ガネー死ヤ』です。今日は名前だけでも覚えて帰ってもらわなあかん言うてるんですけどね。ところで、君、最近、仕事の方はどうやねん？　なかなか休めてへんのとちゃうか？　げっそりしすぎて頭蓋骨丸出しやがな」

「顔はもともと頭蓋骨なんですけどね。確かに最近は高齢化社会で、死神としては大忙しの――」

「あかん！」

ガネーシャは両手を大きく振って漫才を止め、舌打ちして言った。

「テンションが低過ぎんねん。話題が暗いんやからしゃべりだけでも明るくせんと、お客さん笑うてええんか分かれへんやん」

「……すみません」

「やっぱり、あれやな。めでたい雰囲気出すために、『どうも～』て傘の上で頭蓋骨回しながら登場するしかないな」

「さすがにそれをやると死神としての面子《メンツ》が……」

「自分みたいな若手が面子気にしてどないすんねん！」

ガネーシャがすごむと、死神も突き返すように言った。

「……それでは言わせてもらいますが、コンビ名の『ガネー死ャ』は表記上、『死』が入っているものの、発音は完全にガネーシャじゃないですか。これはガネーシャ様が自分の面子を大事にされていることの何よりの表れなのでは」

「な、なんやと⁉『死』の文字入れたってるだけでもありがたく思わんかい！」

怒ったガネーシャが死神につかみかかろうとしたので羽交《はが》い絞めにしたが、ガネーシャの勢いは止まらず、死神に向かって叫んだ。

「自分、そんな態度でお笑いやっとったら、一生、死神のバイト辞められへんで！」

僕は、その言葉に衝撃を受けながら思った。

（神様って、お笑いで食べていくための腰掛け仕事なのか――）

［ガネーシャの課題］

思い切って仕事を休む

13

深夜の時間帯に差し掛かっていたが、直属の上司に電話をかけた。明日から二日間、会社を休みたいという申し出と、「どうしても行かなければならない家族との予定ができた」という理由に、当然のことながらかなりの難色を示された。

「どうしてあらかじめ休みを取っておかないんだ?」「埋め合わせをする人の立場に立ってみろ」

言われる内容がことごとく正しいので、僕は、ひたすら「申し訳ありません」と謝るしかなかったが、改めて、「仕事と家庭の関係」について考えさせられた。もし家庭を最優先できる人なら、気兼ねなく会社を休めるのだろうか。

ただ、会社での信用を失って仕事を続けられなくなったら、家族を養えなくなる。僕はこれまで家庭を大事にしてきたつもりだったけれど、仕事をもっと頑張って多くの収入を得ていれば家族の将来を守れたかもしれないと思うと、複雑な気持ちになった。

結局、大事なのは、仕事と家庭を天秤《てんびん》にかけるのではなく、良いバランスを保つために「自分を知る」ことだと思う。自分が何をしているときに喜びを感じ、何をしているときにつらく感じるのか。もちろん人生には乗り越えるべき苦しみもあるけれど、本当に好きなこととどうしても避けたいことが分かっていれば、自分にとって一番心地の良い状態を目指して選択し続けることができるはずだ。

カウンターの高級寿司と自宅の握り寿司でも学んだことだけれど、人生の両面を経験して、自分を知り、自分で選ぶ。それが後悔しない人生を歩むための秘訣なんだと思う。

そして、両方の立場を知れば、共感できる幅も広がる。

僕は上司や同僚に対して本当に申し訳なく思う気持ちと、それでもこの予定を優先したい感情の両方を、丁寧に説明していった。

すると僕の思いが伝わったのか、最終的に上司は、

「せっかく休むんだから、思い切り楽しんでこいよ」

と励ましてくれた。

＊

家族で遠出をするのは本当に久しぶりのことだった。

順調に回復していた志織に、「旅行がしたい」と切り出すと、驚いた様子を見せつつも、すんなりと了承してくれた。僕の病気のことは一切話していないが、勘の鋭い彼女のこと

だから何か気づいているのかもしれない。

おそらくこれが、家族で旅行できる最後の機会になるだろう。

どんなささいな出来事も見逃さず、深く心に刻み込んでいこう、そんな決意を胸にレンタカーで家を出発した僕だったが、バックミラーを見て唖然としながら思った。

(どうしてこんな大所帯になっているんだ……)

ガネーシャがついて来るのはまだ分かる。

でも――。

今朝、早起きして旅行の準備をしていたらインターホンが鳴った。(誰だろう)と思いながら玄関の扉を開けると、立っていたのはベレー帽をかぶった初老の男性だった。

(どこかで見たことがある気が……)

そんな風に思っていると、僕の背後から現れたガネーシャが顔を輝かせて言った。

「待っとったで、釈迦ァ!」

――そういえば、病院のトイレでガネーシャと一緒に漫才をしていた人に似て……というか、この人、あの、お釈迦様なのか⁉

釈迦は言った。

「今回、山梨県方面に向かわれるということで、富士急ハイランドへのリベンジを果たすべくやってまいりました」

するとガネーシャは釈迦の肩をつかみ、自分の方に引き寄せた。

「実はな、前回ワシらが乗られへんかった『ドドンパ』なんやけど……」

そしてガネーシャは、釈迦の顔に向かって大量の唾をぶちまけながら言った。

「『ド・ドドンパ』としてリニューアルしてんねん！」

「な、なんとぉ……！」

薄く開いていた釈迦の目が、眼球が飛び出しそうなほど大きく見開かれた。

「あ、あの……」

「何や？」

横で話を聞いていた僕は、たまりかねてガネーシャに言った。

「家族旅行の予定に富士急ハイランドは入ってませんけど」

するとガネーシャは、フンと鼻を鳴らして言った。

「何言うてんねん自分」

そして、僕の部屋から手帳を持ってきて開くと、「死ぬまでにやりたいことリスト」を指差した。

「ほら、見てみいや。まず、今日は富士山に登るやろ？　富士山は世界遺産やから家族旅行との合わせ技で三つ消化や。そのあと旅館に行ってハンモックで読書やな。時間もったいないから速読せえよ？　そんで寝る前にヨガや。釈迦、こいつにヨガ教えたって」

すると釈迦は、穏やかに微笑んで言った。

「私は悟りを開く前、ヨーガの修行を積んだ時期がありましたから」

「自分、釈迦に直接ヨガ教えてもらえるなんて、どんだけ果報者《かほうもん》やねん」

そしてガネーシャは、僕の肩を勢いよく叩いて話を続けた。

「で、明日は、いよいよ富士急ハイランドや！　富士急ハイランドにはギネスに載ってるアトラクションがぎょうさんあるからな！　ある意味ギネスに挑戦したことになるやろ！」

僕は、興奮して話し続けるガネーシャを見て思った。

（このリストって、こんな風に畳《たた》みかけるように消化していくものじゃないだろ――）

ただ、遊園地に行けると知った晴香は大喜びだったし、人生最後の旅行になるかもしれないのだから、

「もう、何でもやってやろうじゃないか」

と開き直って出発することにした。

（でも――）

僕はバックミラーを見ながら思った。

（なんでお前までついて来てるんだよ――）

後部座席の奥の荷物棚に、なぜか死神が収まっていた。

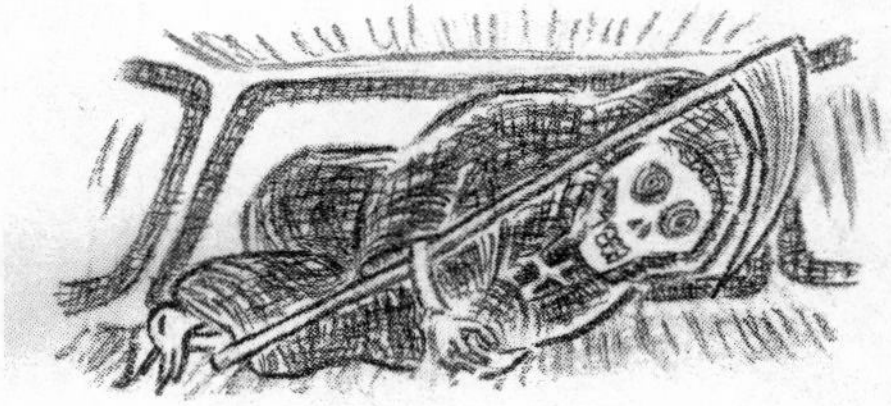

「ねえ、少し寒くない？」

志織と晴香が寒がるので、エアコンの電源を切り、窓を開けた。死神の存在は地球に優しいクーラーだと割り切ることにした。

こうして参加者の半数が神様という奇妙な構成で、我が家の家族旅行は幕を開けたのだが、やはり気になるのは志織の体調だ。今は調子良さそうにしているが、いつ発作がぶり返すか分からない。彼女の体調が悪化したら、すぐに引き返すと決めて車を走らせた。

しかし――。

「あかん、もうだめや」

富士山に到着した僕たちは、救護所の多い吉田ルートを登り始めたが、一時間もしないうちにガネーシャが音《ね》を上げ始めた。

「てか、なんでワシがこないな坂道登らなあかんの？　ワシは神様やで。むしろ人間が登る坂道を作る側の存在やろがい」

そうぼやいているうちはまだ良かったが、次第に口数が少なくなっていき、ついに無言になったかと思ったら、突然立ち止まって叫んだ。

「もう一歩も動かれへん！」

相変わらずのわがままぶりに愕然《がくぜん》としたが、晴香は先に進みたがるし志織の体調も問題なさそうだったので釈迦と一緒に行ってもらい、僕はガネーシャとその場にとどまることにした。

ガネーシャは岩の上に腰を下ろし、水筒《すいとう》に口をつけ、一息ついてから言った。

「もしかして、自分、ワシがただサボってるだけや思てへんか？」

どこをどう切り取って見ても、サボっている以外の何物でもなかったが、何も言わず隣に腰を下ろした。すると、ガネーシャは大きなお腹をさすりながら言った。

「ワシは、サボってるわけやあれへん。自分の体を労《いた》わっててんねん」

そしてガネーシャは、「お腹ちゃん。ごめんな、急に坂道歩かされてびっくりしたやんな？　え？　坂道だけに逆らえへんかったって？　自分、めちゃめちゃうまいこと言うやん。さすがワシのお腹ちゃんや」と猫なで声で話し始めたので、（ばかばかしい）と無視して水筒のお茶を飲んでいたが、ガネーシャの次の一言にハッとさせられた。

「自分の体、なんで調子悪なれへんか分かるか？」

――そのことに関しては、僕もずっと引っかかっていた。

病院で宣告を受けてからまともな治療を受けていないのに――顔色の悪さや体のだるさを感じることはあるものの――今までどおりの生活を続けられている。自分の中で眠っていたエネルギーが窮地《きゅうち》の僕を助けてくれているのだと思い、深く考えないようにしてきたが、ガネーシャは僕の体を指差して言った。

「体ってな、めちゃめちゃ頑張ってくれてんねんで」

ガネーシャは続けた。

「ここ最近のことだけちゃうで。たとえば心臓は、自分が生まれてから今日に至るまで、一回も休まず全身に血を送ってくれてる。肺は、自分が意識せんでも呼吸をしてくれてる。体は二十四時間体制で自分を支えてくれてんねん。せやのに自分は、それを当たり前や思うて全然労わってこうへんかったやろ？　ワシに言わせたら、自分は、体ちゅう従業員をないがしろにしてきたブラック企業の経営者やで」

そしてガネーシャは言った。

「ブラック企業の経営者やで！」

「二回も言わなくていいですから！」

ガネーシャの言い方にカチンときたので思わず言い返したが、言っていることは間違ってはいなかった。

余命を宣告されてからの僕は、自分の体を恨《うら》んでばかりだった。どうしてこんなに若いのにダメになってしまうのか。同世代の人は普通に生きていられるというのに……。

でも、僕がこれまでの生活で健康を軽視してきたのは間違いなかった。もっと自分の体に関心を払う生き方をしてきていたなら、違う人生があったのかもしれないのだ。

ガネーシャは、青々と晴れ渡った空を見上げて言った。

「宗《そう》ちゃんがな、ええこと言うてんねん」

「宗ちゃん？　宗ちゃんって誰ですか？」

「アホか。ワシが宗ちゃん言うたら本田宗一郎。幸ちゃん言うたら松下幸之助に決まってるがな」

（決まってるって、知るわけないだろ）

文句の一つも言いたくなったが、ガネーシャは昔を思い出すように、しみじみとした口調で語り出した。

「宗ちゃんはな、自分にとって一番大事なものは何かて聞かれたとき、『手だ』て即答したんや。宗ちゃんの手は、右手と左手の指の長さがちゃうねんな。右手が振り下ろすハンマーの影響で、左手は爪が割れ、指が削れて、何本かの指が一センチくらい短くなってたんねん。そんな自分の左手を特に愛しとって、宗ちゃんは『私の宝だ』言うてたんや。会社で働く人らに対しても、『従業員は左手だ』言うてんねんで。『ハンマーをふるう右手はいつも目立つ。逆に、左手は陰になっていつも犠牲になる。そういう左手があるからこそ仕事ができる。だから右手は左手をかばわなければならない』てな。せやから、宗ちゃんがホンダの社長を辞めたとき真っ先にしたことが、全国におるホンダの従業員たちに直接感謝の言葉を伝えに行くことやったんやで」

（本田宗一郎って本当にすごい人なんだな……）

心温まる話に感動していると、ガネーシャは諭すような口調で続けた。

「これからはな、たとえば風呂に入るとき、いつも支えてくれてる自分の体に感謝しながら洗《あろ》てみい。そしたら宗ちゃんみたいに、会社で働く同僚も自分の一部やて気づけるようになる。自分の力も、チームの力も、目いっぱい引き出せるようになるんやで」

「分かりました」

僕は手帳を取り出して書き込んだ。始めるのが遅すぎる習慣ではあるけれど、それでも僕は、毎日、自分の体に感謝する時間を作ろうと心に誓った。

人だった。

「ほな、そろそろ行こか」

ガネーシャが言ったので、僕は「はい」とうなずいて立ち上がったが、立ったのは僕一人だった。

「行きましょう」

僕がうながすと、ガネーシャは平然と言い放った。

「おんぶして」

(大の大人がよく恥ずかしげもなく言えるものだな――)

「……もう、充分休憩《きゅうけい》しましたよね」

と呆れながら言うと、ガネーシャはうなずいて言った。

「せやな。一般的には充分な時間やった。ただ、ワシってめちゃめちゃホワイト企業やねん。いや、福利厚生を何よりも気遣うワシはホワイトを通り越してシースルー企業やねん」

(何だよシースルー企業って……)

僕はため息を漏らしながら言葉を返した。

「でも、僕がおんぶしたら、僕の従業員を苦しめることになりますが」

するとガネーシャは、ゆっくりと首を横に振り、

「自分はほんまにアホやな」と言って続けた。

「自分が今から背負うんは、あの、ガネーシャやで？　自分の従業員の背中くんは、『あ

のガネーシャ様を乗せられるなんて、背中冥利《みょうり》に尽きます！』『時間外労働で構わないんで背負わせてください！』『背中に日付入りのサインお願いします！』的なこと言うに決まってるわ」

「何を言っているかまったく意味が分からないのですが」

「自分は分からんでも、自分の背中はよう分かってんねん！」

そしてガネーシャは、僕の背後に回り込んで言った。

「なあ、背中くん、どや？　ワシのこと背負ってみたないか……ちょ、待ってや、背中くん！　そないがっつかんでもガネーシャ様は逃げへんで！」

そしてガネーシャは、「逃げへんで！」と言いながら無理やり背中によじ登ってきた。

僕は、ガネーシャのように、自分を労わることを名目にして人に苦しみを押しつける人間には決してなるまいと心に誓った。

［ガネーシャの課題］

自分の体に感謝する

14

幼い晴香と志織を連れ、ガネーシャを背負いながらでは頂上まで行くことはできなかったけれど、霧が晴れ、真っ青に澄み渡った空の下に広がる雲海を見たとき、あまりの美しさに息をのんだ。

その景色を見つめながら、志織も目に涙を浮かべていた。

振り返れば、志織の体調を気遣うあまり、大自然の中で過ごすことをほとんどしてこなかった。大胆に行動することでしか経験できない喜びがあると知り、また、そのことを志織と晴香に伝えることができて本当に良かったと思った。

ただ、そんな風に感慨深く思えたのも、旅館に到着するまでだった。

「ちょ、ちょっと待って。もう一回確認しときたいんやけど」

ガネーシャは興奮するあまり、一つ一つの単語を区切りながら言った。

「バイキング、ちゅうのは、皿に、どんだけ、食べもんを、載《の》せても、ええねんな？」

「は、はい」

「どんだけでも？」

「はい」

「どんだけ載せても怒られへんの?」

「はい」

「ドッキリやのうて?」

「ドッキリではないです」

「……涅槃《ねはん》やん」

「え?」

「地上に作った記憶なかったけど、いつのまにか涅槃できてもうてるやん」

そして、ガネーシャは料理が並んでいる場所に向かって猛スピードで駆けていった。

(大丈夫かな……)

悪い予感しかしなかったが、その予感は見事に的中することになった。


「おい、あれ見ろよ……」

「ゾウがいるぞ」

食事会場の一角で、他の客たちがざわつき始めたのでそちらを見ると——

僕はあわてて駆けていきガネーシャの腕をつかみ、会場の外の人気《ひとけ》のない場所に連れて行って問いつめた。

「ちょ、ちょっと！」

「なんでゾウの姿になってるんですか！」

「いや、ワシも極力隠す方向でいきたかってんけど、人間の姿やと頭と両手使ても、お盆を三つしか持てへんねん。せやけどこの姿やとマックス六ついけんねんな」

「食べ終わったらまた行けばいいじゃないですか！」

「その間にワシの食べたいもんが無くなってもうたらどないすんねん！」

「バイキングでは食べ物が無くなってもすぐに補充してもらえるんですよ！」

「……涅槃やん」

——こうしてなんとかガネーシャを人間の姿に戻したが、不幸中の幸いだったのは、晴香と志織が子ども用のバイキングコーナーにいたのでゾウの姿を見ていなかったことだろう。

ただ、テーブルに戻った僕は、釈迦のお皿を見て再び心をざわつかせることになった。

「釈迦さん、それは何ですか？」

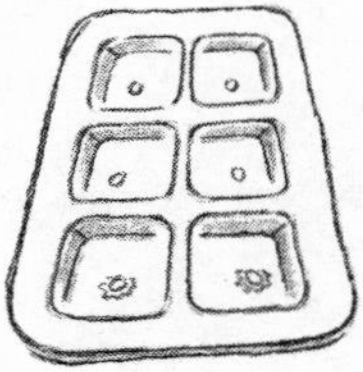

釈迦は、それぞれを細い指で指しながら説明した。
「こちらから、白米、玄米、炊《た》き込みご飯、炒飯、おかゆ、ドリアを一粒ずつ取ってまいりました。『足ることを知り、わずかの食物で暮らし、諸々の家で貪《むさぼ》ることがない』——

これぞ理想の生き方なのです」

(この人の夕食代、払い戻したい――)

大いにショックを受けたが、今さらどうしようもないので気を取り直して自分の食事を取りに行き、最後に会場の隅のドリンクコーナーに向かうと、

「うわっ」

足元がすべって転びそうになった。

見ると、床の上にこぼれた牛乳が広がっている。

(どうして……?)

顔を上げると、死神が牛乳の入った容器を持ってラッパ飲みしていた。

死神は言った。

「安心しろ。お前のろうそくを消さぬよう、細心の注意を払った飲み方をしている」

(飲み方よりも、牛乳を飲んでることの方が気になるわ――)

一瞬、(骨だからカルシウムが必要なのか?)などという突拍子もない発想が思い浮かんだが、死神が見えない人からすると、宙に浮いた容器から牛乳がこぼれ落ちている奇妙な光景でしかないので、すぐにやめてもらうことにした。

――こうして、トラブル続きの夕食になったのだが、その後もひどかった。

志織が晴香を連れて女湯に行ってくれたので、男湯でゆっくりできそうだと思いながら

浴場の扉を開けると、

「おわぁ！」

驚いて尻もちをつきそうになる僕の隣で、死神が左手を挙げて言った。

「私は死神！　犬神家の一族ではありません！」

すると、湯船から顔を上げたガネーシャは、鼻と口からお湯を吐き出しながら、

「げえ、ぶっごびばばいばぁ！（ええツッコミやないか！）」

と言って続けた。

「ほな、次行くで！」

そしてガネーシャは同じやりとりを、旅館の売りである「湯めぐり十種温泉」のすべての浴槽《よくそう》で実行し、その間、釈迦はひたすら打たせ湯で坐禅を組んでいた。

僕は他人のフリを決め込んで自分の体に感謝をしながら洗うことにしたが、風呂から上がっても気が休まることはなかった。

部屋に戻る途中、ガネーシャがあるものを見つけて叫んだ。

「卓球あるやん！」

晴香は、よく近所の子ども広場で卓球をしているので、みんなを呼んで楽しもうと思ったのだが、ガネーシャは卓球台を挟んで釈迦と対峙《たいじ》すると、これまで見せたことのないような真剣な表情で言った。

「これまでの対戦成績は、ワシの１億７４５５万１９９３勝、１億７４５５万１９９４敗や。この勝負で追いつかせてもらう……でっ！」

そしてガネーシャは、ピンポン玉を天井につくくらいの高さに放り投げ、落ちてきたところにすごい回転をかけて打ち込んだ。

しかし、次の瞬間、釈迦の方から強い光が放たれ、

「ぐわっ！」

と目をつぶって床に倒れ込んだ。

ピンポン玉はガネーシャ側のコートに落ち、トントン……と音を立てて床を転がってい
く。

ガネーシャは釈迦に向かって叫んだ。

「後光で目つぶしは卑怯《ひきょう》やで！」

すると、釈迦は両手を合わせ、静かに頭を下げて言った。

「申し訳ございません。ただ、ガネーシャ様は常日頃から『勝負ごとで手を抜くのは、神様に蠟《ろう》でできた食品サンプルをお供えするくらいやったらあかんことや』とおっしゃっていますので」

するとガネーシャは、はだけた浴衣を直しながら立ち上がり、僕を見て言った。

「――釈迦と二人にしてくれるか？」

ガネーシャのあまりの迫力に気圧《けお》された僕は、卓球を続けたがる晴香をなんとか説得して部屋に戻ることにした。

そして、卓球場の扉を閉めるときに隙間から中をのぞくと――ゾウの姿に変身し、四本の手全部にラケットを持つガネーシャと、気迫に満ちた構《かま》えを取る釈迦の姿が見えた。

部屋に戻って志織と合流した僕たちは、久しぶりに家族水入らずで過ごすことができた。晴香と枕投げをしたり、馬になって晴香を背に乗せたり……貴重な幸せを大いに堪能《たんのう》した。

ただ、晴香が寝息を立て始めると、妙な緊張感が漂ってきた。最近では、家でも志織と二人きりになることは滅多にない。

沈黙を気まずく感じた僕は、間を埋めるために口を開いた。

「た、体調は、どう？」

すると志織は、笑って言った。

「すごく調子がいいの。昨日つらかったのがうそみたい」

志織の言葉で雰囲気が和やかになるのを感じて、僕は思った。

（今、しかない）

死神は、人間が死に際に後悔することとして「人に感謝の言葉を伝えられなかったこと」を挙げていた。そして、今日、ガネーシャから「自分の体に感謝する」という課題を出されたときも、志織のことが頭をよぎった。僕が、何にも増して感謝の言葉を伝えなければならない相手は、志織だ。結婚生活が長くなり、褒めたり感謝したりするのが照れくさくなってしまっていたけれど、この言葉を直接伝えなければ、僕は絶対に後悔する。

「あのさ……」

ただ、口を開いてみたものの、次の言葉が継げなくなった。中途半端なことを言って気持ちが伝わらなかったらと思うと、不安がどんどん高まってしまう。

すると志織が言った。

「何を言おうとしてるか当ててあげようか?」

「う、うん」

僕はうなずきながら、その間にどうやって感謝の言葉を口にしようか考えていたが、次の一言でそれどころではなくなってしまった。

志織は言った。

「『浮気してる』とか」

この言葉を聞いた瞬間、自分の顔からみるみるうちに血の気が引くのが分かった。

確かに、僕はここ最近、家に帰るのが遅かったり、部屋に籠りきりだったり、かと思ったら急に旅行に誘ったり……どれも浮気の兆候に思えるものばかりじゃないか!

「ち、違うよ、僕は――」

あわてて弁解しようとすると、

「冗談よ」

志織は悪戯《いたずら》っぽい笑みを浮かべて言った。

「今、会社で新しい事業の立ち上げに参加して忙しくなってるんでしょ。ガネさんから聞いたわ」

（ガ、ガネーシャ――）

　面倒を起こしてばかりだけれど、決めるところは決めてくれるガネーシャに心の中で両手を合わせていると、志織が言った。

「ありがとう」

「え？」

　志織は、寝息を立てている晴香を見て続けた。

「いつも私たちのために頑張ってくれて」

　志織の言葉を聞いて胸が温かくなるのと同時に、強い焦りを感じた。違う、感謝をしなければならないのは僕の方なんだ。

「僕は……」

　思い切って言葉を口にしようとしたときだった。

　勢いよく部屋の扉が開く音がして、ガネーシャと釈迦が戻ってきた。

　浴衣をはだけたガネーシャは、何のために温泉に来ているのか分からないほど汗だくになった体を、そのまま布団に横たえた。一連の行動は、ガネーシャが釈迦にこっぴどくやられたことを物語っていた。

　それから僕と志織は釈迦に簡単なヨガを教えてもらったのだが、その間もガネーシャはずっと背を向けて横になっていた。

夜も更《ふ》けていたので電気を消して寝ることにしたが、なぜかガネーシャの布団からはいびきが聞こえてこない。

（おかしいな……）

不思議に思っていると、ガネーシャがのそのそと布団から這い出てきた。

そして窓の前にある椅子に座ると、カチッという音をさせた。

僕はそっと立ち上がり、ガネーシャに言った。

「この部屋、禁煙ですけど……」

するとガネーシャが、

「どこやったら吸えんねん」

と口を尖らせたので喫煙所に連れて行くことにした。

ガネーシャは喫煙所に着くなり、すごいスピードでタバコに口をつけながら言った。

「釈迦のやつ、ほんまに手加減しよらんかってん。『手加減しない』ちゅう前提を作った上で手加減するんが『おもてなし』やんか」

（それはおもてなしじゃなくて、ただの接待だろ――）

喉元まで出かかった言葉を飲み込んだが、ガネーシャは、

「あいつ、これまでさんざん世話したったのに、感謝の気持ちを忘れてもうてんねんな」

と言って、いら立った雰囲気で蒸気を吐き続けた。

それから少し落ち着きを取り戻したガネーシャは、僕に向かって言った。

「自分、幸《こう》ちゃん知ってるか？」

「松下電器の創業者の松下幸之助ですよね」

また文句を言われそうだったのですぐに答えると、ガネーシャは満足そうにうなずいて言った。

「自分、やっとワシの愛弟子《まなでし》感、出てきたやん」

（何だよ愛弟子感って……）

呆れる僕に向かって、ガネーシャは上機嫌で続けた。

「松下電器はな、創業から十六年間、自宅を会社にしてててん。せやから幸ちゃんの奥さんは、一緒に仕事しながら住み込み社員の世話までしてくれてんな。そんな奥さんにずっと感謝してた幸ちゃんはな、創業五十周年の式典のとき奥さんを壇上に上げて、『奥さん、長い間、どうもありがとう……』て、社員たちの前で深々と頭を下げたんやで」

その光景を想像して感動していると、ガネーシャはうなずいて言った。

「次の課題はこれやな。『身近な人に感謝の言葉を伝える』。自分を身近で支えてくれてる人に対しては、色々してもらうのが当たり前になってもうてるやろ？　でも、『働く』の語源が『傍《はた》を楽にする』て言われるように、傍《そば》にいる人の苦労が分かって感謝できるようになれば、世の中の人らの苦労を減らせるサービスも生み出せるようになるんやで」

そしてガネーシャは、トヨタグループの創始者、豊田佐吉の話もしてくれた。佐吉の母は、昼は農作業、夜は手織りで寝る間も惜しんで生計を立てていた。そんな母に楽をさせたいと思った佐吉は、「男なのに織り機を使うなんて変人だ」と周りからバカにされながらも研究を重ねて自動織機を発明し、トヨタグループの基礎を築いたということだった。

僕はその話を聞きながら、

(ガネーシャは、気づいてるんだ……)

と胸が締《し》めつけられる思いがした。

志織に感謝の言葉を伝えられていない僕を、偉人のエピソードや課題の形で導こうとしてくれている。

(この課題はできるだけ早く実行しよう)

心に誓った僕は、ガネーシャにそのことを宣言すべく顔を上げると、

「わっ」

思わず体をのけぞらせてしまった。

すぐ目の前に、ガネーシャの大きな顔があったからだ。

大きく見開かれたガネーシャの両目は、猛烈に何かを訴えかけてきている。

(ま、まさか――)

僕は唖然としながら思った。

ガネーシャが課題で言った「身近な人」は、もちろん志織のことだと思っていたけれど、もしかして、ガネーシャ自身を指していたんじゃ――。

しかし、もはや疑う余地のないほどに、ガネーシャの大きな顔は、ずいっ、ずいっとこちらに近づいて来ている。

その圧力に屈した僕が、しぶしぶガネーシャへの感謝と褒め言葉を並べ始めると、ガネーシャは、

「せやな」

「せやで」

「せやろな」

「せやせや」

「せやねん」

と、「せや」の全バリエーションを駆使してうなずきまくり、さらには、

「せやな。彼、そういうところあんねんな」

「せやねん。彼は、そこがすごいねんな。あと、彼に関して忘れたらあかんのが……」

と、第三者のポジションから自分を褒めるという離れ技まで繰り出してきたのだった。

［ガネーシャの課題］

身近な人に感謝の言葉を伝える

15

あくる朝、少し早めに起きてハンモックで横になってみた。

ハンモックの生地は薄いので、背中に風が当たる感触があって気持ち良い。包み込まれるような寝心地も素晴らしかった。

ただ、ハンモックの上で読書をするつもりだったのだが、どうしてもブログが気になってしまいノートパソコンを開いた。上半身が起こしづらいので少し無理な体勢で画面を眺めていると、

（これは……）

届いていたメールの件名を見て飛び上がりそうになった。あわててハンモックから降りようとして布に足を引っかけ、危うくノートパソコンを床に落とすところだった。

近くのベンチに座ってメールを読むと、差出人は東京に本社がある大手出版社の編集者で、僕のブログを書籍化したいという申し出だった。

メールの最後に携帯電話の番号が書かれてあったので、すぐに電話をかけた。電話がつながったので、ぜひ会って打ち合わせがしたいと伝えたところ、彼は明日から出張で、来

週の頭か今日の午後なら時間があるとのことだった。「折り返します」と言って電話を切り、部屋に戻った僕はガネーシャを外に連れ出して状況を伝えた。

「僕は、どうしたらいいでしょうか？」

するとガネーシャは言った。

「自分は、どうしたいねん」

――本音を言えば、一刻も早く打ち合わせがしたかった。書籍化の話に興奮していることもあるけれど、残り時間の少ない僕にとっての数日間は、他の人の何年にも相当するくらい貴重なものだ。

そのことを伝えると、ガネーシャはすべてを理解しているような穏やかな目を僕に向けて言った。

「自分、生物学者のレイチェル・カーソンちゃん知ってるか？」

記憶にない名前だったので首を横に振ると、ガネーシャは続けた。

「カーソンちゃんはな、世界で初めて化学物質の環境汚染を指摘した『沈黙の春』を書いてベストセラー作家になったんやで。地球環境問題への意識は彼女から始まったて言われてんねん」

「へぇ……」

ベストセラー本の著者と聞いて、興味を持って続きを聞いた。

「彼女はもともと文学が好きでな、作家になるために大学入ってん。せやけど大学二年のときに受けた生物学の授業に感動してもうて、生物学者になりたなってん。でも、教師や友人たちから猛反対されてな。当時、自然科学の分野で女性が成功することはほとんどあれへんかったからな」

ガネーシャは腕を組み、感心するようにうなずいて続けた。

「ただ、彼女は思い切って生物学の世界に飛び込んでみたんや。そしたら実験室に籠って研究するんが性に合《お》うてて、生物学者としての道を歩むことにしたんやで。もし彼女がそのまま作家の道に進んでたら、『沈黙の春』ちゅう傑作は生まれへんかったやろな」

そしてガネーシャは、僕を指差して言った。

「判断に迷うちゅうことは、自分の本心と、周囲からの期待が合うてへん場合がほとんどやねん。そんで、自分がこれまで周囲の人の気持ち大切にしてきたんなら、違う方を選択する勇気も持たなあかん。その両方を経験して初めて、自分にとってほんまに大事なもんが何か分かるんやからな」

これまでの僕だったら、間違いなく家族と一緒にいることを選んだだろう。自分のやりたいことを優先して晴香や志織を悲しませることなんて考えられなかった。

でも、僕は、すぐにでも編集者と会って話がしてみたかった。僕のブログの感想を聞き、どうすれば多くの人の手に取ってもらえる本になるのか話し合いたい。

仕事やお金に関わることで、こんな風に「何かをしたい」と強く感じたのは初めてのことだった。

僕は部屋に戻ると、服を着替え終えていた晴香と志織に言った。

「実は……急な仕事が入って戻らなきゃいけなくなっちゃったんだ」

晴香が悲しそうな顔で言った。

「遊園地は？」

あんなに楽しみにしていたのに、連れて行けないのは本当につらい。

でも僕は、彼女たちのために、そして自分自身のためにも、これまでとは違う選択をしなければならないのだ。

「ごめんね、晴香。遊園地はまた今度……」

ただ、その言葉を言い切ろうとしたとき、突然、違う感情がわき上がってきた。

「今度」っていつなんだ？

その機会は、もう、永遠に訪れないいんじゃないか——。

込み上げる不安と恐怖、そして晴香の期待に応えたい気持ちに揺り動かされ、

（やっぱり家族との楽しい思い出を優先すべきなんじゃ……）

そんな風に思い始めたとき、僕の目の前にガネーシャの顔がぬっと現れた。

「自分が行かへんくても、富士急ハイランドは行くで」

僕は驚いて声を出したが、ガネーシャは平然と続けた。

「当たり前やがな。『ドドンパ』が『ド・ドドンパ』にリニューアルしてんねんで？　重要なことやから繰り返すけど、『ドドンパ』が『ド・ドドンパ』にリニューアルしてんねん。い・行く以外の、せ・選択肢は、あ・あれへんやろ」

『ド・ドドンパ』の影響を受けすぎて後半の言葉がおかしなことになっていたが、

「つ、つまり……」

と僕が唇を震わせて言うと、ガネーシャは口調を元に戻して言った。

「晴ちゃんと志織ちゃんはワシらがちゃんと連れてったるから安心せい」

「ガ、ガネさん……」

涙ぐむ僕の肩を叩いたガネーシャは、ウィンクして言った。

「礼を言う暇があったら出発や。早よ行かんとアトラクションに乗る時間がなくなってまうで」

僕たちは急いでチェックアウトを済ませ、富士急ハイランドに向かって車を発進させた。三十分ほどの道のりを楽しく談笑しながら過ごし、富士急ハイランドの駐車場に到着した。僕は、志織に無理をしないよう伝え、みんなが降りたのを確認すると再びエンジンをかけた。

その瞬間、

「ひっ」

と思わず声を上げてしまった。突然、助手席に死神が姿を現したからだ。

死神は顔を前に向けたまま言った。

「交通事故に関するこういう実験がある」

(何の話だ?)

戸惑う僕に向かって、死神は淡々と続けた。

「ある地域で働くタクシー運転手たちにこんな質問をした。『通常は30分で行ける距離を大急ぎで走った場合、何分間短縮できるか?』。ほとんどの運転手たちが『5分から10分短縮できる』と答えた。しかし、急いだ運転と、適切な車間距離を取った運転をしてもらい両者の時間を比べると、平均して『2分45秒』の違いしかなかった。人間は、車を急がせれば『時間を大幅に短縮できる』という錯覚を起こすのだ。結果、短縮できる時間はほとんどなく、事故率だけが大幅に上がることになる」

「つまり……安全運転をしろってことですか」

僕の言葉に、死神はこくりとうなずいて続けた。

「また、運転中に編集者から電話がかかってきた場合。携帯電話を手に持って話すのは論外だが、携帯電話を持たないハンズフリーの会話なら安全だというのも人間の錯覚だ。ハンズフリーで話しながら運転するのと、助手席の人と話しながら運転するのとでは、前者の方が圧倒的に危険だという実験結果がある。というのも、助手席の人は運転手と状況を共有しているから、運転が難しい局面になれば会話の内容や声の調子が変わるし、危険を知らせてくれる場合もある。しかし、携帯電話の相手はこちらの状況がまったく見えていないから、今までと同じ調子で会話を続けるよう暗黙の要求をしてくる。すると、そちらに意識が奪われて目の前の危険に対処できなくなってしまうのだ」

「どうしてそんなことを……」

僕が死神に顔を向けてたずねると、死神は言った。

「ろうそくの寿命よりも先に死なれると、手続きが面倒だからな」

ただ、死神は少し間をおいてから、付け加えるように言った。

「……今回の件は、お前の人生の意味を変えるかもしれんのだろう？　『死は人生の終末ではない。生涯の完成である』――ドイツの神学者、マルティン・ルターの言葉だ」

そして死神は、助手席の扉をすり抜けて外に向かった。

（あんたも富士急ハイランド行くんかい――）

一瞬、感謝よりもツッコミの気持ちが勝ってしまったが、死神の教えを胸に刻みつつ、東京に向かうことを誓った。

目的を果たすには、大胆さだけではなく、慎重さも必要なのだ。

［ガネーシャの教え］

周囲の期待と違う行動を取る

16

編集者との打ち合わせを終え、興奮冷めやらぬまま自宅に戻って新たなブログ記事を書き進めていると、

「ただいま～！」

玄関の扉が開く音と同時に、晴香の元気な声が飛び込んできた。

キーボードを打つ手を止めて立ち上がった僕は、「おかえり！」と言いながら急ぎ足で迎えに行く。

玄関にはみんなが勢ぞろいしていたが、志織の顔色が悪かったのですぐに寝室に連れて行った。

「大丈夫？」

心配してたずねると、志織はこちらに顔を向けて言った。

「うん、ちょっと疲れただけ」

そして、微笑みを浮かべて続けた。

「富士山に登ったあくる日に遊園地に行ったら、誰だってこうなるわよ」

話している雰囲気で深刻な状況ではないと分かり、ほっと胸をなでおろした。

ただ、晴香が、

「遊園地楽しかったよ！」

と言いながら志織の隣に寝転んだので、志織を休ませるために抱き上げたが、興奮している晴香は息継ぎも忘れて話し続けた。

「今日ね、風のせいでジェットコースターが止まってて、ガネちゃんが、『また乗られへんて、完全に嫌がらせしてるやん！』ってぷんぷん怒ってジェットコースターのところに行ったんだけどやっぱり動いてなくて、そしたらガネちゃんがゾウになってごにょごにょ言ったら、空から大きな袋をもった緑色の鬼がぶわぁーって来てガネちゃんとケンカを始めたの！」

志織は苦笑いをしながら言った。

「私はカフェで休んでたから一緒に行ってないんだけど、何回聞いても意味が分からないのよね……」

しかし、僕には、晴香の話が完全に理解できた。

ガネーシャは、ジェットコースターを動かすために、わざわざ風神を呼び出して文句を言ったのだ。

ただ、ガネーシャの行動によって風神はさらに怒り出し風速が増したようで、仕方なく晴香の年齢でも楽しめる『ゲゲゲの妖怪屋敷』や『トーマスランド』に向かったが、遊んでいる途中で、

「全然、刺激が足りひん！　R指定のやつないんかい！」

と文句を言い出し、釈迦と二人で世界一長いお化け屋敷の『絶凶・戦慄迷宮』に乗り込んだが、最近のリニューアルで恐怖度が増したこともあってか、開始五分でリタイアして非常口から出てきたガネーシャは、暗闇で色々な所に頭をぶつけたのだろう、たんこぶだらけの頭をさすりながら、

「あんなもんR65指定や！　年金もらうぐらい大人になってからや！」

と泣き叫んでいた、とのことだった。

聞けば聞くほど、ハプニング続きの遊園地巡りだったようだが、晴香と志織の口ぶりからすると、彼女たちにとっては楽しい一日になったようだ。

それから僕は、晴香をお風呂に入れ、歯を磨かせて寝かしつけると自室に戻った。

部屋では、ガネーシャがガラス戸の前でタバコを吸っていた。

「ドドンパ、乗れなくて残念でしたね」

と声をかけると、

「ド・ドドンパな」

と訂正したガネーシャは、ド・ドドンパに乗れなかったことがいかに悔しかったかを力説したあと、少し間を置いて言った。

「打ち合わせは、どうやったん？」

僕は椅子に腰を下ろし、編集者との打ち合わせの様子を話し始めた。

編集者には晴香と同じくらいの年齢の娘がいて、僕が本の印税を家族のために残したい旨《むね》を伝えると深く共感してくれた。そして、本の発売が近くなったら、ＳＮＳやクラウドファンディングを使って盛り上げるなど、僕の知らないマーケティング方法を提案してくれた。

心強い味方ができて本当にうれしかったが、同時に課題も浮き彫りになった。

最大の課題は、今のブログを本にするには文字量が足らず、書くペースを早めなければならないことだ。

僕の話をじっと聞いていたガネーシャは、タバコの蒸気を吐き出しながら言った。

「ほんなら次は、この課題やってみい。『限界を感じたとき、もうひと踏ん張りする』」

僕がうなずきながら手帳にメモをすると、ガネーシャは続けた。

「史上最高のゴルファーて呼ばれるジャック・ニクラウスくんな。彼は、最も効果的な練習は、『ホールを回ったあと』や言うてんねん。たとえば、18ホールで54回フル・ショットしたとすれば、体が何をどうすればええか覚えてるから、そのあとにする練習は効果絶大や言うてな。大会のあとはどれだけ体が疲れとっても——その大会で優勝してたとしても——必ず練習しててん。彼は、『多くの人は、自分の潜在能力よりも低いレベルで妥協してしまう』言うて、サボろうとする自分をいつも戒《いまし》めてたんやで」

そして、ガネーシャは言った。

「『頑張りすぎても意味がない』て言う人おるやろ？　でも、それは実際に頑張ってみて、これ以上やってもプラスにならへんちゅうラインを知ったとき初めて言える言葉や。ほとんどの人は、『頑張りすぎても意味がない』ちゅう言葉を、頑張らへんことの言い訳にしてまう。せやから、自分の内に秘めとる能力を最大限引き出せてへんのやな」

ガネーシャは続けた。

「ここが限界やて思たところから、もうひと踏ん張りしてみい。そしたら、自分の限界が実はもっと先にあったちゅうことが分かる。そんとき自分は——」

ガネーシャは、人差し指で僕をビッと指差して言った。

「『ジ・ジブン』になれるんやで」

そしてガネーシャは、

「『ジ・ジブン』と『ド・ドドンパ』が掛かっとるんは、もちろん伝わっとるよな？」

と何度も確認してきたが、僕はそんなガネーシャを適当にかわしながらも、今後ブログを更新していく際は、限界を感じたときこそ頑張ってみようと思った。

そして、早速、ブログの続きを書くことにしたのだが、その前に、どうしても気になることがあったのでガネーシャにたずねた。

「ところで、先ほどから部屋の隅で坐禅をしているのは……」

するとガネーシャは、サラッとした口調で言った。

「ああ、釈迦もしばらくここに住むことになったわ」

「ええ――!?」

驚きの声を上げる僕に向かって、ガネーシャは同じ調子で続けた。

「ワシが卓球で負けとるまま帰らすわけにはいかへんからな。ただ、お金のことは心配せんでええで。釈迦は苦行が得意やから全然食べへんし、寝る場所もベランダで充分やから。な、釈迦?」

すると釈迦は会釈をして、人差し指を立てて言った。

「私は、これだけあれば大丈夫ですので」

(な、なんだろう?)

ガネーシャに出会ったばかりのころ、「家族のためのお金を残したい」と言って人差し指を立てたことを思い出したが、釈迦は続けた。

「お椀《わん》を一ついただければ、雨水を溜めて生きていけます」

僕は、釈迦の言葉に衝撃を受けながら思った。

（限界を超えて頑張るって、このレベルを求められてるわけじゃないよな――）

［ガネーシャの課題］

限界を感じたとき、もうひと踏ん張りする

17

朝、会社に向かう電車の中でもスマホを使ってブログを書くようになった。

会社に到着すると全力で仕事を終わらせ、カフェに向かいブログを書く。また、書いた文章は読者に公開する前に編集者に読んでもらい、意見をもらって直すことにした。

過去に出版された闘病記にもできる限り目を通した。自分よりも苦しい状況の人たちの話を読むと、深い共感を覚えると同時に死への恐怖が迫り来る瞬間もあった。しかし、こういった素晴らしい作品がある中で自分が読者に提供できることは何なのかを考え、目標から目を逸らさないことで乗り越えていった。

こうして、朝起きてから夜ベッドに入るまで、本当の限界と呼べるほどの努力を続けていたところ、

「ここまで頑張ったのだから、どんな結果になったとしても悔いはない」

という清々《すがすが》しさにも似た気持ちが生まれた。

これまで、仕事の結果が気になることは多々あったけれど、それは本当の努力をしてこなかったからなのかもしれない。「これ以上頑張るのは無理だ」と心から納得できるくら

い真剣に取り組めば、結果への不安が和らぐ瞬間が訪れることを知った。

ブログのアクセス数は順調に伸びていた。特にアクセスが集中するのは、「死ぬまでにやりたいことリスト」の実行をレポートした回であり、このリストは可能な限り行動に移した。

「昔の友人と集まって飲む」ために、フェイスブックで高校時代のクラスメイトに呼びかけ、同窓会を主催した。

これで会うのが最後になると思うと、(もっと早くやっておけばよかった)という後悔と、(会えて良かった)という喜びが交錯した。ただ、本当に楽しい会になったし、素晴らしい出会いもあった。

海外に留学したことで疎遠になってしまっていた友人が、スマホアプリのエンジニアになっていたので、僕は、ブログを書くことを通して思いついた企画を彼に伝えた。

それは、登録者が「死ぬまでにやりたいことリスト」を作り他の人と共有することで、やりたいことが見つけやすくなったり、実行するための具体的な方法を知ることができたりする仕組みだった。旅行会社と提携してサイト内で決済できるようになれば、リストを実行するハードルも下げられるだろう。

自分の人生が残り少ないことを知り、初めて見えた世界がある。

それは、自分がいつか必ずこの世を去るという事実と向き合えば、何をすべきかはっきりと分かった状態で生きられるということだ。

しかし、日常生活に染まっていくと、人生は有限だという事実はほとんど忘れ去られてしまう。だからこそ、自分が本当にやりたいことが何なのかを、立ち止まって考えられる仕組みを作りたいと思うようになった。

同窓会で再会したエンジニアの友人は、僕の考えに深く共感してくれた。彼にはバックパックで世界中を旅する趣味があるのだけれど、世界各地で多種多様な人と出会う楽しさや景色の美しさ、食べ物の美味しさを、ネット上の画像や動画で見るだけでなく、実際に体験してもらう方法がないか考えていたからだ。

僕が病気を患っていることはまだ伝えていないが、ブログ本の発売に合わせてアプリの試作版をリリースすれば多くの読者に登録してもらえるかもしれない。

——こういった形で「死ぬまでにやりたいことリスト」はできる限り実行に移していたが、残念ながら、僕が生きている間にできない項目も出てくるだろう。

でも、それは仕方のないことだと思う。

たとえば、ブログの文章を書くことに時間を費やせば、その分、他のことはできなくなる。

「生きる」とは、限られた時間の中で何かを選択し続けることに他ならない。

だから、「死ぬまでにやりたいことリスト」を作る意味は、書き出したすべての項目を実行するためではなく、自分のすべての願望を確認するためにあるのだと思う。そうすれば様々な願望の中で、自分がほんとうにやりたいことを選び取ることができるからだ。

ただ、同時に、このことも付け加えておきたい。

自分の願望が何なのかを知っておくことは、限られた時間の中でふいに訪れる実行のチャンスを、つかみやすくするはずだ。

「パパ!」

部屋の扉が開き、晴香が顔を出した。

彼女はダンボールで作った船の中に入り、脇に抱えるように持っている。

「パーティの準備できたので、お迎えに来ました!」

「ありがとう」

僕はノートパソコンを閉じると、机の横に置いておいた紙袋から花束を取り出した。

——今日は、僕と志織の結婚記念日だ。

昔は、いつもより少し豪華な外食をする日だったけれど、晴香が生まれてからは自宅で祝うようになった。僕はこのイベントを大切にしてきたけれど、今回は、これまで以上に特別な会にしたかった。

だから僕は、数日前からブログを書く合間を縫《ぬ》って、あるものを用意してきた。

それは、志織への手紙だった。

志織への感謝をどう伝えたらいいか悩んでいた僕は、自分の気持ちを余すところなく伝えるために手紙を書くことにしたのだ。

引き出しをそっと開け、手紙を取り出してポケットにしまった。

そして、花束を片手に晴香の船の中に入ると、

「しゅっぱつ、しんこーう！」

晴香が元気よく右手を挙げ、僕たちは進み始めた。

（リストにあった「豪華客船に乗る」は、達成できたことにしよう）

そんなことを考えながら部屋を出て、祝賀会場の食卓に向かって進もうとすると、
ピンポーン……

インターホンが鳴らされた。

宅配便が来たのだろうと思い、進路を変更して玄関に向かう。

結婚記念日で気分が高揚していた僕は、

（晴香と僕の姿を見たら、配達員の人はどんな顔をするだろう）

そんな風に考えて笑いをこらえながら、ドアノブを引いた。

すると、

僕は、手に持っていた花束を落としそうになってしまった。

扉の向こうに立っていたのは、僕の両親だった。

（ど、どういうことなんだ――）

呆然とする僕に向かって晴香が、

「だあれ？」

と顔を上げて聞いてきた。

「この人たちはね……」

僕がどう答えようか迷っていると、背後から大声がした。

「待ってましたで、お母さーん！」

どたどた足音を鳴らしながら近づいてきたガネーシャは、母が手に持った紙袋を見て目を輝かせた。

「永田屋の羊羹や！　ささ、遠慮せず上がってください！　羊羹と共に上がってくださ い！」

ガネーシャは二人を家の中に招き入れようとしたが、父は母に向かって、見るからに不機嫌そうな顔で言った。

「……話が違うじゃないか。俺は帰るぞ」

——父の様子から、この家に来るつもりがなかったのだと分かる。

「そんなこと言わないで。ね、お願いだから」

母が引きとめようとするが、父は頑なに譲らない。

すると、ガネーシャが不敵な笑みを浮かべて言った。

「お父さん、ほんまに帰ってもうてもええんですか？」

「どういう意味ですか？」

父が顔をしかめると、ガネーシャは晴香に耳打ちした。すると晴香は言った。

「じいじ、遊ぼ！」

その言葉を聞いた瞬間、

「むぐ……」

父の顔が紅潮した。

そして、その隙を突いてガネーシャと母が父の体を両側から挟み込み、強引に家に上がらせたのだった。

＊

「すみません、こんなものしか用意できなくて……」

志織が取り皿を並べながら申し訳なさそうに言った。

テーブルの上に置かれているのは、エビフライやコロッケ、鶏《とり》のから揚げ、ポテトフライなど、大量の揚げ物だった。結婚記念日のパーティなので、晴香が好きで見た目も豪華な揚げ物中心になっていたが、両親には重すぎて口に合わないかもしれない。

「いえいえ、いきなり来てしまった私たちの方が悪いんですよ」

母がフォローをしたが、気が気ではなかった。

そして、問題は、料理だけではなかった。

僕たち六人は、狭い食卓にひしめき合って座っていたのだ。

最初は少しでも広い場所でと思いリビングで食事をしようとしたのだが、晴香が飾りつけをした場所を離れるのを嫌がったので、椅子を持ってきて食卓を囲むことになった。

父が座っているのはそれでも一番広い席だったが、何もかもが不満だと言わんばかりの表情で押し黙っている。

あまりの重々しい雰囲気に耐えられなくなった僕は、

「ちょ、ちょっといいですか」

と羊羹にむしゃぶりついていたガネーシャを立たせて廊下に連れ出し、声をひそめて言った。

「ガネさん、どういうつもりなんですか?」

するとガネーシャはきょとんとした表情で言った。

「『どういうつもり』もなにも、サプライズやがな」

「サプライズ？」

眉をひそめる僕に向かって、ガネーシャは得意げに続けた。

「今日は自分らの結婚記念日やろ？　せやからワシもひと肌脱ご思て、サプライズゲストを呼んだってん」

（そういうゲストとして成立するのは、普段から仲の良い人だけだろ――）

唖然としていると、ガネーシャは僕の肩を叩いて言った。

「何しけた顔してんねん。安心せえ。今は立ち上がりやから若干《じゃっかん》、空気が固なってるけど、数分後には『ウチの食卓って、クラブだったっけ？』て疑いたなるくらいのグルーヴ感が生まれてるで。言うてもここに、トークの神様がおるわけやからな」

「トークの……神様？」

意味が分からず周囲をきょろきょろと見回したが、ガネーシャは僕の顔を両手で挟んで自分の方にまっすぐ向けて言った。

「直視するには眩《まぶ》しすぎるやろうけど――目ぇ逸らしたらあかん。トークの神の輝きを、その目と耳にしっかりと焼きつけるんやで」

そしてガネーシャは、リビングに向かって威風堂々と歩き出した。

その後姿を見ていると、

（うっ……）

猛烈な吐き気をもよおした。嫌な予感が高まりすぎると吐き気に変わるのだと、このとき初めて知った。

食卓に戻ると、席を立ったときよりも重々しい空気が漂っているように感じられた。

（この空気を変えることなんてできるんだろうか……）

ちらりと父に視線を向けたが、全身の毛穴から不機嫌さが漏れ出ているような雰囲気だった。半ばあきらめながら席につくと、ガネーシャは父に向かって馴れ馴れしい口調で話しかけた。

「まあまあ、そないなしかめっ面《つら》せんと、志織ちゃんの作ったコロッケ食べてみいや。めちゃめちゃうまいでぇ」

（い、いきなりタメ口――）

ガネーシャの言動に寒気が走ったが、父は、ぶっきらぼうな口調で返した。

「揚げ物は苦手なので」

すると、母が横から口を出した。

「そんなことないでしょ。この人いつもスーパーのお惣菜で揚げ物買ってきてって言うんですよ」

「お前は黙ってなさい」

父の一言に、場は静まり返った。

(何がトークの神様だよ！　明らかに空気が悪くなってるじゃないか！)

頭をかきむしりたい衝動に駆られたが、淀《よど》んだ空気を払拭《ふっしょく》してくれたのは、晴香だった。

晴香は父に向かって言った。

「ママのコロッケ、すごくおいしいよ」

そして晴香が「どうぞ」とコロッケを父の取り皿に移したので、父も食べないわけにはいかなくなった。箸でコロッケをつまみあげ、ゆっくりと口に含む。

その場にいる全員が、父の反応に注目した。

すると――。

「こ、このコロッケは……！！　一見普通のコロッケに見えるが、ニンジン、ピーマン、ブロッコリーなどなど、子どもが苦手とする様々な食材が細かく切り刻んで入れてある、成長期の子どもの体に配慮した最高のコロッケじゃぁ！　志織さん、あんたは何てできた嫁なんじゃぁ！　志織さんは完全無欠のパーフェクトワイフじゃぁ！！」

と、叫んだのはガネーシャだった。

温まりかけていた空気は、ガネーシャのトークで一刀両断され粉々に砕け散った。

ガネーシャは父が不機嫌な顔に戻るのを見て、一瞬、焦った様子を見せたが、不敵な笑みを浮かべて言った。

「お父さんは、『ネズミの嫁入り』いう話、知ってるか?」

父の反応も待たず、ガネーシャは語り出した。

「むかしむかしあるところに、ネズミの若者と娘がおりました。二匹は結婚を誓い合う仲でしたが、娘の父親は『娘は世界一の婿《むこ》と結婚させるんだ!』と反対しました。そして父親は、世界一強いと思った太陽のところに行き、娘の婿になってもらえないかとたずねました。すると、『私より雲の方が強いぞ。雲は太陽を隠してしまうからな』と言われ、雲のところに行くと『私より風の方が強いぞ。風は雲を吹き飛ばしてしまうからな』と言われ、風のところに行くと『私より壁の方が強いぞ。壁は風を跳ね返してしまうからな』と言われ、壁のところに行くと『私より強い者がいる。壁は、ネズミにかじられたらひとたまりもないからな』と言われ、娘の父は、『世界で一番強いのはネズミだったぁ!』と言ってネズミの若者との結婚を認めました、とさ」

そして周りをちらりと見たが誰もピンと来ていない様子なので、

「とさ」

と、もう一度言って話が終わったことをアピールしたが、やはり誰も反応しなかったので、

「さ、最初っからネズミ同士結婚させとけば良かったたっちゅう話やわ！　ネズミだけに、良かったたっチュー話やわ！　ぎゃは……ぎゃははは！」

――食卓に、ガネーシャの空笑いだけが響いた。

（こんな風に無理矢理仲良くさせようとしても逆効果なだけなんだよ！　『ネズミの嫁入り』の前に『北風と太陽』を読み返せよ！）

心の中でガネーシャに向かって絶叫していたが、そうすることすら許されない状況が訪れた。

「帰るぞ」

我慢の限界に達した父が、席を立とうとしたのだ。

母が止めたが、今度ばかりはどうしようもなさそうだった。

（やっぱり、だめだったか……）

僕はがっくりと肩を落とした。

――もしかしたら、と思っていた。

玄関で父の顔を見たとき、もしかしたら関係を修復できるかもしれないと思った。

でも、こうして晴香や志織と直接顔を合わせても変わらないのだから、僕たちの関係は何をしても無駄なのだろう。

さらに、頼みの綱だった晴香も食事を終えてリビングでテレビを観始めてしまい、

(終わった――)

と完全にあきらめようとした、そのときだった。

視界の隅に映ったガネーシャの表情を見て、目が覚めるような思いがした。

これだけトークが滑っても――摩擦係数ゼロの滑りを見せても――その両目からは煌々《こうこう》と光が放たれていたのだ。

(ガネーシャは、まだあきらめていない――)

そのことに気づいてゴクリと唾を飲み込んだのとほぼ同時に、ガネーシャが口を開いた。

「血や」

(えっ――)

突然、場に投げ込まれた物騒な言葉で食卓にいる全員に緊張感が走った。立ち上がろうとしていた父も席に座り直し、ガネーシャの動向に注目する。

ガネーシャは、テーブルの上を指して言った。

「ここに血の跡《あと》がべっとりとついてるで」

(ど、どこだ?)

血の跡を探すが見当たらない。しかしガネーシャは手に取ったティッシュで、テーブルをふきながら言った。

「うわわ、なんちゅう血痕《けっこん》や。全然消えへん！　この血痕、消えへんで！」

みんなが不可解な面持ちで見守る中、ガネーシャは、

「そ、そうか……！」

と手を止めて言った。


「今日は、『血痕消えん日（結婚記念日）』やった」


――父が、席を立った。完全に立った。

母も、もう何も言わなかった。こうして父を止める人は誰もいなくなり、暗黙のうちに会の終了が宣言された、その瞬間の出来事だった。

ガネーシャが、突然、テーブルをバン！　と叩き、父に向かって大声で叫んだのだ。

「さっきからなんやねん、その態度は！」

――正直、ガネーシャの言葉には胸のすく思いがした。

確かに、父は、望んでこの場所に来たのではないのだろう。でも志織や母が話しかけてもほとんど反応せず、しかめ面を続けているのは、一人の大人として恥ずべき態度だと感じていた。

ガネーシャは、父に向かって続けた。

「ワシが頑張って面白いこと言うてんのに、なんで笑わへんねん！」

ガネーシャの怒りがただの言いがかりだと分かりアゴが外れそうになったが、ガネーシャがそのままの勢いで「酒や！　酒持ってこい！」と言い出したので、あわてて缶ビールを持って来ると、父に強引に飲ませ始めた。

（これは……もしかしたらお酒を使って空気を和らげる作戦では――）

そんな風に思ったが、すぐに僕の勘違いだと分かった。

缶ビールを一気に飲み干したガネーシャは、うつろな目を父に向けて言った。

「なあ、自分の家に行ったとき玄関に神棚あったやんな？　あれ、誰の？　……やっぱり秋葉権現《あきばごんげん》かい。もちろん知ってるで。火除《よ》けの神、秋葉やろ。あいつ、悪いやつやないんやけど、マーケティングがド下手やねんな。今の時代、アキバいうたら、秋葉原やん。だいたい秋葉原の地名も、延焼を防ぐための火除け地が『秋葉ノ原』て呼ばれとったことからついてんで。せやからメイドの萌《も》えキャラやらアイドルやらで秋葉原とコラボしたら一発でメジャーになれるてアドバイスしたったのに、『神様が時代に媚《こ》びたら負けなんで』とかわけの分からんこと言いよって……。結局、何が言いたいかっちゅうとな、自分がワシのギャグに笑われへんのは、秋葉と同じでセンス古いからやねんで！」

――自分が人間の姿をしているのも忘れ、好き放題に話し始めていた。

そっちかい――。

ただ、実家ではクリスマスの時期になると秋葉様を祝うお祭りがあり、その日は大きな火を焚《た》いて夜遅くまで遊べたので一年で一番楽しい日だったことを思い出した。懐かしさを感じて話題にすると、父も少しずつ会話に加わってきて、初めて普通のやりとりをすることができた。さらにその流れで、前に実家に戻ったときは言えなかった、駅の近くの用水路でザリガニを採ってもらった話もすることができた。

テレビを見ていた晴香がお気に入りのＤＶＤを観たがったので、デッキにセットしてから食卓に戻ると、母と志織の会話が弾んでいた。

母は、我が家が毎年結婚記念日を祝っていることを褒め、父に向かって、「この人、記念日なんて何一つ覚えてないのよ」と言うと、父は口を尖らせ「銀婚式はちゃんとしただろ」と言い返して笑いを誘った。

こうして和やかになっていく会話の流れの中で、僕はふと思い浮かんだ疑問を口にした。

「おじいちゃんって、どんな人だったの？」

僕は祖父についての記憶がほとんどなく、僕が生まれてからすぐに亡くなったと聞いていただけだった。

飲み物をビールから焼酎《しょうちゅう》に変えていた父は、氷の入ったグラスを傾けながら言った。

「俺は、あの人と話した記憶がほとんどないんだ。無口な人だったからな」

口調や表情から、父と祖父の関係が良好ではなかったことが伝わってきた。

それから父は、少しずつ、祖父について語り出した。

実家の裏には田んぼや畑があったので農業を営んでいたことはなんとなく分かっていたが、祖父の代は、広大な土地を持つ農家だったらしい。しかし、時代が高度経済成長期になると、良い大学に入って有名企業に勤めることに価値が置かれるようになった。そうした流れを受けて祖父は、

「これからの時代は勉強ができなければだめだ」

と言って、父に勉強をさせるために厳しい態度で接していたという。

父は、苦々しい表情で言った。

「でもあの人は、自分が勉強してこなかったから、どうすれば良いか分からなかったんだな。だから、悪い成績を取ると必ず殴られたよ。そうすることでしか、勉強させられなかったんだ」

父は、当時の状況を思い出しているのか、しばらく黙ってから口を開いた。

「俺は殴られながら、『もし将来、自分に子どもが生まれたら、絶対にこんな教育はしない。正しい教育をするんだ』って歯を食いしばりながら耐えてたよ」

父の言葉を聞いて、胸が震えた。父が僕のために多くの時間をさいて勉強を教えてくれたのには、そんな背景があったのだ。

そして僕は、父から暴力を振るわれたことが一度もないことを、初めて強く意識した。

（もっと早く聞いておけば良かった）

僕が父の思いを知っていれば、父との関係がこんな風にこじれることはなかったのかもしれない。

ただ、そうやって後悔を深めようとする自分を思い直した。今からでも遅くはない。生きている限り、遅すぎることはないのだ。

僕は、父に向かって言った。

「もっと早くこの話を聞ければ良かったよ。そうすれば、父さんがどんな思いで勉強を教えてくれたり、教師の仕事をしたりしていたか、理解するきっかけになったはずだから」

すると父は、しばらくの間、口を閉ざしてから、目の前のグラスを見つめて言った。

「俺は……最後まで聞けなかったな。父《とう》ちゃんがどんな思いで俺を殴っていたのか……」

テーブルの上に置かれた父の手が震えていた。父は祖父の心情に思いを馳《は》せているようだった。

食卓は静まり返り、リビングのテレビから流れる音だけが響いている。

ＤＶＤの内容に飽きてしまったのだろう、晴香が食卓に戻って来ていた。テレビを消してきなさいと言いかけたが、父がそばに来た晴香の頭の上にそっと手を置いたので口をつぐんだ。

――父も、晴香や僕と同じで髪の毛のくせが強い。

父は、祖父を懐かしむように言った。

「父ちゃんは、俺の髪を『坂本龍馬と同じだ』って褒めてくれてたんだ」

その言葉を聞いて、僕も幼いころに父から、「明治維新を成功させた坂本龍馬は、髷《まげ》も結《ゆ》えないほどのすごいくせ毛だったんだぞ」と教えられたことを思い出した。

そして、父が晴香の頭をなでながら「可愛い髪の毛だね」と言うと、晴香は父を見上げて照れくさそうに笑った。

父は、正面に顔を向けて言った。

「志織さん」

突然、名前を呼ばれ、緊張を走らせた顔の志織に向かって、父は続けた。

「子どもの幸せを、願わない親はいません」

しばらく間を置いてから、父は言った。

「八月の初めごろに、息子が私たちを訪ねて来てくれました。そのとき私たちの前で口にした言葉は、自分の息子とは思えないくらい立派なものでした」

それから父は、食卓の壁に目を向けた。

そこには、晴香がこれまでに描いたたくさんの絵が飾ってある。今日のために描いてくれた家族の絵が、一番手前にあった。

父は、志織に向き直って言った。

「息子は、あなたと出会い、晴香ちゃんを授かったことで成長し、幸せになれたのだと思います」

そして、父は志織に頭を下げて言った。

「息子を、これからもよろしくお願いします」

父の言葉に、志織は肩を震わせながら頭を下げた。

その姿を見て、僕も、母も、目に涙を浮かべた。

そして、涙ぐむ僕たちの中心で、
ぐおおっ！　ごぎゅええっ！

泥酔したガネーシャが、豪快ないびきをかき始めた。

*

「じいじ、ばあば、また遊ぼうね！」

玄関で、晴香が手を振りながら大声で言った。

「晴香ちゃん、またね」

そう言って笑う父は、片手に花束を抱えていた。志織の発案で、僕が今日のために用意した花束をお土産に渡したのだ。遠慮しながらも受け取ってくれた父と母は、小さく手を振りながら笑顔で家を後にした。

こうして両親を見送ったあと、僕と志織は食卓で寝ているガネーシャを寝室に運んだ。

ガネーシャの重い体をなんとかベッドの上に横たえて隣を見ると、

（えっ……）

志織がガネーシャに向かって両手を合わせていた。

（ガネーシャが神様だってバレたのか⁉）

とっさにそんな風に思ってしまったが、志織が大げさに感謝しているだけだと分かり、胸をなでおろした。

時計を見ると、晴香がいつも寝ている時間を過ぎてしまっている。

「晴香、お風呂に入って寝るよ」

そう言いながらリビングに向かうと、晴香は一人、食卓で絵を描いていた。

今日のために描いてくれた絵を壁からはがし、新たに両親を描き加えてくれていたようだ。

その絵を見てまた目頭を熱くしていると、晴香はこちらに顔を向け、両手で絵を持って差し出しながら言った。

「パパ、ママ、結婚おめでとー！」

記念日という概念が分からない晴香は、毎年、今日を「結婚式」だと思っている。

後からやってきた志織が、僕の隣に来て微笑んで言った。

「やっと本当の結婚式ができたわね」

志織の言葉にハッとさせられた僕は、

「ちょっとごめん」

と言って寝室に駆けていき、手帳を取り出してページをめくった。

そして、そこに書かれた「死ぬまでにやりたいことリスト」の項目を見て、

（やっぱり、そうだ――）

と愕然とすることになった。

そこには、次の言葉がはっきりと記《しる》されていた。

結婚式を開いて両親を呼ぶ

（まさか、ガネーシャはこのリストを実行させてくれるために……）
そんなことを考えながらベッドの上のガネーシャを振り返ったが、
ぐおおっ！　ブオッ！　ごぎゅええっ！　ブオッ！
巨大ないびきに合いの手を入れるように寝屁《ねべ》を放ち始めた姿を見て、「たまたま、だな」とうなずいて手帳を閉じた。

18

――僕が、両親との関係を修復することができたのは、単に、運が良かっただけなのかもしれません。

また、このブログのコメント欄に寄せられた経験談では、幼少期に親から心ない言葉を浴びせられ続けた方や、暴力を振るわれたりした方の話もあります。そういった方の親に対しては、「自分が感じた（感じている）苦しみをはっきりと伝えて対決することが必要だ」という考えもあります。

おそらく、この問題には「こうすれば必ず解決する」という、誰にでも当てはまる答えは存在しないのでしょう。

ただ、それでも僕は、自分の経験を通して、どうしてもお伝えしたいことがあります。

それは、相手がどんなにひどい人で、絶対に許すことができないと感じていたとしても――相手と分かり合える可能性を、自分の手でゼロにしてしまわないことです。

人生は、本当に何が起きるか分かりません。

僕は、突然余命を宣告されたときは、どうして自分がこんな目に遭《あ》わなければならないんだと、現実を恨みました。

しかし、余命宣告をきっかけにブログを始めたことで、あなたをはじめ、本当に多くの方々に文章を読んでいただけるようになりました。こういった、予想もしない素晴らしいことが起きるのも、また現実なのです。

「他力本願」という言葉があります。

人智を超えた力に思いを託すという意味で使われますが、自分の力ではどうしようもないと感じられた問題も、思いがけない形で解決の機会がもたらされるかもしれません。

そのとき、ずっと握り締めていた拳を、ほんの少しだけでも開く準備ができていたら、目の前の相手と握手をすることができます。

自分には思いもよらなかった形で、あなたが長年抱えてきた苦悩が癒される可能性があるのです。

現実は厳しい――

そのとおりだと思います。

ただ、それでも現実への信頼を失わず、希望を持って生きること。

自らの心を完全に閉ざすことなく、現実に向かって開き続けること。

それが、人生の喜びを最大限引き出すための、大切な生き方なのだと思います。

両親との和解、そして、「結婚式を開いて両親を呼ぶ」というリストの項目を実行できたというブログの記事は、過去最高の反響を得ることになった。

編集者もブログの内容に大いに感動してくれ、また、かなりのハイペースで更新してきたので書籍として十分な文章量になったという、うれしい報告も受けた。

「映画、撮ってるみたいやったもんな」

——結婚記念日のブログを読んだガネーシャは、自分が「上司」として登場し、かつ名前が伏せられていたことに大いに不満を募らせていたが、お礼にあんみつを渡すと態度を豹変させ、満足げに話し始めた。

「あんとき、食卓に集まった全員がワシが思い描いた台本とまったく同じ台詞言うから、脚本・監督・主演ガネーシャの映画撮ってるみたいやったもん」

（主演もあんたなんかい——）

心の中でツッコミを入れつつも、

「ありがとうございました」

と言って新たなあんみつを差し出した。

ガネーシャは、「おおきに」と受け取って、あんみつの封を開けながら続けた。

「自分とお父さんの会話が始まったシーンもな。ほんまは、あそこでいったん止めて『両親の生《お》い立ちを知る』ちゅう課題を出そかなて思たんや。照明も軽く落としたかったしな。ただ、あんときの自分、台詞に気持ちが入ってたやん？　せやから自分のアドリブに賭けてワンカットで撮ったんやけど、ものの見事にハマったわな」

どう考えても後付けで言っているようにしか聞こえなかったが、「さすがは名監督です」「両親を見送って玄関の扉を閉めたあと、『カットォ！』の声が聞こえた気がしました」「今日からは、『ガネンティン・タランティーノ』『ガネ澤明』『ガネーヴン・スピルガーネ』などの名前で呼ばせていただきます」とひたすら持ち上げておいた。

するとガネーシャは、機嫌良さそうに表情を崩しながら、あんみつを食べているスプーンで僕を指して言った。

「自分、オバマくん知ってるやろ？」

「アフリカ系アメリカ人初の大統領に選ばれたバラク・オバマですよね」

「そうや。そのオバマくんはな、幼いころに両親が離婚して母親に育てられたんやけど、ずっと父親に捨てられたて思てたんや。オバマくんは父親のことをあんま知らへんかったんやけど、ケニアの優秀な経済学者やて聞かされとってな。そんな父親を乗り越えるために努力し続けたんやな。

ところが、ある日、その父親が交通事故で亡くなってもうてな。父親について知るために親戚に話を聞いて回ったり、出身地のケニアに行って生い立ちを調べたんや。そしたら、自分が想像してたんと全然違う人やってん。優秀やと思てたら、実は権力闘争に敗れてエリートコースから外され、雑用仕事をしながら毎日、酒におぼれとったんや。

ただ、優しいとこもあってな。助けを求められたときには分け隔てなく与えるような人やった。何よりも、オバマくんの父親も幼いころに自分の母親と引き離され、同じような苦しみを経験してたことが分かったんや。

すべてを知ったオバマくんは父親の墓石の前で泣き崩れてな。『自分が人生で感じた痛みは、父が感じた痛みだ』て、父親との深いつながりを感じて癒されたんやで」

僕は、ガネーシャの話を聞いて大きくうなずきながら、両親の生い立ちや、歩んできた人生を知ることの意味を理解した。

よく、「両親とお酒を飲んで語り合うといい」と言われる。その理由は、両親が経験した苦しみや喜びを知り、共感することで、心の奥底にあった両親とのわだかまりが解消され、癒されるからなのだろう。

そんなことを考えながらメモを取っていると、ガネーシャは椅子から降りてベランダの方に歩いていき、ガラス戸を少し開けた。

十月に入り、秋の虫の鳴き声が聞こえるようになった屋外から、冷たい風が流れ込んでくる。ガネーシャは軽く身震いすると、取り出したタバコを容器にセットし、火がつくのを待ちながら言った。

「いよいよ、クライマックスやな」

ガネーシャの一言で、緊張感が一気に高まった。

ずっと更新を続けてきたブログもいよいよ大詰めだ。

どんな映画やドラマも、最後のシーンで評価が左右されるように、このブログをどう締めくくるかで、本の完成度は大きく変わるだろう。

これまでガネーシャは——直接そのことは口にしていないものの——課題を出すことによってブログの内容を導いてきてくれた。

おそらく、次に出される課題が、ブログの最後を締めくくる上で重要なものになるはずだ。

「ほな、次の課題は——」

（いよいよだ）

僕はごくりと唾を飲み込み、メモ帳を片手に言葉を待っていると、ガネーシャは言った。

「次の課題は、ナシや」

（え——）

思わずずっこけそうになったが、ガネーシャはにっこりと笑って言った。

「いや、ナシちゅうのは冗談やけど、自分、ほんまにようここまで頑張った思てな」

そしてガネーシャは、タバコの蒸気を吐き出すと、ガラス戸の向こうを遠い目で眺めた。

「ワシが出す課題は、『その気になれば誰にでもできる』言うたけど、実際、行動に移すには色んな葛藤があったはずや。でも、自分は葛藤を乗り越えて実行し続けた。これは、ほんまにすごいことやで」

そんな風に褒められるとは予想もしていなかったので、恥ずかしくなって口ごもった。

「いえ、それはガネさんの指導があったからで……」

そう言いながら、「当然、ワシのおかげや。調子乗んなや」などという言葉が返ってくると予想していたが、ガネーシャはゆっくりと首を横に振って穏やかな口調で言った。

「もし、正しい教えが必ず人を正しく導くんやとしたら、この世界に正しい教えが現れた時点で、みんな正しい行いができるようになるはずや。せやけど、そうはなってへん。むしろ多くの人は、正しい教えから目を背けたり、自分に都合よく歪めたりして、間違った教えの方を信じるようになってまうねんな。しかし、自分はそうせえへんかった。真理を真っすぐに学んで、実行することができたんや」

「ガ、ガネさん……」

感激する僕に向かって、ガネーシャは続けた。

「ワシはこれまで多くの偉人を育ててきた言うたやろ？　そういう人らみたいに、世の中に広く知られるような結果を出すんも素敵なことやけど、ワシは自分がしてきたことも同じくらい偉大や思うで」

僕は謙遜して首を横に振ったが、ガネーシャはそのままの口調で続けた。

「自分、ラグナル・ソールマンくん知ってるか？」

「いえ、初めて聞く名前です」

「そうやろな。今、生きてる人のほとんどはこの名前を知らんやろ。ただソールマンくんがしたことは、ほんまに偉大やねんで」

そしてガネーシャは、少し間を置いてから続けた。

「今や知らん人はおらへん、ノーベル賞な。あれを作ったのはダイナマイトの生みの親、アルフレッド・ノーベルくんて思てるやろうけど、ノーベル賞を作るんは一筋縄ではいかへんかってん。なんでかゆうたら、ノーベルくんが自分の莫《ばく》大な財産で賞を作るちゅう構想を発表したのは、遺書でやったからや」

（遺書……）

死を連想させる言葉に強い緊張が走った。ガネーシャは続けた。

「その遺書にはな、遺産のうち身内に相続させるのは五％程度で、残りの財産全部を使てノーベル賞を設立するて書かれとってん。しかも、『賞の候補者の国籍は一切問うてはならない』とか『物理学賞、化学賞はスウェーデン科学アカデミーが選考し、文学賞はストックホルムのアカデミー、平和賞はノルウェー国会が任命する五名の委員会が選考する』とか……公平に選考するための取り決めが細かく指定されててん。この内容が明らかになると、非難の嵐が吹き荒れてな。相続金額が少ない遺族はもちろんのこと、高額な賞金が毎年海外に流出することへのスウェーデン国内の反発もすごかったし、選考機関として指名された団体も、『そんな責任は負えない』て大反対したんやで」

ガネーシャは続けた。

「ただ、ノーベルくんの遺書にはこうも書かれてあったんや。『遺言執行人として、ラグナル・ソールマンを指名する』」

（ええ――）

ガネーシャの話に衝撃を受けながら言った。

「その方は、執行人になることを遺書で知らされたんですか」

腕を組んだガネーシャは、大きくうなずいて言った。

「せやねん。ソールマンくんは、ノーベルくんが晩年に最も信頼してた火薬技師やったんやけどな。こんときまだ二十六歳やで。そんでもソールマンくんはノーベルくんの遺志を尊重して、遺族や学術団体を粘り強く説得してな。すべての関係者に遺言どおりの賞を設立することに同意してもろたんや。こうしてノーベルくんの死から五年後――一九〇一年の命日に、第一回ノーベル賞授賞式が行われたんやで」

（そんなことがあったんだ……）

ガネーシャと出会わなければ知ることがなかったであろうソールマンという人物に対して、畏敬《いけい》の念を抱いた。

ガネーシャは僕に顔を向けて言った。

「自分は、生きた証を残す仕事がしたい言うてたやんな？」

僕がうなずくと、ガネーシャは続けた。

「今、自分のやろうとしてることは、うまくいくかもしれへんし、そうやないかもしれへん。でも、自分が、自分以外の誰かのために全力で頑張ったことは、ワシがずっと見とったからな」

――ガネーシャが何を言わんとしているのか、徐々に理解できてきた。

これから僕が出す予定の本がどれだけ世の中に広まるか、その結果を知る前に僕はこの世を去らなければならない。ガネーシャは、そんな僕が不安を持たずに旅立てるよう、導いてくれているのだ。

「ありがとうございます……」

ガネーシャの気持ちに感謝しながら頭を下げると、ガネーシャはタバコを吸うのをやめ、こちらに近づいてきて、顔の前で両手を交差した。

ガネーシャは、普段のおじさんから本来のゾウの姿に戻ると、長い鼻を僕の肩にポンと載せて言った。

「ま、そういうことやから。今日は特別に、課題を出すんやのうて、出し物したるわ。……おーい、死神！」

（出し物？）

言葉の意味が分からずぽかんとしていると、クローゼットの隙間から姿を現した死神とガネーシャは部屋の隅に行き、「そうや、前やったとおりにな……」と小声で打ち合わせを始めた。

そして、準備を終えたガネーシャが振り向いたとき、なぜか頭には手ぬぐいをかぶり、鼻の穴に割り箸《ばし》を挿し込んでいた。

（な、何をしようとしているんだ？）

しかし、驚く間もなく、死神が三味線のバチで大鎌の刃の部分を器用に叩いて「安来《やすぎ》節《ぶし》」の音頭を取り始めると、ガネーシャが、

「あら、えっさっさ〜」

と掛け声をして、どじょうすくいを踊り始めたのだった。

あまりのシュールな光景に戸惑うしかなかったが、ガネーシャはどじょうすくいの動きをしながら近づいてきて、僕の手帳を足で開くと、その中の一文を足の指で繰り返しなぞった。それは、「死ぬまでにやりたいことリスト」の中にあった、

息ができなくなるくらい笑う

だった。

（そ、そんな――）

奇怪な行動の目的を知って衝撃を受けたが、シュールな光景がひたすら続くのを見ていると、

「あははは……」口から漏れだした笑い声は徐々に大きくなり、途中で女踊りの格好をした釈迦がベランダから参戦してきたころには、お腹を抱えて笑い転げていた。

［ガネーシャの課題］

両親の生い立ちを知る

19

その日の夜、僕は夢を見た。

どこまでも広がる草原の上にレジャーシートを敷き、家族でピクニックをしている。

太陽の温かい日差しの中を、心地良い風が吹いている。志織が作ってくれたサンドイッチや鶏のから揚げ、ポテトフライを食べながらみんなで楽しく笑い合っている。

幸せな気持ちで満たされた僕は、ふと、

(ここはどこだろう?)

と考える。はるか遠くに目をやると、緑色の草は次第に色が薄くなり、白色に変わっていることが分かる。

(もしかしたら……)

僕は考える。

(もしかしたら、ここは雲の上なのかもしれない)

僕はさらに幸せな気持ちになる。もし、ここが雲の上なのだとしたら、この時間が永遠に続くような気がするからだ。

しかし、一陣の風が吹き、志織の長い黒髪をたなびかせる。

風は徐々に強くなり、寒さで体が震え出す。

突風で弁当箱が吹き飛び、晴香が立ち上がって追いかけようとした。

僕は、

「危ない！」

と言って晴香の手をつかむ。

すると、晴香の手の肉がずるりとはがれ、骨がむき出しになる。僕は猛烈な恐怖に襲われる。風はさらに勢いを増し、晴香と志織の体の肉を吹き飛ばして骨を露《あら》わにしていく……。


（や、やめてくれ……！）

――そこで僕は目を覚ました。

全身が汗でびっしょりになっていたが、夢だと分かりほっと胸をなでおろした。

しかし、次の瞬間、

（ひっ……）

再び恐怖を味わうことになった。

僕の目の前に、肉のない、むきだしの足の骨があったからだ。

枕元に、死神が立っていた。

おそるおそる視線を上げると、死神は何も言わず、ゆったりとした動きでろうそくを取り出した。

そのろうそくを見て、汗だくの体がさらに冷や汗で濡れた。

肉眼で見えるろうの部分はほとんどなく、灯る火によって存在が確認できるだけの状態になっていた。

震える指で耳栓を外すと、ガネーシャの呑気《のんき》ないびきの向こう側から、死神の突き刺すような冷たい声が響いてきた。

「私が前に教えた、『人が死に際に後悔する十のこと』を覚えているか?」

僕が首を小刻みに縦に振ると、死神は続けた。

「ガネーシャ様は情に厚いお方ゆえに、次の課題を出すのをためらっておられるように見える。だが、もしその課題を実行する前に命が消えてしまったとしたら、それこそお前は、決して消えぬ後悔を背負うことになるだろう」

(死神の言うとおりだ……)

恐怖に慄《おのの》きながらもうなずいた。僕が一番恐れなければならないのは、死ではなく、やり残したことを抱えたままこの世を去ることなのだ。

ふわり、と軽やかな動きで大鎌を持ち上げた死神は、僕に向かって真っすぐ振り下ろした。

(ひっ)

恐ろしさのあまり目をつぶり、それからそっと開くと、鎌の刃が僕の頬と重なっていた。

死神は言った。


「遺書を書け」


死神は続けた。

「死後の手続きなどではなく、お前の死後もこの世で生き続ける者たちへ伝えるべきことを書き遺すのだ」

僕は、心臓が鷲づかみされているような苦しさを感じた。それはまさに、僕の人生における最後の課題と呼べるものだ。

死神は音もなく移動すると、大鎌の刃をノートパソコンの隙間に差し入れて持ち上げた。スリープ状態だったパソコンが立ち上がり、暗闇の中でぼんやりとした光を放つ。

死神は、ノートパソコンを指差して言った。

「『死者の命は、生者の心の中に生き続けることにある』――古代ローマの思想家、キケロの言葉だ」

——炎は燃え尽きる前に一瞬、大きく燃え上がるという。

限界を超える努力でブログを更新し続け、残っている力はまったくないと感じていたが、まるで何かに操られるようにしてベッドから起き上がり、パソコンの前に座った。

（もし、このまま倒れることになったとしても、伝えるべきことをすべて書き切ろう）

僕は、そう自分に言い聞かせて、キーボードを叩き始めた。


今、僕のそばに、医師がいます。

先ほど医師との面談を終え、僕の命がほとんど尽きかけていることを知りました。これまで僕がブログを更新し続けてこれたのは奇跡的なことであり、もしかしたら、今回が、僕の書く最後の文章になるかもしれません。


——この文章を書いた瞬間、目標に向かって努力することで忘れることができていた「死」が、鮮明な輪郭《りんかく》を持ち、僕の前に立ち現れた気がした。

（ああ、もっと生きたい）

僕は、キーボードの横に置いた握りこぶしを震わせて思った。

晴香が小学生になり、中学生になり、高校生になり、いつかは結婚する……その過程を隣でずっと見守っていたい。もう一度、志織が作ったお弁当を持ってピクニックに出かけたい。太陽の下でお弁当を食べながら家族で一緒に笑い合う、そんな何気ない日常がいかに幸せだったか——いや、それ以上に幸せなことなどこの世界には存在しないのだと、今の僕には、はっきりと分かる。

(でも……)

僕は、感傷的になろうとする自分を振り払った。

今、僕にできることは、この文章を通じて、まだ人生が続いていく人たちの心に何かを残すことだ。

それが、僕が病気になったことの「意味」なんだ。

そう自分に言い聞かせ、唇を噛みしめながら、再びキーボードに向かった。

余命を宣告されたときは絶望することしかできなかった僕ですが、その後、様々な幸運が重なり、素晴らしい経験をすることができました。

これまでの自分だったら決してやらなかったようなことや、やらずに後悔していたこと、そして、本当にやりたかったこと……。

こうして新たな人生を切り拓《ひら》くことができたのは、人との出会いに恵まれたからです。その中でも、あなたとの出会いは僕の人生においてかけがえのないもので……この文章を読んでくれるあなたがいたからこそ、終わりが近づいた自分の人生に希望を見出すことができました。

これまで、このブログを読んでいただき――さらには僕を勇気づけてくれる素晴らしいコメントを数多くいただき――本当にありがとうございました。

そして本来は、感謝をすることしかできないあなたに対して、これが最後の文章になってしまうのなら、一つだけお願いがあります。

それは……

今すぐこの文章を読むのをやめて、あなたの「死ぬまでにやりたいことリスト」を実行してください。

僕が今、心から恐れているのは――この世を去ることと同じくらい恐れているのは――この文章を読み終えたあなたが、今までどおりの生活に戻っていくことです。

僕の書いた文章があろうがあるまいが関係ない、僕が存在していようがいまいが関係ない世界に戻ってしまうことです。

もちろん、あなたの人生はあなたのものであり、僕の言っていることが単なるわがままであることは重々承知しています。

でも、それでも僕は、この文章を読むだけで終わりにしてほしくない。読むだけで終わってしまったとしたら、僕という存在は、あなたの中に何も残せなかったということです。

「そんなことはない」と言ってくれる人もいるかもしれません。僕の文章に勇気づけられたと言ってくれる人もいるかもしれません。

でも、「それは違う」と、僕は言いたい。

なぜなら、僕が死を宣告されてから新しい人生を送ることができた理由はただ一つ。新たな行動を起こし、新たな経験をしたからなのです。

僕自身も、このブログに書いたような内容を誰かから聞いたり、本で読んだりしたことがありました。でも、実際に行動を起こすまでは、何も分からなかったのです。

あなたも、次の言葉を、一度は聞いたことがあると思います。

「自分はいつか必ず死ぬ存在だと意識することで、生を輝かせることができる」

しかし、普段の生活を送る中で、死を意識するのは、本当に、本当に、難しい。

余命を宣告されたあとですら、僕は言い訳ばかりして行動を起こさなかったり、会社を休むのをためらったほどなのです。

だからこそ、もし、これが僕の最後の言葉になるのなら、お願いします。

今すぐ、「死ぬまでにやりたいことリスト」を実行に移してください。

すぐに実行できないことでも、実行する計画を立てることなら、今、この瞬間から始められます。

そしてこの文章が、あなたが行動を起こすきっかけになれたのだとしたら、僕は――多くの人と比べて短い人生だったかもしれませんが――自分の人生には意味があった、この世界に生まれて来ることができて良かったと、心から思えます。

余命宣告を受けてから、僕に寄り添い、導いてくれた二人の医師がいました。

過去に多くの死を看取ってきた一人の医師は、人が死に際に後悔するのは次のことだと教えてくれました。

本当にやりたいことをやらなかったこと
健康を大切にしなかったこと
仕事ばかりしていたこと
会いたい人に会いに行かなかったこと
学ぶべきことを学ばなかったこと

人を許さなかったこと
人の意見に耳を貸さなかったこと
人に感謝の言葉を伝えられなかったこと
死の準備をしておかなかったこと
生きた証を残さなかったこと

そして、もう一人の医師は、人生で後悔しないための具体的な行動を教えてくれました。

健康に良いことを始める
死後に必要な手続きを調べる
お金の問題がなかったらどんな仕事をしたいか夢想する
大きな夢に向かう小さな一歩を、今日踏み出す
人に会ってわだかまりをとく
「死ぬまでにやりたいことリスト」を作る
経験したことのないサービスを受ける
節約を楽しむ
思い切って仕事を休む

自分の体に感謝する
身近な人に感謝の言葉を伝える
周囲の期待と違う行動を取る
限界を感じたとき、もうひと踏ん張りする
両親の生い立ちを知る

——今回のブログにコメントはいりません。あなたがくれる言葉ではなく、あなたが起こしてくれる行動が、僕にとっての最高の餞《はなむけ》です。

［死神の課題］
自分の死後、人に伝えたいメッセージを書く

20

窓から差し込む温かい日差しに目を覚ますと、遠くでスズメの鳴く声が聞こえた。

数か月前だったら、何の変哲もないいつもの朝だったかもしれないけれど、世界と触れ合える時間が残り少ない僕にとっては心から愛おしく感じられる。

目を閉じたまま、スズメの鳴き声に耳を澄ませていると、ガネーシャと出会ってからの日々が走馬灯のように思い出された。

余命を宣告され、絶望した僕の前に現れたガネーシャのおかげで、残りの人生に少しずつ希望を見出すことができるようになっていった。

ガネーシャの出してくれた最初の課題、「健康に良いことを始める」を聞いたときは感情的になってしまったけれど、ガネーシャの深い意図を知り、実行することができた。

元々寝つきが良くなかった僕が布団に入るとすんなり眠れるようになったのは（しかも、ガネーシャのいびきの中で）、耳栓の効果だけではなく寝る前のストレッチを欠かさなかったからだと思う。

「お金の問題がなかったらどんな仕事をしたいか夢想する」という課題について模索する

中で、ブログを始めることになった。そして、幸運にも多くの読者に恵まれた僕は、人に喜んでもらうことの本質や、「これをするために生まれてきた」という情熱も経験することができた。そしてブログは、何よりも、僕という人間が存在したことの証になった。晴香は——残念ながら、年を追うごとに僕に関する記憶を薄めていくだろうけれど——僕が書き残した文章を読めば、自分の父親がどんな人間だったのか、そして、父親からいかに愛されていたのかを知ることができるだろう。

「死ぬまでにやりたいことリスト」を作り、実行したことで、自分の知らない世界を経験することができた。もしガネーシャと出会っていなかったら、僕は世界が持つ様々な輝きを知らないままこの世を去ることになってしまったはずだ。本当に、ガネーシャにはどれだけ感謝をしても、し足りない。

生きている間にお金を作れないのは残念だが、余命宣告を受けた直後のような不安は感じていない。自分の死後の手続きについて調べを進めていく中で、病気や事故で親を亡くした子どもが利用できる奨学金や、返済する必要のない給付型奨学金の存在を知った。これらの情報はすべてエンディングノートにまとめてある。ブログが本として出版され、携帯アプリがリリースされれば幾《いく》ばくかのお金を残すことができるだろうし、連絡を取り合うようになった両親の助けを借りることもできるだろう。何よりも、晴香と志織を気に入ってくれているガネーシャが、僕がいなくなったあともうまくやってくれると信じている。

もちろん、心残りがないわけじゃない。

(家族と一緒に、生き続けたい)

その思いはいつも頭の片隅で様子をうかがっていて、少しでも気を許せば心のすべてを支配しようとする。でも、その悲しみから逃れるためにも、目標に向かって一心不乱に突き進み、ガネーシャの課題をこなし続けてきたのだ。

(ガネーシャの課題……)

ガネーシャとの生活を振り返っていた僕は、数ある課題の中で、唯一実行できていないものを強く意識させられた。

それは、「身近な人に感謝の言葉を伝える」だ。

結婚記念日に用意した手紙は、まだ志織に読み聞かせることができていない。

僕に万が一のことがあっても手紙を読んでもらえばいいという逃げ道ができたことで、直接内容を伝えるのを後回しにしてしまっていた。

(志織はどこにいるだろう)

僕は布団から起き上がり、部屋を出て廊下を進んだ。

リビングの扉を開け、食卓の方を見ると、テーブルの前に座っていた志織がこちらに顔を向けて言った。

「晴香が公園で遊びたがってたから、ガネさんが連れて行ってくれたわ」

——僕は、今立っている場所から、食卓に座る志織を数えきれないほど見てきた。

でも、見慣れたはずの白いブラウスを着ている志織はこれまで見てきた中で最も美しく、色白の肌は、そのまま世界に溶け込んでしまいそうなほど透き通っていた。

(今しかない)

直感した僕は、

「ちょっと待ってて」

と言うと踵《きびす》を返して寝室に向かい、引き出しに入れておいた手紙を持って戻った。小さな食卓では、対面に座るとすぐ目の前に志織がいる。

僕は、封筒から手紙を取り出しながら言った。

「いきなりこんなことをして、驚かせてしまうかもしれないけれど……」

緊張で彼女の顔をまともに見ることができない。でも、直接伝える最後のチャンスを逃してはならないと、思い切って言った。

「君への気持ちを手紙に書いたから聞いてもらいたいんだ」

(きっと、すごく不自然に思われているんだろうな)

そんな不安を感じながら志織をちらりと見たが、彼女は穏やかな視線を僕に向けていた。

その雰囲気に勇気づけられた僕は、手紙に視線を落として読み上げた。

志織へ

君には伝えておきたいことがたくさんあるのですが、面と向かうと照れて言えなくなってしまうので、手紙を書くことにしました。

正直に告白すると、僕は君と結婚してからずっと不安に感じていたことがあります。

それは、君の夫は僕でよかったのだろうか、ということです。

君のように、すごく綺麗で、自分以上に人のことを思いやる優しさがあって、一緒にいる人をいつも楽しませたり励ましたりしてくれる女性であれば、もっと裕福な家庭を築ける男性と結婚することもできたでしょう。

君はいつも幸せそうに笑ってくれているけれど、君をもっと幸せにできる人がいたんじゃないだろうか、そんな風に思うことがあります。

ただ、自信を持って言えることは、僕は他のどんな男性よりも、君と一緒に過ごすことができて幸せでした。

会社でどれだけ嫌なことがあったとしても、君の笑顔を見れば嫌な気持ちは吹き飛びました。世の中の会社員は月曜日が嫌いだと言いますが、君に送り出してもらえる月曜日は、やる気と勇気に満ちあふれていました。

毎日、志織が作ってくれるご飯、本当においしいです。特に僕が好きな献立は、カレー、コロッケ、鶏のから揚げ、ハンバーグ、野菜肉巻き……数え出したら切りがないですが、限られた家計の中でやりくりしながらいつもおいしくて栄養のある料理を作ってくれて……志織のご飯が毎日食べられる僕は本当に幸せです。

そして、晴香。

あんなに可愛い女の子を産んでくれてありがとう。晴香がいつも明るいのは、間違いなく志織の性格を受け継いでいるからだと思います。

僕にとって、志織と晴香と過ごす時間が何よりも幸せで……


——手紙に涙がこぼれ落ちそうになる。厳重に塗り固めたはずの理性を突き破って、悲しみが外に出てこようとしている。なんとか押し殺そうとした。でも、だめだった。

手紙にはまだ続きがあったが、涙をこらえることができなくなった僕は、手紙の最後の言葉を読み上げた。


これまで本当にありがとう。君がそばにいてくれたから、僕は最高に幸せな人生を送ることができました。

それだけ言うと、僕は涙をぬぐうためにテーブルの上のティッシュを取ろうとした、そのときだった。

微笑んでいるようにも苦しみを我慢しているようにも見える志織が、ゆっくりと崩れ落ちた。

「志織！」

叫びながら立ち上がった僕は、急いで彼女の元に駆け寄った。

＊

「……まだ、ご存知なかったんですか」

四十代と見受けられる、眼鏡をかけたやせ顔の医師は、哀れみと叱責を混ぜたような口調で言った。

初めて会う医師だった。前の担当医とは話す機会があったが、志織が病状を口にしなくなってからは、医師とは面会していない。

目の前の医師は続けた。

「ＭＥＮ１型患者の約半数は、膵臓《すいぞう》に腫瘍ができるという統計があります。奥様の場合はさらに特殊な疾患があり……一年前に発見された悪性腫瘍は手術できる状況にありませんでした」

──医師の言葉を聞きながら、記憶を必死に手繰り寄せる。

確かに一年前の入院のとき、志織は今まで以上に苦しそうにしていたが、彼女は「大丈夫」と言い続けた。「自分の体のことは一番良く分かってるから」と。そして、僕が取り乱せば取り乱すほど悲しい表情をする志織をこれ以上苦しめたくなくて、病気については話題にしないようになっていった。

治る見込みがないことを知った志織は、それでも、「家族のために生きたい」と強く願い、医師と相談しながら様々な治療に取り組んだとのことだった。しかし、どの方法も功を奏することはなく、最終的に自宅療養を選んだという。

（一体、どういうことなんだ──）

僕は混乱した頭で、自分が余命宣告を受けてからの日々を振り返っていたが、

（ま、まさか──）

椅子から立ち上がり、部屋の外に飛び出した。

病院のビニール床の上を、滑りそうになりながら全速力で駆けていく。

個室のベッドに、志織は横たわっていた。酸素マスクで鼻と口を覆われた彼女は、眠っているようにも、意識を失っているようにも見えた。

ベッド脇の椅子に座っていたガネーシャは、息を切らしてやってきた僕を見て、

「あのな……」

と口を開いたが、ガネーシャを無視した僕は、志織の枕元に立つ死神に向かって言った。

「ろうそくを、見せてください」

死神は、何も言わずろうそくを取り出した。

ろうの部分は、ほぼ残っていなかった。揺れることすら許されない米粒程度の火が、ほんのりと灯っている。

僕は、死神に向かって言った。

「そのろうそくは、誰のですか？」

死神は、答えなかった。

「そのろうそくは、志織のなんですね？」

僕が詰め寄ると、死神は、判断を求めるような視線をガネーシャに向けた。

ガネーシャは立ち上がり、ゆっくりと口を開いた。

「ワシ、最初に自分と約束したやろ。一億円作らせるて」

無言の僕に向かって、ガネーシャは続けた。

「あれ、ウソやないねん。ワシが出した課題を全部実行した自分なら、これからなんぼでも稼ぐことができ……」

「お金なんかどうでもいい！」

僕は、大声でガネーシャの言葉をさえぎった。

「志織がいなかったら、お金なんて何億あろうが、何の意味もないんだよ！」

僕は怒りで肩を上下させながら、ガネーシャを指して言った。

「僕に、余命宣告をした医者はあなただったんですね」

――病院のトイレで漫才をしていた釈迦とガネーシャ。あのときはゾウの顔に意識が奪われてしまったけれど、ガネーシャが着ていた白衣と足元の健康サンダルは、僕を診察した医師と同じものだったのだ。

ガネーシャは「そうやで」とつぶやき、少し間を取ってから言った。

「自分の体を診断したんは、ガネ医者ちゅう名の、ガセ医者やったわけやな」

「ふざけるな！」

僕は、ガネーシャの頬を思い切りぶった。吹き飛んだガネーシャは、壁の前の机を抱えるようにして倒れ込んだが、僕はガネーシャの胸倉をつかんで引き起こした。

「どうして騙《だま》したんだ！　お前のせいで、僕は、志織の一番貴重な時間を、課題をこなすなんていうどうでもいいことに使ってしまったんだぞ！」

さらに殴りかかろうとしたが釈迦に止められ、しばらく揉み合うことになった。

しかし、ベッドに横たわる志織が視界に入ると、体から力が抜け、その場に崩れ落ちた。

（ああ、僕はなんて馬鹿なんだ。とんでもない大馬鹿者だ）

――今、思えば、おかしなことだらけじゃないか。

余命三か月を宣告されたのに、体調の変化がほとんど現れないのは明らかに不自然だった。それなのに、僕は、「自分の潜在的な能力やエネルギーが支えてくれているんだ」と自分に都合よく解釈していた。

家にいるときしか姿を現さなかった死神が、家族旅行のときだけついてきたことにも疑問を感じるべきだった。

死神は僕に憑《つ》いていたんじゃない。最初からずっと、志織に憑いていたのだ。

「ああ……あああ……」

僕は悔しさのあまり、両方の拳で床を叩いて泣き声を上げた。

本当に、取り返しのつかないことをしてしまった。

志織との最後の時間を――何ものにもかえがたい貴重な時間を――ほとんど彼女と過ごさずに費やしてしまったのだ。

「どうして……」

僕は、涙で歪んだ視界をガネーシャに向けて言った。

「どうして、こんなにひどいことをしたんですか」

ガネーシャは何も答えなかった。その態度に更なる怒りが込み上げてきた。

「あなたの得意な悪ふざけですか？　神様だか何だか知らないけど、こうやって僕のような境遇の人間をからかって遊んでいるんだ。そうでしょう？」

しかし、ガネーシャは答えなかった。

その代わりに、ベッドの上から、か細い声が聞こえた。

「……ごめんね」

すぐに視線を向けると、志織が意識を取り戻していた。

「志織！」

僕が枕元に駆け寄ると、震える手で酸素マスクを外した志織は、蒼《あお》ざめた唇を少しずつ動かして言った。

「私が……ガネさんにお願いしたの」

＊

志織は、僕を見つめながら、震える声で途切れ途切れに語った。

「私の体が治らないって分かったとき……すごく悲しかったけれど、覚悟していたことでもあったの……。母が同じ病気で亡くなるのを……ずっとそばで看病してきたから……。私が一番不安だったのは……私がいなくなったあとの、あなたと晴香のこと……」

志織は苦しそうにしながらも、体から言葉を絞り出すように続けていった。

「だから、治療を止めて家に戻ったとき……玄関に置いてあったガネーシャ像を見つけて……藁《わら》にもすがる思いでお願いしたの……『私がこの世を去るのはかまいません。神様を恨むこともしません。でも、私がいなくなったあとも家族が幸せに生きていけるように、どうか力を貸してください』って……。でも、本当に神様が来てくださるなんて……」

話の途中で、志織は苦しそうに咳込み始めた。僕は休んでいるように言ったが、志織は、僕の手を握って話し続けた。

「……ずっと気にしていたことがあるの……。あなたは、私と結婚したことで、他にやりたいことがあるのに……我慢してるんじゃないかって……」

「志織……」

僕は首を横に振りながら志織の手を握り返し、そして、自分の愚かさを呪った。

僕がこれまでの人生でガネーシャの教えを必要としないくらい成長していれば、志織はこんな願いを持たなかったはずだ。志織の最後の時間を奪ったのは、僕の弱さと未熟さだ。

志織は続けた。

「ガネさんが来てくれてから……あなたがどんどん変わっていくのが分かった……。そんなあなたの姿を見れるのが……すごく……うれしかったわ……」

僕が何か新しい行動を取るたびに、志織が受け止めてくれた理由が分かった。

それは、彼女自身の望みでもあったのだ。

志織は、涙で濡れた瞳を僕に向けて言った。

「私がいなくなったら……あなたはあなたの人生を生きて……。一つの悔《く》いも残さないように、やりたいことを全部やって……」

するとガネーシャが、志織に近づき、肩にそっと手を置いて言った。

「志織ちゃん、安心しいや」

僕が殴った頬が膨《ふく》らんで口調はもごもごとしていたが、ガネーシャは優しい目で続けた。

「旦那《だんな》さんは、ほんまによう頑張ったで。こんだけ成長したんなら、これからどんな夢を持ってもきっとかなえられるはずや。それは、旦那さんの背中を見て育つ晴香ちゃんも同じやで」

その言葉を聞いた志織は、うれしそうにうなずいて言った。

「……ありがとう、ガネさん……」

――二人のやりとりを聞いていると、僕は、心の底からわき上がってくる感情があることに気づいた。それは怒りにも似ていて、その気持ちを口にすることは、志織の思いを踏みにじることになるかもしれないという不安が頭をよぎった。

でも、僕は、言わずにはいられなかった。

「……僕は、夢をかなえられるようになんかなっていない」

その言葉を口にした瞬間、心の中で渦巻いていた感情が濁流のようにあふれ出した。

「僕の夢は、志織に生きてもらうことだ。それだけなんだよ！」

それから僕は、ガネーシャの目の前にひざまずいて言った。

「お願いします」

僕は、何度も頭を下げて懇願した。

「あなた、神様なんですよね？　神様の中の神様なんですよね？　だったら、志織を――志織の命を救ってください。お願いします、ガネーシャ様。お願いします。お願いします……」

ガネーシャの足の甲に額をこすりつけ、涙交《ま》じりの声で繰り返した。

しかし、ガネーシャからの返答はなかった。

僕は、死神の方に這い進んで言った。

「お願いします、死神様。志織を連れて行かないでください。誰かを連れて行かなければならないなら、代わりに僕を連れて行ってください。お願いします……」

そして僕は、鼻水にまみれた顔を、何度も死神の足の甲になすりつけながら言った。

「お願いします。お願いします。お願いします……」

しかし、死神からの返答はなく、手に持ったろうそくの炎の粒が、微かに揺れただけだった。

21

長期休暇の申請が、会社に受理された。

会社を辞めてしまってもいいと思っていた僕は、休むことに後ろめたさは一切感じなかった。

晴香の保育園への送り迎えと志織の隣で過ごす以外の時間はすべて、志織の病気の治療法を調べることに費やした。今の担当医の診断が間違っているだけで、志織を救う方法があるかもしれない。

わずかでも可能性のある方法を見つけると、必ず志織に実践してもらうことにした。

たとえば、医師に匙《さじ》を投げられても奇跡的に症状が収まる「寛解《かんかい》」という状態がある。

そして、寛解について書かれた文献を読み漁《あさ》った結果、多くの本に共通していたのは、「前向きな考え方をすることで免疫力が高められる」ということだった。そこで、志織にはできるだけマイナスなことは考えず、マイナスな言葉も使わないようにしてもらった。

また、症状に効果があるとされる、特殊な海藻《かいそう》やキノコを使った高価な健康補助食品や、海外から取り寄せたサプリメントも摂《と》ってもらった。

志織は何も言わず僕のやり方に従ってくれていたが、志織の体調はさらに悪化し、次第に僕の持っていく飲食物を受けつけなくなっていった。

「志織、あきらめちゃだめだ。あきらめたら終わりだよ」

そう言い聞かせながら、ほとんど無理やり志織の口の中に流し込んだ。しかし、彼女は飲み込むことができずに吐き出してしまった。

志織は苦しそうな声で、途切れ途切れに言った。

「あなた……もう……やめましょう……」

僕は何も言わず、ベッドにこぼれた志織の吐《と》しゃ物をふきながら、

(あきらめちゃだめだ、あきらめちゃだめだ……)

この言葉を、呪文のように頭の中で繰り返し続けた。

志織の鼻に通された透明のチューブが、体の動きに合わせて微かに上下している。

ベッドの脇にある椅子に座った僕は、志織の寝顔を見つめながらつぶやくように言った。

「……僕のことを、バカにしているんでしょう」

すると、死神は言った。

「バカにはしていない」

「うそだ」

僕は声を荒げて続けた。

「志織の死期を知っているあなたは、僕のしていることなんて何の意味もない、バカげたことだと思っているはずだ」

すると、死神はゆっくりと首を横に振って言った。

「多くの者が――本当に多くの者が――今、お前がしているのと同じ行動を取る。死期が迫ったとき、なんとか死を避けようとしてありとあらゆるものにすがるのだ。だから、私はお前を見て『バカだ』とは思わない。『またか』とは思ってもな」

僕が黙り込むと、死神は続けた。

「ただ、いつも不思議に思うのは、死に際に苦しむことにしたのはお前たち自身の選択なのに、どうしてこんなにも取り乱すのかということだ」

「……どういうことですか?」

不可解に思ってたずねると、死神は少し間を置いてから答えた。

「たとえば、人間の原始的な社会では、ある者の死期が近づくと親族が抱きながら看取る習慣がある。そういった社会では、死を前にしても恐怖に悶《もだ》え苦しむことなく、皆安らかに死んでいく。その者たちにとって、死は、魂が身体を離れ、抜け殻となった身体が自然に還《かえ》るプロセスに過ぎないわけだからな」

「でも……」

僕は死神に向かって言った。

「それは、宗教的な考えでしょう。そういった宗教を信じられる人は良いかもしれませんが、僕には信じられません」

すると死神は、首を横に振って言った。

「お前が何をもって宗教とそれ以外を分けているのかは知らんが、これは単に『死』に対する解釈の違いなのだ」

そして、死神は顔を上げ、遠くを見るようにして言った。

「人間は、ある時期から死を、徹底的に遠ざけるようになった。死は『憎むべき敵』だとみなされ、死から逃れるためにありとあらゆる技術を発達させてきた。しかし、どれだけ遠ざけたとしても、死は影法師のように必ず人間につきまとう。その結果、どうなったか？」

死神は、僕に顔を向けて言った。

「人間は、死を『敵』だと考えたことのしわ寄せを、死に際に受け取ることになったのだ」

そして死神は、病室の医療器具やベッドなどを見回しながら言った。

「この部屋に存在している物はすべて、死と戦うためだけに——患者を一秒でも長く生きながらえさせるためだけに——存在している。患者の『幸せ』や『救い』を最優先して作られたものは、何一《ひと》つない」

　そして、死神は言った。

「お前たちが好きな医学用語を使うなら、死の恐怖とは、お前たちが死を嫌い、遠ざけたことで生まれた『副作用』というわけだな。『死が悪でないことは大きな幸福である』──古代ローマの詩人、プブリリウス・シルスの言葉だ」

　──僕は、どんな言葉を返せばいいのか分からなかった。

　死神の言わんとしていることは、おぼろげに理解できる。

　ただ、だからといって、志織を失うことの悲しみから逃れられるとも思えなかった。

「僕は……」

　僕は、死神に向かって力なくつぶやいた。

「僕は、どうしたらいいのでしょうか」

　すると、死神は言った。

「死神は──神という名はついているが──人の死を見届ける番人にすぎない」

　そして死神は、また遠くを見るようにして言った。

「お前の問いに答えられるのは、あのお方だけだろう」

＊

自宅に戻り、リビングの扉を開けて食卓に向かうと、

「お、ちょうどできてんで」

キッチンに立っていたエプロン姿のガネーシャが、振り向いて言った。

志織が入院してから、夕食は毎日ガネーシャが作ってくれている。

そのこと自体はすごくありがたいのだが、食卓の上に置かれたおにぎりを見て、

（ま、まさか……）

と額に冷や汗が溜まるのを感じた。

ガネーシャは言った。

「今日は『おにぎりカレー』にしてん」

（や、やっぱり――）

ガネーシャは、志織が入院してから毎日カレーだけを作り続けていた。

しかも、

「志織ちゃんはカレーが続くときは色々工夫してくれてたから、ワシも頑張らなあかんな」

カレースパゲティ

カレーしゃぶしゃぶ

カレー流しそうめん

と言いながらカレーの味は一切変えず、ひたすら「食べ方」だけを変え続けていたのだ。

毎回、変わった食べ方を楽しんでいた晴香も、今日はさすがに口を尖らせて言った。

「おにぎりだったら、カレーじゃなくて他のがいいな」

するとガネーシャは、申し訳なさそうに言った。

「ごめんな、晴ちゃん。ワシ、カレーしか作られへんねん」

「でも、おにぎりだと、ごはんとカレーでいつものカレーと同じだよ。カレーはおにぎりよりも餃子《ぎょうざ》とかから出てきたら面白いよ」

するとガネーシャは、口をあわあわと動かしながら言った。

「な、なんちゅう発想力や！　まさにコペルニクスくん以来の転回やで！　よっしゃ、ほな明日はカレー餃子にしよ。晴ちゃんも一緒に餃子の皮でカレー包もうや」

「うん、分かった！」

（なんでだよ！）

明日の夕食もカレーが確定したことにがっくりしたが、楽しそうにしている晴香を見ると複雑な気持ちになった。もし、晴香と僕だけの夕食だったとしたら、こんな風に笑顔を見せてくれるのだろうか――。

「ガネさん……」

食卓についた僕は、カレーおにぎりを食べながらガネーシャにたずねた。

「ガネさんは、いつまでこの家にいられるんですか」

すると、晴香が不安を浮かばせた表情で言った。

「ガネちゃん、ずっとお家にいて！」

するとガネーシャは、カレーおにぎりをほおばりながら言った。

「ワシもここにおりたいんやけどな、ずっとはおられへんねん」

「なんで？」

晴香の質問に、ガネーシャは「せやなぁ」と少し考えてから言った。

「晴ちゃんがご飯食べて大きゅうなったら、今着てる服は着られへんくなるやろ。ワシは、服みたいなもんやねん。着てる人の成長に合わせて、どっかで離れなあかんねんな」

「でも、パパはずっと同じパジャマ着てるよ」

「せやな。服でたとえたんは、完全にワシのミスやったな」

それから二人は何事もなかったかのように談笑し始めたが、僕は、ガネーシャの言葉について考えていた。

ガネーシャの言うとおりだ。人にはいつか、必ず別れが訪れる。

僕は考え込んだまま、カレーおにぎりの残りを口に運んでいると、先に食事を終えたガネーシャがこんなことを言い出した。

「そういや、晴ちゃんに卓球教える言うてたのにまだやったな」

「晴香、卓球行きたい！」

晴香が元気よく言うと、ガネーシャは立ち上がって言った。

「ほな、今から、行こか」

すると、部屋の隅で坐禅をしていた釈迦も立ち上がった。

（こんな遅い時間に晴香を連れて外出するのか……）

時計を見て少し不安に思っていると、ガネーシャが言った。

「自分も行くか？」

僕は、（この状況で卓球なんかして何の意味があるんだ）と思いつつも、一人で家にいると気持ちがどんどん沈んでしまいそうなので、ついていくことにした。

*

自宅の最寄り駅から一番近いターミナル駅のそばにある、ボウリングやビリヤード、卓球ができる施設にやってきた。夜の時間帯だったので、学生や会社帰りの人たちが笑い声を上げながら楽しんでいた。唯一、僕たちの卓球台を除いては——。

「何べん言うたら分かんねん！　フォロースルーの振り方はこうやで！　こう！」

晴香の隣で実際の動きを見せながら、ガネーシャは声を張り上げていた。晴香の相手をしている釈迦も、手加減することなく鋭い球を打ち込んでいる。

（この人たちは、晴香をプロの卓球選手にでもするつもりなのか――）

しかし、晴香はガネーシャの指導に応えようと一生懸命やっているので止めることもできず、得点ボードの横の椅子に座り、様子を見守るしかなかった。

「晴ちゃん、力みすぎや！　脇は締めたらあかん！」

「卓球はフォームがすべてや！　体の軸がブレたら意味ないで！」

ただ、ガネーシャの度を越えた指導を見ていると、ふとこんな考えが思い浮かんだ。

（もし、晴香が本気でプロの卓球選手を目指したらどうなるんだろう）

もっと言えば、オリンピックの金メダルを目指したとしたら――。

もちろん、本人がやりたいと言うなら止めはしない。精いっぱい頑張ればいいと思う。

ただ、僕も志織も運動が得意というわけではない。親が不得意だからといってあきらめる必要はないけれど、遺伝という要素は少なからず影響するだろう。

スポーツで金メダルを取るような人たちは、親がスポーツ経験者であることが多い。卓球で有名な女性選手を思い浮かべたが、彼女も母親が元卓球選手だった。

（晴香が卓球で金メダルを取るという夢を持ったとしても、かなわない可能性の方がはるかに高いんだろうな……）

そう思ったとき、僕は、猛烈な不安に襲われた。

もちろん、金メダルを取れなくても、卓球選手になれなくても、幸せに生きていく方法はいくらでもあるだろう。でも、「かなわない夢」の存在を認めてしまうと、志織の命が失われることも認めなければならない気がしたのだ。

「頑張れ、晴香！」僕は無意識のうちに、晴香に声援を送っていた。

しかし、声を出し続けていると、今度は違う疑問を持つようになった。猛特訓を強いられている晴香の表情には苦しみがにじんでいる。その表情が、志織の顔と重なった。僕がこうして応援することは、晴香の苦しみを深めることになっていやしないだろうか——。

「……ワシ、ちょっと休憩するわ」

ガネーシャが、ハンカチで額の汗をふきながら僕の隣に座った。晴香は少し迷っていたが、釈迦相手にサーブの練習をすることに決めたようだ。

しばらくの間、練習の様子を見ていた僕は、迷いながら口を開いた。

「あの……」

「なんや？」

「もし、晴香が卓球で金メダルを取りたいという夢を持ったとしたら、その夢はかなうのでしょうか？」

するとガネーシャは、気の抜けた声で言った。

「どうなんやろなぁ」

晴香を猛特訓していたくせに、まるで他人ごとのように言うガネーシャにいら立った僕は少し声を荒げた。

「夢は、あきらめなければかなうものなんじゃないんですか」

するとガネーシャは、テーブルの上に置いてある発泡酒の缶の封を片手で開けて言った。

「みんな、そう言うてたなぁ」

そしてガネーシャは、発泡酒に口をつけ、遠い目をして言った。

「『想像できることは全部実現できる』て言うてたウォルト・ディズニーくんは、ディズニーランドを作ったあと、テーマパークを併設した未来都市――ディズニーワールドを作ろうとしとった。でも、実現する前にこの世を去ってもうた。相対性理論を発見したアインシュタインくんは、宇宙の統一理論を完成させようとしとったけど間に合えへんかった。エジソンくんが遺したノートには、今後発明する予定の、大量のリストが載っとった。ダ・ヴィンチくんは、『モナ・リザ』をいつも持ち歩いて油絵具の薄い層を塗り重ねながら死ぬ直前まで修正しとったけど、満足のいく形に仕上げられへんかった」

そして、ガネーシャは言った。

「みんな、夢をかなえられへんかってん」

じっと耳を傾ける僕に向かって、ガネーシャは続けた。

「世の中では、偉大な仕事をした人は『夢をかなえた人』て思われてるけど、ほんまはちゃうねんな。どんな偉人にも――偉人にならへんかった人にも――かなえられた夢と、かなえられへんかった夢があったんや」

目の前では晴香がサーブに回転をかける練習をしている。ピンポン玉を高く放り投げ、落ちてきたところに力強くラケットを振ったが、空を切ってしまった。

「自分の人生に後悔しながら死んでく人は、そのことを忘れてもうてんねんな」

ガネーシャは、発泡酒に口をつけながら続けた。

「『夢をかなえるためにもっと頑張ればよかった』て後悔する人は、『ビール飲みたいなぁ』て思て仕事を早めに切り上げて飲んだビールのうまさを、忘れてんねん。『今日は休みたいなぁ』て思て家でごろごろしてたときの気持ち良さ、忘れてんねんな。ワシからしたら、努力して偉大な仕事をするんも、ビール飲んで酔っ払ったり家でごろごろしたりするんも、同じ人間の欲求――つまり、夢なんやで」

それからしばらくの間、ぼんやりと前を見ていたガネーシャは、ぽつりとつぶやくように言った。

「ある夢にこだわって、実現しようと努力し続けるんは素敵なことやけど、その夢に縛られて不幸になってもうてるなら、手放さなあかんときもあるんかもな」

そして、ガネーシャは赤ら顔を上げ、遠くを見つめて言った。

「『あきらめる』と『受け入れる』は、同じ意味の言葉やからな」

高い位置から落ちてきたピンポン玉を、晴香のラケットがとらえた。鋭く回転した球は弧を描きながら相手コートのギリギリの場所に当たり、釈迦のラケットが空を切った。

「やったぁ！」晴香がガッツポーズを取って飛び上がると、

「ほな、続きやろか」

ガネーシャは発泡酒の空き缶を置いて立ち上がり、晴香に近づきながら言った。

「晴ちゃん、めちゃめちゃ卓球のセンスあるで。次の次のオリンピックくらいで、金メダル獲れるんちゃうか」

＊

晴香が眠りについたあと、布団の上で横になっていた僕は覚悟を決めて、ガネーシャにたずねた。

「僕が、志織にしていることは、間違っているのでしょうか？」

ベッドの上のガネーシャは、頭の後ろで両手を組んだまま言った。

「どうなんやろなぁ」ガネーシャは天井を見つめながら続けた。

「大切な人を亡くしたあと、『もっと長く生きられるように、できる限りのことをすればよかった』て後悔する人もおるし、少しでも長く生きてもらいたくてやれることを全部やったけど『あんなことをする意味があったのだろうか』て嘆《なげ》く人もおるからな」

そして、しばらく間を置いてからガネーシャは言った。

「ただ、自分がこんな風に苦しんでるちゅうことは、やり方を変えてみてもええんかもな」

――ガネーシャの言うとおりだ。心の奥底では分かっている。今の自分のやり方は、志織を苦しめているだけだ。でも……それでも僕は、志織がこの世を去ってしまうという事実を受け入れることができなかった。

するとガネーシャは、ぽつりとつぶやくように言った。

「課題、やってみるか」

課題――。長らく聞いていなかった言葉のように感じる。

ガネーシャは、静かな口調で続けた。

「ただ、この課題は、これまで自分に出してきた課題とは違うもんや。違うちゅうか、逆や。言うてもこの課題は、夢を手放すためのもんやからな」

「夢を手放すための課題……」

「ま、今の自分にはピンとこうへんかもしれへんけどな」

そう言ってガネーシャは起き上がると、ガラス戸の前まで歩いていき、戸を開けてタバコを取り出した。

「ワシ、これまで色んな子育ててきた言うたやろ?」

僕は、布団の上で体を起こして言った。

「過去の偉人たちですよね」

うなずいたガネーシャは、手に持ったタバコで僕を指して言った。

「その子らを『偉い』て決めたのは誰や?」

質問の意図が分からず答えあぐねていると、ガネーシャはタバコを容器にセットしながら続けた。

「ほな、聞き方変えよか。自分らが偉人て呼ぶ人らには何か共通点あれへんか?」

「共通点……」僕は、やはり首をかしげながら言った。

「後世に残る偉大なことを成し遂げたり、成し遂げるのを助けたりしたことですよね?」

「ちゃうな」

ガネーシャは首を横に振って言った。

「自分らが偉人と呼ぶ人らの共通点はな、そのほとんどが、ここ三、四〇〇年の間に生まれとるちゅうことやねん。数百万年ある人間の歴史からしたら、めちゃめちゃ最近のことちゃうか?」

僕は、ガネーシャの言葉に反論するように答えた。

「でも、それは……人間の数が増えたからじゃないですか」

するとガネーシャはタバコを吸いながら答えた。

「もちろん人間は増えてるで。でも、それ以前にも、他の人にできへんようなことを成し遂げた人はぎょうさんおったんや。ただ、自分らが『偉い』て考えるのは、今の自分らの生活を『便利』にしたり、自分らの考える『発展』を後押しした人だけやねん」

ガネーシャは続けた。

「自分らが考える『夢』も同じやで。お金持ちになりたい、人から羨《うらや》まれる生活をしたい、人にできない大きな仕事がしたい……。そういうのは全部、最近になって生まれた夢やねん。せやから、ワシが自分らに夢をかなえる方法を教えるときも、最近の子らの話をしてたんや」

ガネーシャは、自分の手元にある加熱式タバコを愛おしそうに見つめて言った。

「そういう夢が悪いて言うてるわけやあれへんのやで。今居《お》る場所とは違う場所を目指すからこそ、人間は成長できるんや」

そしてガネーシャはタバコに口をつけると、ガラス戸の向こうに蒸気を吐き出しながら言った。

「ただ、より良い状態を目指し続けるちゅうことは、同時に、悪いとされる状態も、より悪く感じられるようになってまうねんな」

僕は、ガネーシャの話を聞きながら、死神の言葉を思い出していた。

「死を憎み、遠ざけようとすればするほど、死の恐怖は高まっていく」――死神も、ガネーシャと近い内容のことを言っていた。ガネーシャは続けた。

「頑張ることが『良い』とされればされるほど、頑張らへんことは『悪い』ことになる。若さを保つことが『良い』とされればされるほど、老いることは『悪い』ことになる。夢をかなえることが『良い』とされればされるほど、夢をかなえてへんことは『悪い』ことになる。人間の歴史が始まって以来、今ほど、個々の人間が夢をかなえてへんことが『悪い』とされる時代はあれへんかったで」

そして、ガネーシャは言った。

「今、世の中の人らが感じてる苦しみの多くはな、『夢』が生み出してんねんで」

僕は、ガネーシャの言葉に深く考えさせられた。

夢とは、何かを強く望むということだ。

それは同時に、何かを手に入れていない「今」を、強く否定することでもある。

(あきらめることは、受け入れること……)

先ほどのガネーシャの言葉への理解が、徐々に深まっていくのを感じた。

夢を、否定するわけじゃない。ガネーシャと出会ってから僕は、夢を持ち、夢に向かって進むことの素晴らしさを知ることができた。でも、同時に、手に入れられないものをつかもうとし続ける先に待っているのは、終わりのない苦しみだ。

でも――。

それでも、志織の死を受け入れることができない僕は――志織が生き続けるという夢をあきらめられない僕は――口を開いた。

「あなたは……」僕は顔を上げ、ガネーシャに向かって言った。

「あなたは、『夢をかなえるゾウ』なんじゃないんですか?」

するとガネーシャは、新しいタバコを容器にセットして言った。

「ワシはな、人間が、『こんなことをしてみたい』『こんな風になりたい』て願うから、その方法を教えてるだけやねん」

そしてガネーシャは、タバコに火がつくのを待ちながら言った。

「もし人間が、『夢を手放したい』ちゅう夢を持ったなら、その方法も教えられんねんで」

それからガネーシャは、タバコに口をつけ、窓の外に向かってゆっくりと蒸気を吐き出した。

「で、どうすんねや? 課題、やるか、やらへんのか?」

ガネーシャは、こちらに顔を向けて言った。

「それを決められるんは、もちろん――自分だけやで」

本書の使い方　～最後の課題～

本書のテーマが、「死を直視することが生を輝かせる」である以上、

「ずっと生き続けたい」

「大切な人とずっと一緒にいたい」

という思いがいつか断たれるという事実——この世界には「かなわない夢がある」という事実——を避けて通ることはできません。

しかし、闇があるところには必ず光も存在します。どんなに厳しく見える現実にも、いや、厳しく見えるからこそ希望の光もまた強く輝くものであり、ガネーシャは主人公に希望を灯そうとしています。

ただ、もし今この瞬間、あなたに、

「どうしてもかなえたい夢」

があるのなら、この先を読むことはお勧めしません。

「夢は必ずかなう」と信じることは大きな原動力となり、夢を実現する可能性を飛躍的に高めてくれます。前出の『本書の使い方』で、「あなたは自分の人生に満足していますか?」という質問を強調したのも、人は、死を「夢の締切」ととらえることで、潜在的な能力と努力を最大限発揮することができるからです。「自分にはどうしてもかなえたい夢がある」と確信している人は以降の文章は読み進めず、これまでに出されたガネーシャの課題に取り組んでみてください。

ガネーシャは、こう言いました。

「今、世の中の人が感じている苦しみの多くは『夢』が生み出している」

人間はその歴史において、衣食住や医療などの環境を整え、おそらくこの文章を読んでいる多くの人は、日々の生活が保障された状態にあるでしょう。

それは、過去の人たちからすると、「夢をかなえた」状態です。

過去の人たちが心から手に入れたいと思った夢の世界を、あなたは、今、生きています。

しかし、依然として、人々の苦しみは続いています。もしかしたら、過去の人たちが経験した以上の苦しみを感じていると言えるかもしれません。

その大きな理由は、

「今のままでは足りない」

「あれを持っていなければ自分は幸せにはなれない」

という強固な思いがあり、その思いにいつも駆り立てられているからです。

手にすることができていない未来――夢――に縛られ、囚われることで、「今」を苦しんでいると言えるでしょう。

ただ、現代社会において、「夢を手放す」ことは容易ではありません。

特にその夢があなたにとって、かけがえのないものであればあるほど――手放すときには、不安や痛みを伴うことになります。

しかし、その夢が、あなたを本質的に幸せにしてくれていないのだとしたら、手放す方法を学ぶ必要があります。

なぜなら、夢は、手段だからです。

すべての人の目的は「幸せになること」であり、夢をかなえることは一つの手段にすぎません。

ガネーシャは、人生で後悔しないために必要なのは、次のことだと言いました。

「両方のやり方を知り、自分に合った方を選ぶ」

これと同様に、「夢のかなえ方」と「夢の手放し方」の両方を学び、選べるようになることは、後悔しない人生を送る上で最大の助けとなるでしょう。

そして、この二つを学び終えたとき、あなたは、

「夢をかなえるために努力する」

「夢に縛られる苦しみから解放される」

どちらの道にも進むことができる、本当の意味での「自由な人生」を手に入れられるはずです。


さあ、それでは準備の整った人は、一度大きく深呼吸をして。

最後の課題に取りかかりましょう。

最後の課題　1

「自分、やるんやな」

ガネーシャは、これまで課題を出していたときの雰囲気とは違う、厳かな口調で言った。

空気の変化を感じ、自然と緊張が高まっていく。

ガネーシャは、しばらくの間、無言でタバコを吸ったあと、ふと手元のタバコの容器に目をとめて言った。

「自分、タバコ吸うたことあるか?」

質問の意図は分からなかったが、正直に答えた。

「学生時代に少し吸ったことがありますが、志織と付き合い始めてからは吸っていません」

「酒は、飲むやんな?」

僕はうなずきながら、カウンターの高級寿司屋でガネーシャと日本酒を飲んだときのことを思い出した。身が溶けるような幸せを感じた僕は、(この時間がいつまでも続けばいいのに……)と思った。

ガネーシャは言った。

「もし自分が、この先一生、酒が飲めへんてなったらどんな気持ちになる？」

その感覚は、すぐに思い出すことができた。

余命を宣告されたとき、お酒に限らず、おいしいものを食べたり飲んだりできなくなること、そして何より、晴香や志織と暮らせなくなることに絶望感を抱いた。

そのことを伝えると、ガネーシャは深くうなずいて言った。

「人間ちゅうのは、一度手に入れたもんを取り上げられると、めちゃめちゃ不幸に感じるもんやねん」

そしてガネーシャは、タバコの蒸気を窓の外に吐きながら言った。

「でも、『酒が飲めないこと』や『タバコが吸えないこと』は、不幸なんかな？」

言葉の意味が分からず首をかしげると、ガネーシャは続けた。

「世の中には、酒が飲めへん体質の人もおって、一生飲まへんわけや。そういう人でも幸せそうに生きてる人はぎょうさんおるやろ。タバコかてそうやで。吸わへん人は、健康で良かったて喜んでる人の方が多いんちゃうか」

そして、ガネーシャは言った。

「無いから、苦しいんやない。奪われたから、苦しいんや」

――ガネーシャの言っている意味が理解できた。

僕が今、苦しんでいるのは、ずっと思い描いていた未来——志織と晴香と幸せに生きられる未来——が奪われようとしているからだ。

ガネーシャは続けた。

「『夢をかなえたい』て執着する気持ちの根っこにも、その感情がある場合が多いんやで。『自分にはすごい才能がある。何でもできるし、どんな人間にもなれる』——人生の早い段階で経験したり、想像したりした素晴らしい自分が何らかの形で奪われてもうたから、タバコや酒が切れたように、理想を追い求め続けるんやな」

——確かにガネーシャの言うとおりだ。僕たちは幼いころから、両親に「○○になりなさい」と言われたり、メディアを通して輝いている人を見たりすることで、理想の自分を繰り返し想像してきた。夢を持つことが当然の環境で育ってきたからこそ、夢がかなわないと知ったときの落胆も大きく、その現実は受け入れ難いのだろう。

ただ、それでも僕は、ガネーシャに言わずにはいられなかった。

「僕は、志織と出会ってしまいました。志織との未来を思い描いてしまいました。それをなかったことにするなんてことは……」

病院のベッドに横たわる志織が思い出され、自然とまぶたの奥が熱くなってしまう。

ガネーシャは、僕の言葉にうなずいて言った。

「そのとおりや。一度経験したことを、なかったことにするなんてできへんわな。ただ、経験したことのどの部分を見るかは、自分で選べるはずやで」

「どの部分を見るか……」

「自分が思い描いた未来は実現できへんかもしれへん。そんで、今、自分は実現できへん未来だけを見てる。でも、自分はすでに、たくさんの夢を実現してきたんちゃうか?」

「僕が、夢を実現してきた?」

思いがけない言葉に目を瞬《しばた》かせると、ガネーシャは、タバコの容器を充電器の中に入れて蓋を閉じ、手のひらの上に載せて見つめた。

「自分は未来に縛られすぎて、これまで夢をかなえてきた自分を忘れてもうてんねん」

そしてガネーシャは、視線を僕に向けて言った。

「夢を手放すための、最初の課題はこれや。『かなえてきた夢を思い出す』」

(かなえてきた夢を思い出す……)

頭の中で復唱しながら手帳にメモをすると、ガネーシャは続けた。

「みんな、本当はたくさんの夢をかなえてきてんねん。でも、周りと比べて『たいしたことない』て思てもうたり、かなえた夢に新しい夢を上書きしてもうたりして、なかったことにしてもうてんねんな」

そしてガネーシャは、窓の外に視線を向けて言った。

「伝説のハリウッド女優やったオードリー・ヘップバーンちゃんな。彼女は、若いころに栄養失調で重体になってもうたり、反ナチスの活動しとった親戚が目の前で命を奪われてしもたりしてな。何度も死の淵《ふち》に立ったことで、こないな信念を持つようになったんや。『もし世界が終わるとしたら、幸運だったこと、楽しかったことのすべてを思い出す。悲しいことではなく、人生に意味を与えてくれた喜びのすべてを』」

ガネーシャは、僕に顔を向けて続けた。

「自分が今、不幸のどん底にいる理由は、ほんまは幸せなんを忘れてるだけかも分からんで」

（幸せなのを忘れているだけ……）

複雑な思いでガネーシャの言葉を聞いていると、ガネーシャは悲しげな表情で続けた。

「これはな、『自分には価値がない』て思てる人も同じやねん。自分が赤ちゃんのとき、笑った顔がどれだけ周囲の人を幸せにしとったか。飲んだり、食べたり、遊んだり、眠ったり……そのままの状態でおるだけでも、他の存在を助けたり、支えたりしてるもんなんや」

そして、ガネーシャは言った。

「自分の価値を忘れてる人はおっても、価値がない人はおらへんのやで」

＊

晴香の寝室に行き、晴香を起こさないようにしながら、収納の引き出しから数冊の写真アルバムを取り出してリビングに向かった。

ソファに座り、最初に開いたのは志織との思い出が詰まったアルバムだった。デジカメが流行り出したころに撮った写真を現像して作ったものだ。

写っているのは、部屋の中での何気ない日常や一緒に誕生日を祝ったときの様子だった。

——引っ込み思案な僕は、女性に積極的にアプローチができるタイプではなかった。

それでもなんとか勇気を振り絞って志織を誘ったが、最初のデートで映画に誘う文句を考えすぎてしまい、

「し、志織ちゃんは、今週末、ポップコーン食べる予定ある？」

という謎の誘い方になってしまったのを覚えている。

そんな僕を志織はいつも温かい目で見守ってくれていたけれど、もし、あのときどこかのボタンを掛け違えて、彼女とすれ違ってしまっていたらどうなっていただろう。

たとえば、電車が遅延して待ち合わせ時刻に大幅に遅れた日、志織は雨の中をずっと待ってくれていたけれど、何らかの事情で会うことができなくなってしまっていたとしたら

かったとしたら――。

――。たとえば、当時の僕たちに交際相手がいて、お互い惹かれていても付き合っていな

アルバムに収められた写真が、一枚、また一枚と、消えていく。

いや、写真だけじゃない。僕の記憶のアルバムに収められた、彼女と過ごしたすべての場面は、この世界から完全に消え去るのだ。

そんな人生は、耐えられない。

少なくともそれは、僕の人生とは呼べない。

そんなことを考えながらページをめくり、新たな写真に出会っては目頭を熱くしていった。


二冊目のアルバムは、生まれたばかりの晴香の写真が収められたものだった。

寝ている顔や、泣いている顔、赤ちゃんのころの晴香が写っている。

その写真を見ていると、当時の記憶が、まるで昨日起きた出来事のように蘇った。

――妊娠していることが分かったとき、志織の精神状態はかなり不安定だった。

もし、病気が子どもに遺伝していたら、その子は病気の体で産み出されたことを恨むかもしれない。そもそも病弱な自分に、親としての役目が務まるのだろうか。

そんな不安を、激しい感情の起伏と共に、しばしば口にするようになった。

しかし、志織が内心では子どもを望んでいることを知っていた僕は、根気強く励まし続

けた。

産まれてくる子どもに病気が遺伝していたとしても、志織が親としての仕事を思うようにできなかったとしても、何の問題もない。家族は、一人じゃないんだ。産まれてくる子も含めて、みんなで支え合っていけばいいじゃないか。

もちろん僕も、親になる自信があったわけじゃなかった。でも、自分の中にある勇気の欠片《かけら》をかき集めて、志織を励まし続けた。

こうして子どもを産むことを決意した志織だったが、楽な出産ではなかった。

初産の志織は子宮口が開きづらく、胎内の晴香も仰向けになってしまっていたことで、陣痛室で二十時間以上、痛みと戦うことになった。そのとき僕にできたことと言えば、志織をうちわであおいだり、腰をさすったりすることくらいだった。

「痛い」「苦しい」「もうやめたい」とうめき声を上げる志織を弱々しい言葉で慰め、また、そうやって苦しみながらも、お腹から出て来ようとする晴香に向かって「赤ちゃん、頑張って……」と励ましの言葉をかける志織を、泣きながら見守り続けた。

こうして志織は、二十四時間にも及ぶ分娩《ぶんべん》を乗り切り、晴香を産んだ。

大声で泣く晴香を看護師さんから手渡されたときは、間違いなく、これまでの人生で最高の瞬間だった。

そして、このときすでに晴香の濡れた髪の毛は、くせでくりくりに丸まっていて——晴香に遺伝していたのは志織の病気ではなく、僕の強烈な天然パーマだった。

（ガネーシャの言うとおりだ……）

アルバムを持つ手が震え出し、写真を保護する透明フィルムの上に涙がこぼれ落ちた。

僕は、忘れていただけだった。自分が、いかに恵まれた人生を送ってきていたかということを——。

涙をぬぐった手で、アルバムのページをめくる。

はいはいをする晴香。初めて自分の足で立ち上がった晴香。満面の笑みを浮かべる晴香。

今となっては、当たり前になってしまったすべての光景は、かつての僕の、夢だった。

僕は、毎日のように、夢をかなえ続けていたんだ。

［ガネーシャの課題］

かなえてきた夢を思い出す

最後の課題　2

「ねえ、ママはいつ帰って来るの？」

保育園の帰り道、晴香が顔を上げて聞いてきた。志織が入院してからというもの、毎日のように繰り返されてきた質問だ。

僕は、晴香に聞かれるたびに、

「もうすぐだよ」

と答えてきた。それは、（志織の体調は必ず良くなるんだ）と自分に言い聞かせる言葉でもあった。

でも、今日は、すぐに答えられなかった。

ガネーシャの課題を実行し、過去に経験した素晴らしさを思い出すことで、起こり得る未来の現実にも目を向けられるようになってきたからだろう。ただ、それは同時に、

（志織はもう、家に戻って来れないかもしれない）

という不安と向き合うことを意味する。

そして、その不安を感じれば感じるほど、晴香にどんな言葉を返せばいいのか分からな

くなり、手をつないだまま黙って歩き続けるしかなかった。


今晩は、ガネーシャに代わって僕が食事の準備をすることにした。

カレーが続いていたので、栄養が偏《かたよ》らないようにと魚を焼き、みそ汁を作り、サツマイモやカボチャなど秋の野菜を使ったサラダを作った。魚は、晴香の好きな鮭《さけ》を選んだ。

ただ、慣れないグリルを使ったので、魚の表面を少し焦《こ》がしてしまった。

「晴香、ご飯できたよ」

晴香を呼んで椅子に座らせ、

「いただきます」

と三人で手を合わせて食べ始めた。

しかし、晴香が箸を持とうとしない。

「どうしたの、晴ちゃん？」

僕がたずねると、晴香は鮭に視線を落として言った。

「焦《こ》げてる」

僕は笑顔を作って言った。

「大丈夫だよ。黒いところは取ってしまえば、ほら」

そして鮭の身の焦げた部分を箸で取り除こうとしたが、晴香は、

「いらない」

と言って席を立ちリビングに向かうと、ソファに座ってテレビの電源を入れた。

「晴香」

名前を呼ぶが返事はない。

「晴香」

もう一度呼んだが、やはり返事はなかった。

僕は立ち上がり、晴香の元に向かった。そして、リモコンを手に取るとテレビの電源を切って言った。

「ご飯の途中でテレビを見ないって約束しただろ」

すると晴香は、暗くなったテレビ画面に視線を向けたまま言った。

「ご飯終わったよ」

「終わってない。全然食べてないぞ」

するとしばらく黙ってから、晴香は言った。

「ママはいつ帰って来るの？」

晴香の言葉に不安といら立ちを感じた僕は、ぶっきらぼうな口調で返した。

「そんなこと、俺に聞いたって分からないよ」

「なんで？　すぐに帰って来るって言ったじゃん！」

そして目に涙を浮かべた晴香は、僕に向かって大声で言った。

「パパ嫌い！　ママがいい！」

「ママがいい」は、晴香が機嫌を損ねたときにたまに使う言葉だったが、志織がもう戻って来れないかもしれないという不安と相まって、感情が一気に沸点《ふってん》を超えてしまった。

「もういい！　部屋に戻ってなさい！」

大声で言って寝室を指差すと、晴香はソファから立ち上がり、涙をこぼしながら走っていった。

その場に立ち尽くした僕は、これまで感じていたのとは別の、強い不安に襲われた。

（これから先、僕は晴香と暮らしていけるのだろうか——）

今は会社を休んでいるからなんとかなっているが、生活を続けていくためには職場に復帰しなければならない。仕事をこなしながら保育園の送り迎えをし、食事の準備や掃除、洗濯など、家のすべての作業をするようになったら、僕は、これまでどおり晴香に接することができるのだろうか……。

不安はとめどなく広がっていったが、今はもうこの問題について考える気力は残っていなかった。

（とりあえず、食事を済ましてしまおう……）

そう思いながら食卓に戻ると、ガネーシャが言った。

「二人とも、すごい叫んでたな。鮭だけに」

——ギャグはまったく笑えなかったが、沈んだ空気を明るくしてくれようとしたガネーシャの気遣いに胸が温められ、抱えていた不安を口にした。

「もし、僕と晴香が二人きりになってしまったら、僕たちはうまくやっていけるのでしょうか……」

しかし、ガネーシャは何も答えず、鋭い視線を投げかけてくる。僕はハッと気づき、

「今のは、魚の『鮭』と『叫んで』が掛かってるんですよね。見事なギャグです」

あわててフォローすると、ガネーシャは機嫌良さそうにうなずいて言った。

「で、何やったたっけ？」

心の中でため息をつきながら同じ質問をすると、ガネーシャは言った。

「自分はなんで晴ちゃんとうまくやっていけへんと思うてんのや？」

「それは……」

不安材料が多すぎて何を口にすればいいか迷ったが、食卓の料理が目に入り、肩を落として言った。

「料理も上手《うま》く作ることができませんし……」

するとガネーシャは、サラッとした口調で言った。

「別にええんちゃう？　やってるうちに上手なるかもしれへんし、出来合いのもん買うて

くる日があってもええやろし。なんとでもなるやろ」

「でも、『ママの料理がいい』と言われてしまったら……」

そう言ってうつむくと、しばらく黙っていたガネーシャは諭すように話し始めた。

「自分らが考える『夢』は、いわば『完璧な状態』を指す言葉やな」

ガネーシャは僕に食事を続けるようジェスチャーし、ガネーシャも箸を動かしながら話を続けた。

「『あれを手に入れたい』『あんな風になりたい』……そうやって頭の中で想像した『完璧な状態』になろうとする。夢をかなえるちゅうのはそういうことや」

僕がうなずくと、ガネーシャは続けた。

「ただ、完璧な状態を望めば望むだけ、完璧やないことにイライラしたり、苦しむことになるわな。たとえば、完璧な美しさを望んどる人は、顔にできた小《ち》っさなできものがめちゃめちゃ気になって何も手につかんくなったりするもんやろ」

僕は、ガネーシャの話を聞きながら、晴香とのやりとりを振り返った。

確かに僕が晴香にいら立ってしまったのは、晴香が僕の思い通りにならなかったからだ。そして、その気持ちの源泉には、志織のことがあるのだろう。今、僕の人生は、何もかも思い通りになっていないという感覚に支配されている。

すると、ガネーシャは言った。

「自分、西郷隆盛《さいごうたかもり》くん知ってるやろ？　幕末の志士の」

僕が「はい」とうなずくと、ガネーシャは続けた。

「当時の薩摩藩ではな、侍は道で出会った農夫に下駄《げた》の鼻緒を直させてええちゅう慣習があったんや。そんであるとき、若い侍が偉そうな態度で農夫に命令したんやけど、その農夫は田んぼから馬を引いて帰る途中の西郷くんでな。ただ、西郷くんは、一言の文句も言わずに、鼻緒を直して立ち去ったんや。

――それから月日は流れ、西郷くんがこのときの侍を見つけてな。『私が荷馬を引いて田んぼから帰ってきたとき、下駄の鼻緒を直させたのはお前じゃないか』と叱ったんや。もちろん侍は、平謝りに謝って許しを乞うたんやけど、そんとき西郷くんは、笑ってこう言うた。『気にするな。あまり退屈だからちょっとからかっただけだ』――ちなみに、西郷くんが侍とこのやりとりをしたのは、死ぬ直前やねん。西南戦争の終局で、立てこもった城山が政府の大軍に包囲されて死から逃れられん状況でも、西郷くんは場をなごませようとしたんやな。ほんま、あの子は仏みたいな子やったで」

僕は、ドラマや映画の登場人物ではなく、過去に、同じ日本という国に生まれ、同じ人間として生活していた西郷隆盛の優しさを想像し、感動で胸を震わせた。

ガネーシャは言った。

「ほな、次はこの課題やってみいや。『他者の欠点を受け入れる姿勢を持つ』」

「他者の欠点を受け入れる姿勢を持つ……」

「そうや。晴ちゃんに限らずな、職場の同僚や町ですれ違う人……自分が関わるすべての人には、必ずどこかしらに人として至らへん部分があるやろうけど、受け入れる姿勢を持ってみるんや」

ガネーシャの言葉を聞いた瞬間、胃のあたりが一気に重くなった。

人付き合いがすごく苦手というわけではないけれど、普段の生活では、どうしても合わない人や好きになれない人と出会うことがある。そういう人たち全員を受け入れようとするのはすごいストレスになるだろうし、可能なことだとも思えなかった。

その考えを口にすると、ガネーシャは穏やかな口調で言った。

「別に、無理する必要はないんやで」

ガネーシャは続けた。

「『どんな人も受け入れなければならない』ちゅう考えで自分を縛るんは、『完璧な状態』を目指してもうてるやん。せやから、自分にウソついてまで無理やり人を好きになる必要はないし、場合によっては距離置いた方がええ相手もおるやろ。ただな……」

ガネーシャは食事を続けながら言った。

「相手の欠点が許せへんからちゅうて、『顔を見るのも嫌だ』『いなくなってほしい』ていう風に完全に否定したり排除したりしようとすると、むしろ自分を苦しめることになんねん。何でか分かるか？」

「……それもやはり、完璧な状態を目指してしまっているからですか？」

「せやねん。他人は自分の鏡て言うけども、他人に完璧さを求めるちゅうことは、それ以外のことに対しても――とりわけ、自分自身に対して――完璧さを求めてまうねんな。そういう人は、自分の欠点が気になって頭から離れんし、普段の生活でも嫌なことばっか目についてまうから、いつもイライラして苦しむことになってまう」

ガネーシャの話は納得がいくものだったが、同時に不安も感じた。

「他人を受け入れることが自分を受け入れることにつながる」という言葉は何度か聞いたことがあるし、間違ってはいないだろう。でも、これほど口にするのが簡単で実行するのが難しい言葉もないと思う。

その不安を口に出すと、ガネーシャは腕を組み、考え込む様子で言った。

「もちろん簡単なことやないし、時間がかかる場合もあるやろな」

そしてガネーシャは顔を上げ、僕を見つめて言った。

「ただ、忘れたらあかんのは、この課題を実行すれば、『人生の苦しみは必ず減っていく』ちゅうことや」

（人生の苦しみが必ず減っていく……）

ガネーシャの言葉を頭の中で繰り返すと、希望がわいてくるのを感じた。

ガネーシャは言った。

「他者の欠点を受け入れるには、三つの方法があんねん」

そしてガネーシャは、皿の上に残っていた鮭の切り身を三つに分けた。

それから、左端の焦げた切り身をつまもうとしたが、「これは後にとっとこ」と言って右端の綺麗な切り身をつまみ、口に入れてから言った。

「一つ目は、『見る場所を変える』ちゅうことや。人の欠点が気になってまうんは、欠点に焦点をあてることで、あたかも欠点がその人全体を表しているように感じてもうてるからや。でも、欠点があるちゅうことは、その欠点が支えてる長所が必ずあんねん。せやから、その長所にも目を向けるようにしてみいや」

ガネーシャの話を聞きながら、僕は、父とのかつての関係を思い出していた。

父は、もちろん、短所も長所もある人間だ。しかし、短所が父の性格のすべてを表しているように感じてしまった結果、十年間も連絡を取り合わないほど関係に溝ができてしまっていた。

スマホを取り出してメモを取ると、ガネーシャは真ん中の切り身を箸でひっくり返して言った。

「二つ目は、『相手の背景を想像する』や」

「背景を想像する？」

言葉の意味が分からず眉をひそめると、ガネーシャは切り身を口に入れ、しばらく考えてから言った。

「そうやな……たとえば、初対面で腹立つことを言ってくる人がいたら、『性格が悪いやつだな』て嫌いになってまうことあるやろ?」

「はい」

「ただ、その人はなんで、そんなことを言う人になってもうたんかいな?」

(そんなことを言われても……)

答えの見当もつかず黙っていると、ガネーシャは言った。

「こういう風に想像してみい。自分が嫌やと思ったその人にも、赤ちゃんやったころがあんねん」

ガネーシャは、サラダの器から輪切りの野菜を一つつまみ上げると、鮭の皿に置いて続けた。

「その赤ちゃんはな、自分で望んだわけやないのに、突然、この世界に生み出されてん。そんで、真っ白なキャンバスの赤ちゃんに、両親や周りの人、周囲の環境、身に起きた出来事、その時代の空気……色んなもんが絵描いてったわけや。そうやって、少しずつ、少しずつ作り上げられてきた人が、今、目の前におる。そのことが想像できたら、もし嫌なことを言われたとしても――もちろん、その人に責任がないちゅうわけやないけども――

完全に否定するんやのうて、この世界に生み出されて悩んだり苦しんだりしながら生きてきた一人の存在として、尊重する気持ちを持つことができるんちゃうかな」

僕は、ガネーシャの言葉をすぐには飲み込めなかった。理屈では分かっても心から受け入れるのは本当に難しい内容だ。

ただ、ガネーシャの話を聞いているときに思い浮かんだのは、晴香のアルバムの写真だった。

生まれたばかりの晴香は、ガネーシャの言うとおり真っ白なキャンバスで、僕はそこに、色々な絵を描いてきた。

晴香の行動も口にする言葉も、何らかの形で僕が関わっていて——この世界に存在するすべての人は晴香と同じように、周囲からの影響を受け、環境に育てられてきたのだ。

そのことを想像すれば——すぐには無理かもしれないけれど——どんな相手に対しても、どこかで共感したり分かり合おうとしたりする姿勢を持つことは不可能ではない気がした。

僕が徐々に理解を深める様子を見て、ガネーシャは言った。

「三つ目の方法、いこか」

そしてガネーシャは、焦げ目のついた鮭の切り身を箸で持ち上げて言った。

「他人の欠点を受け入れるための三つ目の方法はな、他人に完璧さを求めている自分に『気づく』ことや」

「気づく……」

ガネーシャはうなずいて続けた。

「人を嫌ったり、人の行動にイライラしたりするちゅうんは、知らず知らずのうちに他人に完璧さを求めてもうてるちゅうことや。ただ、『ああ、今、自分は、相手が完璧じゃないことにイライラしてるな』て気づくことができれば、その感情と距離を置けるんやで」

ガネーシャの話を聞きながら、実家で、父の言葉に感情が爆発しそうになったとき、ガネーシャが来てくれたことを思い出した。あのときは少し時間をおいたことで、感情的になった自分をもう一人の自分が眺めているような感覚になれた。自分の心の動きを観察して感情の変化に気づくことは、同じ効果があるのかもしれない。

ガネーシャは続けた。

「他人に完璧さを求めれば求めるほど、自分が完璧じゃないことに苦しめられる。逆に、他人に完璧さを求めへんようになれば、完璧じゃない自分を許せるようになる。ありのままの自分が肯定できるようになり、自分を苦しめていた偏見が消えていく。つまり――」

ガネーシャは言った。

「完璧じゃない状態を許せることが、本当の意味で完璧なんやで」

そしてガネーシャは、焦げ目のついた鮭の切り身を口の中に放り込み、もぐもぐと噛んで飲み込むと言った。

「この鮭、うまいなぁ」

＊

「晴香」

名前を呼んで扉をノックしたが、返事はなかった。

「入るよ」

扉を開けて中に入ると、晴香は布団の上で横になっていた。

僕は、料理を載せたお盆を机の上に置いて言った。

「ご飯、ここに置いておくからね。お腹がすいたら食べて」

ご飯は食卓で食べることに決めていたが、今日はその決まりに縛られなくてもいいだろう。僕は、晴香の、こちらに向けられた小さな背中に言った。

「晴ちゃん、ごめんね。ママがいなくて寂しい気持ちを分かってあげられなくて」

そして、部屋には沈黙が訪れた。

僕は、次の言葉を継げずにいた。志織について話そうとすると、つい「もうすぐ帰って来るから」という、安易な言葉を口にしてしまいそうになる。

すると、晴香が口を開いた。

「……パパ、ごめんね」

僕は晴香に近づき、体を起こして抱きしめた。

晴香も強く抱きしめ返してくる。

（ああ、この子の元に、志織を帰してあげることはできないのだろうか――）

込み上げる思いと、その思いが遂げられそうにない悲しさに打ちひしがれながら、僕は晴香を強く抱きしめ続けた。

［ガネーシャの課題］

他者の欠点を受け入れる姿勢を持つ

そのための方法として、
・見る場所を変える
・相手の背景を想像する
・他人に完璧さを求めている自分に気づく

最後の課題　3

朝食を食べながらずっと考えていた。

(晴香を、志織と会わせるべきなんじゃないだろうか)

これまで晴香を病院に連れて行かなかったのは、志織には治療に専念してもらいたかったのもあるけれど、家にいたころよりもはるかにやつれ、見た目が変わってしまっている志織を晴香に見せたくなかったからだった。

でも、もし残された時間が少ないのなら、晴香を志織に会わせるべきなんじゃないだろうか。直接顔を見て話す最後の機会を奪ってしまったら、晴香も、そして僕自身も、深い後悔を背負うことになるだろう。

僕が作った朝食を残さずに食べた晴香は、ダンゴロウにご飯をあげている。

(でも……)

と僕は思った。

志織の姿を見た晴香は、志織が家に戻ってくるのが難しいことを知るだろう。

そのとき、この幼い女の子は、何を希望に生きていけばいいのだろうか。

塞《ふさ》ぎがちになってしまっている晴香の心を、さらに沈ませることになるのではないだろうか。

答えを出せないまま、テーブルの上の食器を片付けていると、晴香の声が聞こえた。

「……ダンゴロウが、死んじゃった」

＊

保育園には休みの電話を入れ、ダンゴロウのお墓を作るために公園にやって来た。

ダンゴムシの寿命は約三年ということだ。一年ほどで成虫になるから、成虫だったダンゴロウは少なくとも人間の三十歳くらいまでは生きていたはずで、それほど高い可能性ではないけれど、天寿をまっとうできたのかもしれない。

大きな銀杏《イチヨウ》の木の下に穴を掘り、ダンゴロウの亡骸《なきがら》を寝かせて土をかけ、墓標として木の枝を立てた。

お墓の前で一緒に両手を合わせたあと、晴香が不安そうな表情でたずねてきた。

「ダンゴロウは、天国に行けるよね」

僕はとっさに、

「行けるよ」と言って続けた。

「ダンゴロウのおかげで晴ちゃんは虫に興味を持つことができたし、色々な楽しい遊びも教えてくれたし……ダンゴロウはきっと天国に行けるよ」

「そうだよね」

僕の説明を聞いて、表情に少し明るさを取り戻した晴香は、砂場を指差して言った。

「遊んできていい？」

僕がうなずくと、晴香は笑顔で駆けて行った。


公園には、僕たち以外にも親子連れが何組かいて、それぞれに遊んでいた。

ベンチに座った僕は、砂場で遊ぶ晴香を眺めながら、つぶやくように言った。

「人は、死んだらどうなるんですか」

隣のガネーシャは僕の質問には答えず、右手でタバコの容器を弄《もてあそ》びながら言った。

「ワシもそろそろ、アイコスにするか、紙巻タバコにするか決めなあかんかもなぁ」

そしてガネーシャは、こちらに顔を向けて言った。

「自分はどっち派？」

「僕はやはり、環境に優しいアイコスの方が……」

「ちゃうわ。ワシのタバコは自分ごときに決められるような矮小《わいしょう》な問題やないて言うたやろ。ワシが聞いてるのは、人間が死んだあとのことや」

そしてガネーシャは言った。

「自分はあの世があると思う派？　それとも、そんなもんあるわけない派？」

僕はガネーシャの言葉を聞きながら、

(死後の世界が存在したらどんなにいいだろうか)

と思わずにはいられなかった。

もし、志織が命を失ったとしても他の世界に——たとえば天国に——行って、いつも僕たち家族を見守ってくれていると信じられたら、彼女の死を受け入れることができるかもしれない。

でも、僕はそういう世界の存在を信じることはできなかった。

そのことを正直に伝えると、ガネーシャは「なるほどな」と特に驚いた様子もなく、何かを探すように周囲を見回し始めた。そして、ベンチの下に落ちていたものを拾い上げて言った。

「自分、これ何か分かるか？」

僕は、眉をひそめながら言った。

「石、ですよね」

するとガネーシャは、別の石を拾い上げて言った。

「これは何や？」

「……ふざけてるんですか？」

「ふざけてへんで。大真面目に聞いてるんや。これは何や？」

改めて見たが、やはり、前のものよりも少し小ぶりな石でしかなかった。

そのことを告げると、ガネーシャは言った。

「自分は、今、これを『石』て言うたけど、もし、これがあそこの遊具くらいの大きさやったら何になる？」

ガネーシャが指していたのは、子どもが乗って揺らして遊ぶ馬の乗り物だった。

何を意図する話なのかまったく分からなかったが、とりあえず質問に答えた。

「岩……ですかね」

「せやな」

そしてガネーシャは、右手に持った石を目の前に移動させて言った。

「この石もな、もともとは大きな岩やってん。その岩が削《けず》られて、削られて、石になったんや」

それからガネーシャは、石を僕に手渡して言った。

「その石は、これからどうなる思う？」

「どうなるって……」

僕は手元の石と、公園の地面を見比べた。公園の地面にはところどころに石が落ちているが、ほとんどは土に砂がまざったような状態になっている。

「砂になるんじゃないでしょうか」

「せやな」

それからガネーシャは木の枝を持ってきて、地面に絵を描きながら言った。

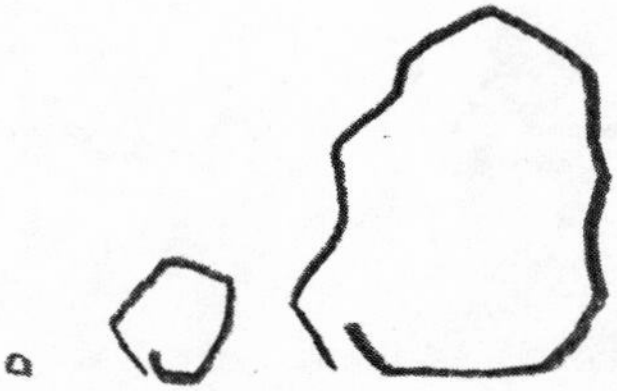

「川の上流にある『岩』を想像してみい。その岩は川に流され、色んなもんにぶつかっては削られ、小さくなって『石』になり、やがては『砂』になっていく。ただ、もし人間がおらへんかったら『岩』とか『石』とか『砂』なんて名前では呼ばれへんやろな。言うても、これらは全部同じもんやから。人間が、ある特定の状態を他の状態と分けて、『岩』

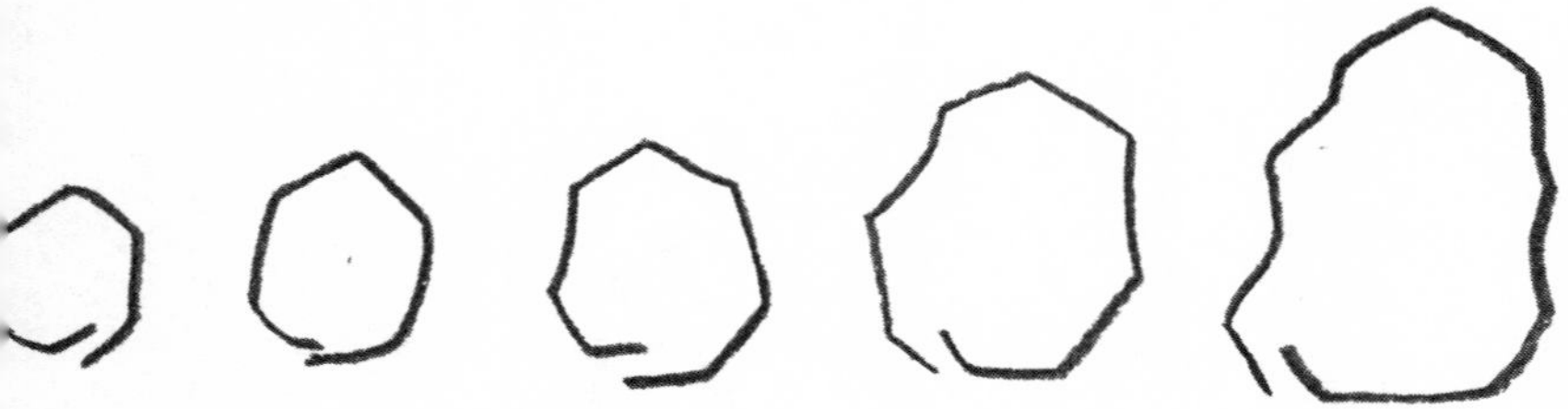

『石』『砂』て名前をつけて呼んでるだけや」
そしてガネーシャは、「こうしたらもっと分かり易《やす》なるか」と絵をさらに増やしていった。
「これは別に極端に描いてるわけやないで。実際に岩は少しずつ削られてって石になるわけやから、ほんまにこういう風に変化してんねん。ただ、こうして見ると、どこからが岩で、どこからが石で、どこからが砂か、明確には分けられへんやろ?」
僕がうなずくと、ガネーシャは最初に手に取った石を、もう一度僕の目の前に差し出して言った。

「自分は、『石』やねん」

——ガネーシャの言葉の意味をはっきりと理解できたわけではなかったが、普段は見逃している真理のようなものを突きつけられた感覚があった。
ガネーシャは続けた。
「自分は、どこからが『自分』なんや? 生まれたばっかの赤ちゃんのころか? でも、おかんのお腹の中にいるときはどうなんやろ? その前の、卵子と精子が出会ったときは？　ほな、出会う前の卵子と精子は、自分とは違う存在なんやろか？」

　さらにガネーシャは続ける。

「自分は、どこまでが『自分』なんや？　意識があるときまでやろうか？　ほな意識がぼんやりしてきたときはどうなんや？　年取って、周りの人が分からんようになったり、記憶がはっきりせんようになったときは、もう自分ちゃうんやろか？」

　ガネーシャの話を聞いて、

（意識があるときまでが自分なんじゃないだろうか……）

となんとなく思ったが、ガネーシャは続けた。

「事故なんかで意識をなくしてもうても、体が生きてる人がおるわな。病室でその人を見た人は、『まだ生きてる』て強く感じるちゅう話、聞いたことないか？　そんで、もしその人が奇跡的に意識を取り戻したら、意識がなかったときは死んでたんやろうか？　そしたら人間は、死んだり生きたりできるちゅうことにならんやろうか？」

　ガネーシャが話を掘り下げていくにつれて、人間は、どこまでが「自分」と呼べる状態なのか、明確な線引きはできない気がしてきた。

ガネーシャは言った。

「どこからが『岩』で、どこからが『石』で、どこからが『砂』なんか決められへんように、どこからどこまでが『自分』なんかは、はっきりとは決められへんねん」

そしてガネーシャは、手に持った石を地面に転がして言った。

「『土に還る』ちゅう言葉があるやろ」

僕がうなずくと、ガネーシャは続けた。

「昔の人らが使てた言葉やけど、自分が『石』ちゅうことがよう分かってたんやろな。岩が、石や砂、さらには他のものに変化していくように、自然から生み出された自分も、いつかは土になり、他のものに形を変えていく……」

ガネーシャは続けた。

「物質を形作る一番小っさい単位の粒子《りゅうし》を想像してみい。岩も、石も、砂も、人間も、その粒子が集まってできたもんやとしたら、この世界に存在するものはすべて、同じ素材で作られたものが、形を変え続けているだけて言えるんちゃうか」

ガネーシャは言い終えると同時に、パチンと指を鳴らした。

その瞬間、

（え——）

驚くべき光景が目の前に現れた。

目に映っているすべてのものが、水色の細かい粒子が集まってできているように見えたのだ。地面の土や砂も、木も、ベンチも、遊具も、そこで遊ぶ親子までも、同じ粒子の集まりであり、形以外の違いは何もなかった。

その景色に見とれていた僕は、ふと地面の上を移動している小さなものを見つけた。

水色のそれが何なのかはっきりとは分からなかったけれど、そっと拾い上げると手のひらの上で丸まった。

ダンゴムシだ。

しばらくすると、ダンゴムシは手足をもぞもぞと動かしながら体を伸ばし、僕の手のひらの上を歩き始めた。

ダンゴムシと同じように水色の粒子で作られている僕の手。その上を歩くダンゴムシ。

僕とダンゴムシの間には、何の違いもないように思えた。僕もダンゴムシも、同じ粒子の集合が形を変えたものでしかなく、僕を構成している粒子はいつかダンゴムシになり、ダンゴムシを構成している粒子はいつか人間になる。

この水色の粒子をすべて集めたものを「世界」と呼ぶのだとしたら、世界は一つであり、世界は、様々な分身を生み出しながら、形を変え続けているだけなのだ。

「『人は、死んだらどうなるか』て聞いたな」

隣を見ると、何もかもが水色に染められた世界の中で、ガネーシャだけが、これまでどおりの色と形を保っていた。

ガネーシャは続けた。

「その質問に対する答えは、『形を変えて他のものになる』ちゅうことになるやろな。ただ、この景色を見た自分なら、もう分かるやろ」

そして、ガネーシャは言った。


「死は、存在せえへん」


そしてガネーシャが指をパチンと鳴らすと、世界はこれまでどおり、様々な色を取り戻した。

銀杏の黄色い木の葉は風に揺れ、水場の前には手を洗っている親子がいて、晴香は砂場で山を作って遊んでいる。

しばらくして、僕は、自分の頬を涙が伝っていることに気づいた。

*

その日の夜。

部屋で二人きりになると、ベッドの上で肘枕をして横になっていたガネーシャが言った。

「昼間、公園で見せたったあれな。あれは人類最初の哲学者、タレスくんが考えた『万物の根源は水である』ちゅうイメージで作ったやつやけど、自分なりのイメージ持ったらええからな」

椅子に座っていた僕がうなずくと、ガネーシャは続けた。

「悟りの世界はな、『自分』ちゅう存在が、一時《いっとき》の水の形である『波』ではなく『海』やて気づくことやとか、一本の『木』ではなく『山』やと気づくことやとか、色んな例えで語られるけどな。結局は、確固たる存在に思える『自分』が、実は、全体と個々の存在を別のものとしてとらえてまう『先入観』で作られたもんやて気づくことやからな」

手帳を取り出してメモを始めると、ガネーシャは言った。

「ほんなら、次はこれやってみいや。『つながりを意識する時間を持つ』」

「つながりを意識する時間を持つ……」

「そうや。今日、公園でしたった石の話、思い出してみ。この世界にあるものは、ほんまは『同じもの』が変化し続けている——すべてはつながっている——んやけど、自分らはその一部だけを切り取って、岩、石、砂、て名前をつけて、別々のものとして認識しとる。そういうものの見方が当たり前になってもうてるから、全体と自分を分けてとらえてまうんや」

ガネーシャは続けた。

「全体から切り離された『自分』を生きてるから、他の人に認められたり、優越したり、持ってないものを手に入れなあかんて思てまう。でも、ほんまは、優越すべき相手なんておらへん。手に入れなあかんもんなんか何もない。この世界に存在するすべてのものは、形を変えただけの、自分と同じものなんやからな」

僕は昼間、公園で見た、水色の粒子で作られた世界を思い出した。ダンゴムシと自分が同じ粒子で構成されていたように、僕が手に入れたいと思うものも、遠ざけたいと思うものも、同じ粒子で作られた世界の一部だと言うことができるかもしれない。

ガネーシャは言った。

「夢が生み出す苦しみから逃れる方法はな、目の前にある石が、かつては岩だったことや、これから砂になることを思い出すことや。自分らが、岩、石、砂て分けて呼んでるもんは、ほんまはつながってる一つのものであり、そのつながりの中に自分も含まれとるちゅうことをな」

ガネーシャは続けた。

「たとえば雨が降ったときもな、『雨』ちゅう現象の一面だけを切り取って、『外に出るのが面倒になるから嫌だ』て思うだけなんやのうてな。雨を見たら、地上に降り注ぐ雨水が草木を育てたり、雨水で作られる川や地下水が、飲み水として自分の一部になったり……

そういうつながりを意識するきっかけにしてみいや」

僕がメモを取るのを確認して、ガネーシャは続けた。

「森で自給自足の生活しとったアメリカの思想家、ソローくんは、雨についてこう言うてんねんで。『たとえ雨が降り続いて、畑の種が土の中で腐ったり低地のじゃがいもが駄目になったりしたとしても——高地の草にとっては恵みの雨だ。草にとってありがたいものなら、僕にとってもそうだろう』。つながりちゅうのは、目に見えるものだけやのうて、一見、それが何の役に立ってるか分からんようなものでも——場合によってはマイナスに思えるようなものでも——見えへんとこでつながってるものやからな。そのことを忘れんようにな」

僕は、ガネーシャの話に何度もうなずきながら、「他者の欠点を受け入れる姿勢を持つ」という課題を思い出していた。

ガネーシャは、その方法の一つとして、「相手の背景を想像する」と言っていたけれど、それもまた、相手と世界とのつながりを思い出すことだ。

すべての人間は、この世界から生み出され、いつかは他のものに形を変えていく。そのことが想像できれば、どんな相手に対しても尊重する気持ちを持つことができる。また同時に、自分と世界のつながりを想像することができれば、自分と他者の境界線はあいまいになり、こだわりや苦しみが消えていく。

ガネーシャは、「現代人の考える『夢』とは、『完璧な状態』を目指すこと」だと言った。

では、完璧な状態とは何か?

それは、「これ以外ではダメだ」という、他の何ともつながっていない「特別」な状態だ。

大金を手に入れるのも、人にはできない仕事をするのも、特定の異性と付き合うのも、すべて「特別」な状態だ。

ガネーシャの描いた石の絵で言うなら、「この大きさ、この形でなければダメ」であり、その石は、他のどんな石とも——もちろん、岩や砂とも——違うという考えだ。

その境界線を色濃く引けば引くほど、獲得したときの快感は大きくなるだろう。

ただ、その快感と引き換えに、手に入れていない状態の苦しみは強まっていく。

さらに、特別な状態は、手に入れた瞬間に特別ではなくなる。すると、その人は新たな境界線を引き、それを手に入れようと駆り立てられ、苦しみ続けることになる。

その考えを伝えると、ガネーシャはゆっくりとうなずいて言った。

「だからこそ、この世界は、同じものがただ形を変え続けているだけやちゅうことを——特別な状態なんて存在せえへんことを——思い出す必要があるんやな」

僕はガネーシャの言葉に何度もうなずきながら、自分の中に大きな希望が芽生えているのを感じた。

普段の生活の中で、すべてがつながっていることを想像し、意識し続けるのは簡単なことではないだろう。

でも、必ずできることだ。

なぜならそれは、今持っていない何かを新たに獲得することではなく、最初から自分の中に備わっているものに、気づくことだからだ。

ガネーシャは言った。

「自分、富士山に登ったときのこと、覚えてるか？」

僕がうなずくと、ガネーシャは続けた。

「ワシが自分と二人きりになったときあったやろ？　あんとき、志織ちゃんと一緒に登った釈迦がな、今日ワシがした話、志織ちゃんにしてくれてん」

釈迦の姿を探すと、釈迦は部屋の隅で静かに坐禅を組んでいた。

ガネーシャは続けた。

「悟りは釈迦の得意分野やからな。志織ちゃんは、自分以上に深く理解できた思うで」

「あ、ありがとうございます」

釈迦に向かって頭を深く下げると、釈迦も会釈を返した。

するとガネーシャは、一度大きく伸びをしたあと、起き上がって言った。

「ほな、そろそろ行こか」

ガネーシャの言葉を聞いて、釈迦も足を崩して立ち上がった。

僕は、

「どこに行くんですか？」

とたずねながら時計を確認した。針は、午後の十時近くを指している。

ガネーシャはうつむいて、ぽつりとつぶやくように答えた。

「病院や」

そして、ガネーシャの言葉とほとんど同時に、机の上のスマホが震え出した。

取り上げて画面を見ると、そこには、志織の入院している病院の電話番号が表示されていた。

［ガネーシャの課題］

つながりを意識する時間を持つ

最後の課題　4

沈黙に包まれた部屋の中で、心電図の電子音だけが同じ間隔で鳴っている。

「意識がなくても声は聞こえていますから」という医師の言葉を信じて、繰り返し繰り返し呼びかけたが、志織からの返答はなかった。医師が部屋を後にし、病室に残された僕たちが志織の生存を確認できるのは、心電図の波形と電子音、そして、透明のチューブを鼻に通された志織の顔が、微かに上下していることだけだった。

僕は、頬がこけ、蒼ざめた志織の顔を見つめながら思った。

(もし、志織の意識がこのまま戻らなかったら――)

彼女はきっと、最後の時間を晴香と過ごしたかったろう。

そんな貴重な時間を、僕は「志織の病気は絶対に治るんだ」と言い張り、自分のわがままに付き合わせることで奪ってしまったのだ。

(ああ、僕は、なんて馬鹿なことをしてしまったんだ――)

現実を受け入れられずにもがき続けたことへの後悔が、寄せては返す波のように、幾度《いくど》となく僕の心を締めつけた。

ガネーシャから教わった「つながりを意識する時間を持つ」。

この世界に存在するものは、同じものがただ形を変え続けているだけであり、志織が息を引き取ったとしても、彼女は形を変えてこの世界の一部として存在し続ける。

そのことを何度も何度も想像し、また、自分に言い聞かせ続けたが、命が尽きかけている志織を前にすると、どうしても願わずにはいられなかった。

（頼む。目を覚ましてくれ……。そして、もう一度声を聞かせてくれ、志織――）

食卓の前で気を失った志織を救急車に乗せ、病院に運んできた日のことを思い出す。

あのとき、僕は、志織への感謝の手紙を読み上げていた。

あの言葉は、どれほど彼女に届いただろう。彼女は痛みに耐えるのに必死で、ほとんど何も聞くことができなかったのではないだろうか。

（ああ、志織……）

僕は、志織の前にひざまずき、痩《や》せ細った白い手をつかんだ。

（戻ってきてくれ。そして、今度こそすべての感謝の言葉を伝えさせてくれ――）

祈るような気持ちで、志織を握る手に力を込めた、そのときだった。

志織の手が、微かに動いた。

「し、志織……！」

僕が顔を上げると、震える志織の顔が、こちらにゆっくりと傾けられた。

「あなた……」

僕は志織の名前をもう一度呼ぼうとしたが、

「ママ！」

晴香が叫びながら志織の枕元に駆け寄った。

「ママ、早くお家に帰ろうよ！」

「晴ちゃん……」

少し口を動かすだけでも苦しそうな志織は晴香に向かって手を伸ばし、頬に手を添えた。

そして、志織は僕に顔を向けて言った。

「あなた……晴香を……」

僕は、何度も、力を込めてうなずいた。

晴香は必ず元気で幸せな子に育ててみせる。そんな思いを込めながら、何度も、何度も、首を縦に振った。

涙で歪む視界の中で、志織が口を動かしているのが分かる。微かに声が漏れているが、言葉を聞き取ることができない。

（これが、最後の言葉になるかもしれない――）

そう感じた僕は、志織の口元に耳を近づけ、必死に聞き取ろうとした。

「私……」

志織は、か細い声を途切らせながら言った。

「私…………死にたく…………ない……」

志織の言葉を聞いた瞬間、僕の全身を強烈な感情が貫いた。

（志織、死なないでくれ！）

僕だって、志織に生きてほしい。ずっとずっと生き続けて、また家族で一緒に旅行に行きたい。

だって僕たちはまだ、富士急ハイランドも、富士山の頂上も、一緒に行くことができてないじゃないか。

でも……でも——。

僕は唇を噛みしめながら思った。

この世界には、かなわない夢がある。

そして、もし抱いた夢がかなわないのなら——その夢を、どうしてもかなえることができないのなら——僕たちは受け入れる方法を学ばなければならない。

（そうなんだよね……）

志織から視線を逸らした僕は、

（そうなんだよね、ガネーシャ……）

ガネーシャに顔を向けた。

その瞬間、
(え――)
視界に飛び込んできた光景に目を疑った。

(な、何をしてるんだ――)
あんぐりと口を開け呆然とする僕の前で、ゾウの姿になったガネーシャが叫んだ。

「志織ちゃんを連れてくなやぁ！」


「ガ、ガネーシャ様、一体何を……」

戸惑う死神の頭蓋骨を何度も本気噛みしながら、ガネーシャは続けた。

「志織ちゃんを連れてくな言うてんねん！　だいたい、自分みたいに全然シャレの分かれへんシャレコウベに志織ちゃんを連れてく資格なんかあれへんねん！」

「ガネーシャ様、何をおっしゃっているかまったく意味が……」

「志織を連れて行くな！」僕が死神の片足に組みつくと、

「ママを連れて行かないで！」晴香も来て、もう片方の足にしがみついた。晴香にも死神の姿が見えているようだ。

死神の頭蓋骨に噛みついていたガネーシャが、僕に向かって叫んだ。

「ろうそくや！　死神のろうそくを探すんや！」

見ると、ガネーシャの右手には大根ぐらいの太さがありそうな新品のろうそくが握られていた。ろうそくには黒マジックの汚い字で「しおり」と書かれてある。

「このときのために、合羽橋《かっぱばし》で特大のろうそく買うといたんや！　こっちに火ぃ移すんや！」

「ガネーシャ様、ご乱心にもほどが……」

困惑する死神の隙をついて黒いローブをはぎとると、骨盤に引っかけられた燭台《しょくだい》の上に仄《ほの》かな火を見つけた。

「ガ、ガネさん！　ろうそくを！」

ガネーシャからバトンのようにしてろうそくを受け取ると、火を移そうと手を伸ばした。

「や、やめないか！　それにむやみに触るんじゃない！！！」

死神は焦った様子で叫んだ。そして死神の眼窩《がんか》の奥が怪しい光を放ち、何らかの攻撃が始まろうとした、その瞬間——。


「ハイイイッ！」


ガネーシャが死神から奪い取った大鎌で、死神の首を水平斬りしたのだ。

胴体と切り離され、遠くに飛んでいく頭蓋骨が叫んだ。

「私だって……私だって、好きでこの仕事をしてるわけじゃないんだぞ！」

——死神に対する同情は禁じ得なかったが、僕はすかさず死神の胴体をつかんで、ろうそくに火を移そうとした、そのときだった。

「あ……」

頭を失い、統制が効かなくなった体が暴れて骨盤から火がこぼれ落ち、床に向かって一直線に落ちていったのだ。

「ああ――――！！！」

僕は手を伸ばして滑り込んだが、火は指の間をすり抜けて床に――。

（ええっ⁉）

そのとき、不思議なことが起きた。

志織の寿命を表す火が、床に落ちる寸前で静止したのだ。

（ど、どういうことなんだ……）

顔を上げて見ると、釈迦が、こちらに向かって開いた右手を突き出していた。

ガネーシャは、ふうと息を吐き、額の汗をぬぐいながら言った。

「――そうやった。釈迦は時間を止められるんやった」

その言葉を聞いて、僕は、膝から崩れ落ちながら思った。

（最初からその力を使えば、こんなドタバタ騒ぎ、一切する必要なかったじゃないか――）

＊

「ごめんな志織ちゃん……ほんま堪忍やで……」

志織の枕元に突っ伏したガネーシャは、大量の涙と鼻水を流しながら言った。

「ワシ、閻魔大王にもちゃんと言いにいってんで。この子はめっちゃええ子やから寿命延《の》ばしたってって。そんで手土産に永田屋の羊羹渡して、こう言うてん。『これで手を打とうや。閻魔だけに円満にな』て。そしたら、あいつ、手に持ったハリセンみたいな板でぶん殴りながら舌引っこ抜こうとしてきよってん。あれ、ツッコミちゃうで。ただの暴力やで」

——ガネーシャが用意したろうそくには（冷静になって考えたら当然のことなのだが）寿命を延ばす効果は一切なく、釈迦が時間を止めてくれている間、僕たちは志織と最後の別れの言葉を交わすことになったのだった。

体を起こしたガネーシャは、両手を膝の上に置き、鼻をすすりながら言った。

「ワシ、神様辞めるわ……」

ガネーシャは続けた。

「志織ちゃんの願いごと聞いて『面白そうやな』て思ったあの日の自分に、閻魔以上のしばきかましたいわ。……全然、おもろなかった。苦しみに耐えてる志織ちゃんのそばにいながら、たいしたことできへんの、めちゃめちゃしんどかってん」

そしてガネーシャは、うなだれて言った。

「ほんまにワシは、最低の神様や。ボトム・オブ・ゴッドやで……」

すると志織はガネーシャの手に自分の手を重ね、途切れ途切れの声で言った。

「ガネさんは……最高の神様よ……」

「へ？」

涙と鼻水にまみれた顔のガネーシャに向かって、志織は続けた。

「ガネさん……私のところに来てくれたばかりのころのこと覚えてる？　……あのときの私は気持ちが乱れてて……『どうして私が死ななきゃいけないの？　この病気にずっと苦

しめられてきたのに、命まで奪われなきゃいけないなんて、神様は何でこんなに不公平な世界を作ったのよ！』って当たり散らしてたよね……。そんな私に対してガネさんは……『ほんま、志織ちゃんの言うとおりやで』『ワシ、神様失格やな』って、全部受け止めてくれてた……。あのとき、私、なぜか胸がすごく温かくなって……どうしてなんだろうって不思議に思ってたけど……今なら分かるわ……。私、甘えたかったのね……。両親を早くに亡くして……我慢することが多かったから……思っていることや感じていることを、そのままぶつけられる人が……私が……子どもみたいになれる人がほしかった……」

ときおり苦しそうに呼吸をしながらも、志織は話し続けた。

「……それだけじゃないわ。ガネさんの教えが始まってからは……『今日は旦那さんがこの課題クリアしたんやで』『旦那さん、めっちゃ成長してるで』ってまるで自分のことのように喜んでくれたり……。あんみつをこぼした日も、あとで晴香のために、こっそりあんみつを買ってきてくれたり……。すごく繊細で、人の気持ちが誰よりもよく分かってて……私たちと一緒に泣いたり笑ったりしてくれて……こんな素敵な神様……絶対、他にいないと思う」

「し、志織ちゃん……」

大粒の涙をこぼすガネーシャに向かって、志織は言った。

「ガネさん、お願い……。これからも、神様続けるって約束して……」

するとガネーシャは、志織の手を両手で握って言った。

「わ、分かったで、志織ちゃん。ワシ、これからも、やる！　神様やるで！」

そしてガネーシャは、闘志を燃えたぎらせた目で言った。

「よっしゃ、新生ガネーシャの初仕事は、閻魔のやつを懲《こ》らしめることや！　あいつ、ワシのこと誰や思てんねん！　神様の中の神様、トップ・オブ・ゴッドのガネーシャやで！　神様界の格付けで言えば、ワシをジャンボジェット機やとしたら閻魔はオニヤンマ……この例えは分かりづらいか。せやったら、ワシがインドゾウで、あいつはヒゲボソゾウムシや！　そん中でも特に小さいコヒゲボソゾウムシ……」

興奮して叫んでいたガネーシャだったが、突然口をつぐみ、再び目に涙を溜めて言った。

「ワシ、志織ちゃんのカレー食べられへんくなんの嫌やぁ！　志織ちゃんのカレーを晴ちゃんに食べさしたろ思て頑張って作ってんけど、最後まであの味にたどりつけへんかってん！　志織ちゃん、またワシらのためにカレー作ってえや！　後生やで！」

振り出しに戻ったように、志織の枕元に突っ伏そうとするガネーシャに向かって言った。

「ガ、ガネさん、あの……」

「何や⁉」

情緒が不安定すぎて表情がおかしなことになっているガネーシャに対して、僕は無言のまま背後を指差した。

そこには晴香が立っていて、指をくわえながら順番を待っていた。

「お、おお……次は晴ちゃんやったな」

我に返ったガネーシャが場所を譲《ゆず》ると、晴香は枕元に行き、志織に抱きついた。

志織が晴香に向かって言葉を伝え始めると、ガネーシャは僕を部屋の隅に連れて行き、ティッシュで鼻をかみながら言った。

「……自分に、課題出したるわ」

「えっ」

この状況で課題の話になるとは思っていなかったので面食らったが、ガネーシャは重々しい口調で続けた。

「これがほんまに最後の課題やから、心して聞いとけや」

畏《かしこ》まった表情でゆっくりうなずくと、ガネーシャは言った。

「最後の課題はな、『喜怒哀楽を表に出す』や」

「喜怒哀楽を表に出す……」

課題を噛みしめるようにつぶやくと、ガネーシャは言った。

「ワシ、自分に教えたやろ？　命はなくなるんやのうて、同じものが形を変え続けてるだけやて」

僕が相槌《あいづち》を打つと、ガネーシャは両手を広げて続けた。

「今、自分を形作ってる粒子は、かつては水であり、土であり、木であり、生き物やった。そんで、いつかは水になり、土になり、木になり、生き物になっていく。ただ……」

ガネーシャは、僕を指差して言った。

「何で今、自分は『人間』なんや？　変化し続けるこの世界は、なんで、自分ちゅう人間を作ったんや？」


——なぜなのだろう。

その質問に答えることはできなかった。

そもそも、その質問に答えがあるとは思えなかった。

僕らは自分の意思にかかわらず人間としてこの世界に生み出され、いつかは他のものに形を変えていく——ただ、それだけの存在なんじゃないだろうか。

すると、ガネーシャは言った。

「すべては同じもので、ただ形を変え続けているだけちゅうのはな、ある意味、当たり前のことでもあんねん。水も、土も、木も、生き物も、みんなどっかで分かってることやねん。せやのに、どうして人間だけが、こない根本的に忘れてもうてんねや？　どうして人間は、全体とのつながりから切り離されて、苦しみに満ちた生《せい》を送ってんのや？」

僕はガネーシャの言葉を聞きながら、公園で見た光景を思い出した。あのとき感じた、すべてとつながっている感覚には、深い安らぎと癒しがあった。

どうして僕たちは、あの心地良い世界から離れ、人間として生きているのだろう。

人間としての生を、歩まされているのだろう。

すると、ガネーシャは言った。

「それはな……つながりから離れへんと、『経験』できへんからや」

ガネーシャは続けた。

「全部がつながってる世界では、死の不安や苦しみは存在せえへん。そもそも死が存在せえへんからな。ただ、その分、生きることの喜びや感動も存在できへんのや。

なんで赤ちゃんが泣きながら生まれてくるか分かるか？

それはな、母親とヘソの緒でつながってる安らぎの世界から切り離されたからや。ただ、そうなることで初めて、自分とは違う『母親』の存在を知り、『笑う』ことができるようになんねんで」

ガネーシャは続けた。

「人間が存在する理由は何か？　それは、苦しみも、その苦しみに支えられた喜びも、すべてを『経験』するためや。水にも、土にも、木にも、他の生き物にもできへん、人間という形でしかできへん『経験』をするためなんや。……そうやんな、釈迦？」

すると、釈迦がうなずいて言った。

「私が残した言葉の中で、最も有名で、かつ、多くの誤解を生んでいるものがあります」

そして釈迦は、右手の人差し指を天井に、左手の人差し指を床に向けて言った。

「すべては同じものであり『自分は存在しない』という悟りの世界を伝える私が——どうして、生まれた瞬間、七歩歩いて天と地を指差し、『私にしかできない尊《とうと》いことがある』と言ったとされているのか。あの言葉は、私が特別な存在だと誇っているのではありません。あの言葉の『我』が意味するのは、『我々』。つまり、この広大な宇宙には、我々『人間』にしかできない尊いことがある、と言っているのです」

そして釈迦は、天を指していた指を僕に向けて言った。

「あの言葉は、様々なものに形を変えながら輪廻《りんね》するこの宇宙が——たった一度の『あなた』という形でしか味わうことのできない、経験の尊さを言っているのです」

そしてガネーシャが、

「天上天下！」

と言って釈迦を指差すと、釈迦は、

「唯我独尊！」

と返し、右手の親指を立ててウィンクした。

ガネーシャは、長い鼻を僕の肩の上に置いて言った。

「喜怒哀楽を、おさえることなく表に出してみい。泣いたり、笑ったり、悲しんだり、喜んだり……自分が経験するすべてのことは、全宇宙の望みなんやからな」

僕は……。

僕は――――。

ガネーシャの言葉を聞いた僕は、大声で叫んだ。

「志織！」

枕元に駆け寄ると、彼女がゆっくりとこちらに顔を向けた。

白くやせ細ったその顔に――僕が志織と出会ってから今日までに見た――様々な彼女の顔と表情が重なっていく。

僕は涙を流しながら、わきあがる感情を言葉に変え、ありったけの声で叫んだ。

「僕は、君が好きだ！」

そして僕は、彼女の両目を真っすぐ見つめて言った。

「僕は、君に会うために、この世界に生まれてきたんだ！」

すると、瞳を潤ませた志織は、微笑んで言った。

「……私もよ」

そして志織は、震わせながら持ち上げた右手で僕を、左手で晴香を抱き寄せて言った。

「あなたたちと会うために……私は生まれてきたの」

［ガネーシャの課題］

喜怒哀楽を表に出す

――一年後。

「……本日は、お忙しい中、志織の一周忌にお越しいただき誠にありがとうございます。これだけ多くの方々にお集まりいただき、彼女も本当に喜んでいると思います」

喪服に身を包んだ僕は、志織の一周忌の挨拶《あいさつ》をしながら、去年に執《と》り行った葬儀のことを思い出していた。

両親を早くに亡くし親族も少ない志織だったが、友人や病院で出会った人たち……本当に多くの人が参列してくれ、彼女の死を悲しみ、また彼女の存在に感謝してくれた。

そして、そんな人たちにとって、僕は本当に頼りない喪主だったと思う。

開式の挨拶から鼻をすすっていた僕は、志織との思い出を語り始めたときには人目もはばからず涙を流しており、「故人と最後のお別れを……」と言われたときも、棺《ひつぎ》にすがりつくようにして延々と語りかけていたので、タイムスケジュールを大幅に狂わすことになってしまった。

ただ、言い訳になってしまうかもしれないけれど、わきあがる悲しみをおさえつけるのではなく、素直に表に出すことにしたのだ。

もちろん、そうすることですべての悲しみを消し去ることができたわけではないけれど、志織のいなくなった生活の中で、少しずつ、やるべきことに取りかかれるようになっていった。

志織の葬儀が終わり、少し落ち着きを取り戻したころ、ブログの書籍化を進めてくれていた編集者に会った。

何度も連絡をくれていたのにほとんど返信していなかったことを深く謝罪した僕は、志織のことは伏せ、僕の病気が奇跡的に治ったという風に報告し、本の出版を止めたいという意思を伝えた。

これまでの作業を無駄にさせてしまったことを本当に申し訳なく思ったが、彼はそんなことはおくびにも出さず、僕がこの先も生きられることを心から喜んでくれた。ブログでも同じ報告をして大量の祝福のメッセージをいただくことになったが、このブログは、志織の死と引き換えに生み出された気がして目にするたびに悲しくなってしまうので、迷った末、閉じることにした。

職場にも復帰することになった。

長期間休んでいたのですべての人が温かく迎え入れてくれたわけではなかったけれど、僕は心配をかけてしまった人たちのためにも全力で仕事をこなした。冷たい対応の人と接するときは、その人の背景を想像し、つながりを意識することで乗り越えることができた。今、社内の人間関係は、長期休暇を取る前よりも良好になっているように思う。

友人と取り組んでいたスマホアプリの開発も再開し、リリースにこぎつけることができた。

当初の計画だったブログ本の出版と連動させられなかったにもかかわらず、アプリは順調にダウンロード数を増やし、友人からは会社組織にしないかと持ちかけられた。

しかし、僕は、どうしても踏み切ることができなかった。

このアプリもやはり、志織の存在を想起させた。友人と再会することができたのも、アプリの開発に携《たずさ》われたのも、志織が残り少ない時間と引き換えに、僕を成長させるようガネーシャにお願いしてくれたからなのだ。

結局、僕は、友人からのオファーを保留にしたまま、今日に至っている。

そして、晴香。

黒いワンピースを着て僕の隣に立つ彼女は、一年前と比べて、身長も立ち振る舞いも数段大人になった。幼いころの月日は本当に人を変えていくのだと実感させられている。

ただ、晴香もまた、志織の死を乗り越えることができないでいると思う。

彼女は、いまだに「ママ……」と夜泣きをすることがあるし、彼女のトレードマークだった、弾けるような笑顔を見せてくれる機会は少なくなってしまった。

ただ、僕は晴香に何かを強制するようなことはせず、見守り続けることにした。

最愛の人を、失ったのだ。

そのことを受け入れるためにどれだけ時間がかかるのか、決められるのは本人だけだろう。

ただ、同時に、このままでいいのだろうかという不安が頭をよぎることもある。

もし志織が、今の僕たちを見たらどう思うだろう。僕たちは、志織が望んでくれた幸せな人生を送っていると、胸を張って言えるのだろうか――。


僧侶の読経が始まると、喪主の僕は席を立ち、焼香台に向かった。

志織の遺影の前に立った僕は両手を合わせ、心の中で彼女に向かって問いかけた。

（志織、教えてくれ。僕たちはこれからどう生きていけばいいんだ……）

しかし、当然ながら返答はなかった。その答えは、僕たちが今後の人生で見つけていかねばならないものだ。

ただ、小さくため息をついて席に戻ろうとしたとき、不思議なことが起きた。線香の煙の揺れる方向が変わり、ひんやりとした風が流れてきたのだ。

（ま、まさか……）

恐怖に震えながら、風の流れてくる方に顔を向けると、

「ひっ」

思わず声が出てしまい、読経していた僧侶がこちらをチラリと見た。

ただ、彼の目には何も映っていないのだろう、すぐに視線を戻し、読経を続けた。

席に戻った僕は、他の人に気づかれないよう、できるだけ声をひそめて言った。

「もしかして、僕の寿命が……」

すると、耳が凍ってしまいそうな冷たい声が聞こえた。

「安心しろ。お前には憑いていない」

そして死神は大鎌を振り上げ、参列者の方を指した。

僕は後ろを振り返った。参列してくれている人の中に、何人か年配者の姿がある。

(この人たちの中にもうすぐ寿命を迎える人が……)

誰なのか気になったが、詮索《せんさく》するのは止めた。

その人にはその人の経験すべきことがある。人の生死に関わる領域に踏み込んでいいのは、それこそ神様だけだろう。

それからしばらくの間、部屋には僧侶の読経する声だけが響いていたが、僕は、頭の片隅にずっと引っかかっていたことを口にすることにした。

「……すみませんでした」

「ん?」

少し首を傾けた死神に向かって、僕はたどたどしい口調で続けた。

「その……志織との別れがあまりにもつらくて、あなたに乱暴を働いてしまいました」

すると死神は、「ああ、そのことか」と冷めた口調で続けた。

「ごくまれに、私の姿が見える人間がいてな。そういう人間と会ったときは、だいたい、あんな感じだぞ。『連れて行くな』と言われ、『悪霊』『鬼畜』『マジキモい』などと罵《ののし》られる」

　そして死神は言った。

「お前たちのしたことは、『死神あるある』だ」

　――この場合、どんなリアクションを取るのが正解なのか分からず、小さく会釈をするだけにとどめた。

　それからしばらくの間、僕たちは沈黙し、僧侶の読経だけが聞こえていたが、死神はふと何かを思い出したように言った。

「そういえば、ガネーシャ様がこちらの世界を去る前、お前に言い忘れていたことがあったな」

「えっ……」

　思いがけない言葉に声を漏らした僕は、ガネーシャとの別れを回顧した。ガネーシャは、志織と別れのやりとりを終えたあと、泣き疲れて眠っている晴香を見て言った。

「これ以上こっちにおると、晴ちゃんと別れるときにもまた泣かなあかんからな。このまま行かせてもらうわ」

　そして、「ほな」と手を挙げると、釈迦と一緒に病室から姿を消してしまった。

　ガネーシャが契約していたのは僕ではなく志織だったから仕方のないことかもしれないけれど、僕はこのあっさりとした別れを本当に寂しく感じていた。ブログの処置に迷ったときも、「ガネーシャのことをブログに書く」という約束を果たせていないことを思い出して胸が痛んだが、今後ガネーシャが見ることもないだろうと思い、閉じることにしたのだ。

「ガネさんが言い忘れていたことって、何ですか？」

はやる気持ちをおさえながらたずねると、死神は答えた。

「ガネーシャ様がお前に出した『人生で後悔しないための課題』があったろう。あれには、お前の妻も取り組んでいたのだ」

（ええ――）

驚く僕に向かって、死神は続けた。

「お前がカウンターの高級寿司屋に行ったのも、『夫に贅沢《ぜいたく》をさせてあげたい』というお前の妻の願いだったし、富士山に登りたがっていたのも彼女だった」

そして、死神は言った。

「ガネーシャ様が結婚記念日に両親を呼んだのも、お前の妻が旅立つ前に、心の憂《うれ》いを取り除いておこうというご配慮だろう。彼女は、結婚によってお前と両親の仲を引き裂いてしまったという罪悪感をずっと抱えていたようだからな」

（そ、そうだったんだ……）

思いもよらなかったガネーシャの優しさに、涙が出そうになった。

死神は続けた。

「何より、私がお前に出した『自分の死後、人に伝えたいメッセージを書く』という課題も、ガネーシャ様がお前の妻に出していたものだ」

その言葉を聞いて、全身に緊張が走った。「志織の死後のメッセージ」と聞いて思い当たるものは一つしかない。

死神は言った。

「お前は、まだ読んでいないな?」

死神の言葉に、複雑な表情でうなずいた。

志織が残してくれた手紙の封を、僕はまだ開けることができていない。

それは志織が生きていた最後の証であり、もし手紙を読んでしまったら、志織が、もうこの世界に生きていないことを認めなければならない気がしていたからだ。

死神は言った。

「まあ、読む読まないはお前の自由だが……今のお前は、彼女が望んでいたのとは違う生き方をしているように見えるからな」

死神の言わんとしていることが身に染みて分かった僕は、深く頭を下げた。

――死神は、その外見やイメージとは違い、何かと僕を助けてくれた。彼（もしくは彼女）にはどれだけ感謝をしてもし足りない。

（どうして死神は、こんなに親身になってくれるのだろう）

ずっと感じていた疑問を口にするのは今しかないと思ってたずねると、死神はしばらく沈黙してから、

「このことは固く口止めされていたのだが……」

と前置きして言った。

「頼まれたのだ。ガネーシャ様に」

「えっ……」驚く僕に向かって、死神は続けた。

「ガネーシャ様がお前の妻の元に降臨されて、しばらく経ってからのことだ。突然、私を呼び止めて、『神だけに、紙渡すわ』と差し出されたのが台本だった。そして、ガネーシャ様はこうおっしゃったのだ。『死神はんには特別出演ちゅう形でやってもらいたいねん』。まあ、全部が全部、台本どおりというわけでもなかったが……お前の前で私にきつく当たるというのもガネーシャ様の演出でな。あとから必ず、『死神はん、大丈夫やったか？』『さっきの言い方きつかったやんな？ ほんま、堪忍やで』『前から思てたんやけど、その大鎌めちゃめちゃイケてるやん。どこで買うたん？』などとフォローを入れてくださったのだ」

（お笑い芸人がバラエティ番組の収録中に口喧嘩になったあと、楽屋で仲直りするみたいなやりとりじゃないか――）

呆れつつも懐かしさが込み上げてくるのを感じていると、死神は遠くを見るようにして言った。

「まあ、人間の夢をかなえるという奇特な趣味をお持ちの方だからな。私の理解の及ばぬ存在だったよ」

死神も、ガネーシャのことを懐かしんでいるようだった。

それから死神は、何かを思いついた様子で口を開いた。

「そういえば、お前たち人間は、『夢は、追っているときが一番楽しい』などと言うことがあるな」

唐突な話題に戸惑いながらもうなずくと、死神は続けた。

「光が差す場所には必ず闇が生まれるように、夢も、かなえてしまうとその裏側に隠れていた闇を知ることになる。完全な光を見ていられるのは、夢を追っているときだけだ」

そして、死神は言った。

「だとするなら、過去、多くの人間がしていたように、死後の世界を想像し、そこが光で満たされた場所だと考えたのはあながち間違いではなかった気がするがな。それはつまり、生きているあいだを『夢を追っている』状態にすることができるからだ」

僕は、死神の話を聞きながら、ガネーシャに「人は死んだらどうなるのか」と質問したときのことを思い出した。

ガネーシャはあのとき「自分はどっち派？」と聞いてきた。もし僕が死後の世界を信じているると答えていたとしたら、ガネーシャはどんな風に教えてくれていたのだろう……。

死神は、大鎌を持ち直すと、トンと床に立てて言った。

「まあ、せいぜい好き勝手に、死ぬまで生きるがいい。死後のことは、死んでからのお楽しみだ」

そして死神は、歯をカタカタと鳴らしながら消えていった。

＊

志織のお墓の前にやってきた僕たちは、墓石の周りを丁寧に掃除して、花とお供え物を置いた。それから線香と、合羽橋で買った特大のろうそくに火をつけ、両手を合わせて目を閉じた。

しばらくしてから隣を見ると、晴香はまだ目を閉じて両手を合わせたままだった。彼女は志織とどんな会話をしているのだろうか。

お墓から最寄り駅までの帰り道、祖父母に挟まれて両手をつないで歩く晴香の姿を、少し遠くで見守りながら思った。

もし、この輪の中に志織がいたら、どれだけ幸せだっただろう。

そして、その光景はもう決して見ることができないという事実に、胸が締めつけられた。

両親を新幹線の駅まで送り、自宅に戻った僕は、晴香と志織の部屋に向かった。志織がいたときのままにしてあるこの場所で唯一変わったのは、奥に置かれた小さな仏壇で、下段の引き出しに志織の手紙が仕舞ってある。

僕は、引き出しを開けて手紙を取り出すと、自分の部屋に行き、机の上に置いた。

しばらくの間、手紙を見つめていたが、覚悟を決めて封を開けた。

震える指で便箋《びんせん》を取り出して広げると、志織の綺麗な手書き文字が目に飛びこんできた。

あまりの懐かしさに胸が熱くなり、読み進めずにはいられなくなった。

僕は、志織の手紙を読み始めた。


あなたがこの手紙を読んでいるころには、私の葬儀は終わっているでしょうか。それとも、まだ葬儀の最中でしょうか。

いずれにせよ、すごく心配です。

葬儀の内容をはじめ、普段の掃除や洗濯の仕方、買い物で気をつけることなど、思いつく限りノートにまとめておきましたが、実際の生活が始まると、想定できないこともたくさん起きると思います。

できるだけ一人で抱え込まず、ほどほどに手を抜きつつ、周囲の人の力も借りながら日常生活を築いていってもらえたらうれしいです。

ところで、こうして手紙を書くことにしたのは、私の意識がまだはっきりしているうちに、あなたに伝えておきたいことがあるからです。

まず、最初に、病状のことを隠していて本当にごめんなさい。

私の選択が正しかったのかどうか、こうして手紙を書いている今も、正直、自信がありません。

ただ、生きられる時間が少ないと分かったとき、私にとって大事だったのは、残りの人生をどう過ごすかよりも、これからも生きていくあなたと晴香が、今まで以上に素晴らしい人生を送るために何ができるのかということでした。

ガネさんがあなたと晴香に伝えてくれたことは、これからの二人の人生を支えてくれる宝物になると信じています。

あなたには話したことがありますが、私は、中学生のときに、母を亡くしました。

父はすでに他界していたので、学校が終わったあと、ほとんど毎日病院に通い、その日の様子を聞き、必要なものがあれば差し入れをしていました。

そのとき母は、心が弱くなっていたこともあると思いますが、私の顔を見るといつも言っていたことがあります。

それは、

「あなたを病気にしてしまってごめんなさい」

ということでした。

私は、母からその言葉を聞くたびに、心が苦しくなりました。自分が病気であることが、すごくみじめで、良くないことのような気がしたのです。

また、母の死後に引き取られた親戚の家では、薬代がかさんだり頻繁《ひんぱん》に病院に行かねばならないことをいつも責められていました。そのこともあって病気への後ろめたさはさらに強くなり、新しい友達ができても、病気のことを知られたら離れていってしまうんじゃないかという不安がいつもあって、深い関係になることができませんでした。

あなたに会うまでは。

あなたは、私が初めて病気について打ち明けた日のことを覚えていますか？

薬が手放せない体であること。低血糖の症状が出やすかったりお腹を壊しやすかったりするから遠出が苦手だし、何より、この病気は子どもに遺伝する可能性があること……病気に関するすべてを伝え終えた私に向かって、あなたは不安そうな顔で言いました。

「ところで、さっきの返事をまだもらってないんだけど、付き合ってもらえるのかな？」

あの言葉が、私にとってどれだけうれしかったか。

あの言葉を聞いたとき、私は、命を絶ってしまいたくなるくらいの苦しい日々を生きてきて、本当に良かったと思えました。

そして、このことを伝えるのが今になってしまって、本当にごめんなさい。

あのときのあなたの言葉は、私にとってあまりにも特別で……私は、あなたや晴香と過ごす日常が何よりも幸せだったから、そのことを口にしてしまうと何かが変わってしまう不安があったのかもしれません。

また、こういった特別なことではなくても、伝えられていないあなたの魅力はたくさんあります。たとえば、私はあなたの笑顔が大好きで、あなたが笑うたびに、晴香も将来こんな風に笑うようになるのかなと思いながら、幸せな気持ちで見ていました。

あとは、家で切れそうになっている日用品を補充して「買っておきました」と付箋《ふせん》を貼ってアピールするところとか、抜け毛を気にして櫛《くし》にたまった髪の毛を数えながら掃除していたりするところとか、可愛いところがいっぱいあって……ただ、あなたは、体調が悪い私を気遣って、いつもさりげなく、家の中のことを手伝ってくれていました。そんなあなたの優しさがあったから、私たちは「普通」の家族でいられたのだと思います。

他にもあなたの素敵なところはたくさんあるけれど、あまり褒めすぎると調子に乗るかもしれないし、まだ若いあなたには今後も素敵な出会いがあるでしょうし……ただ、もしそんなことがあった場合、あなたの髪の毛の抜けるスピードが八倍速になる呪いをかけておきました（冗談です）。

——それでは、最後になりますが、
もう一つだけ、あなたに伝えておきたいことがあります。

それは、夢についてです。

生きられる時間が残り少ないと分かったときは、できる限りのことをこなすのに頭がいっぱいで、不安になる暇もありませんでした。でも、その日が徐々に近づいてくるにつれ、それまで目を逸らしていた分も積み重なるかのように、激しい不安に襲われました。

あなたや晴香と離れたくない。もっと、ずっと、一緒にいたい。

その気持ちが強まれば強まるほど、死への恐怖も大きくなっていきました。

そんなとき、私は、夢の手放し方について教わったのです。

人間はこの世界にあるものを別々に認識してしまっているけれど、本当は同じものが形を変え続けているだけで、すべてのものはつながっている。

だから、死は存在せず、恐れる必要はないということ。

この話は、私の恐怖を和らげ、安らぎを与えてくれました。

ただ、この世界観のすべてを受け入れ、「自分」という存在を手放して癒されていくこともできたのかもしれませんが、私には、どうしても消すことのできないものがありました。

それは、

「この病気になる人が一人でも減ってほしい」

という思いです。

私は、この病気に苦しめられ、恨んだこともたくさんありますが、同時に、受け入れることができている部分もあります。

私が病気じゃなかったら、あなたや晴香と出会えていなかったかもしれない。

私が病気じゃなかったら、あなたや晴香からこれほどの喜びを与えてもらえなかったかもしれない。

もし、この人生で経験することができた幸せのために病気が必要だったのだとしたら、私はこの体で生まれて良かったと思います。

でも、もし晴香がこの病気になっていたとしたら。

そして晴香の子どもに、この病気が伝わってしまったとしたら――。

私は、やっぱり、この病気がなくなってほしい。少なくとも、病気を持っていたとしても他の人と同じくらいの年齢まで生きられるようになってほしいと、願わずにはいられません。

ただ……私はこの病気と戦い続けることができませんでしたが、生きている間に様々な進歩がありました。まだ実用化には至っていないものの、新たな治療法に関する研究が医学誌に発表されたこともありました。

だから、数年後、数十年後に、この病気はなくなる可能性があります。

このことは何を意味するでしょうか。

そう。

私の夢は、かなうのです。

私が生きている間にはかなえられませんでしたが、夢はいつか、かなうのです。

あなたは、今、この世界には、かなわない夢があると思っていませんか？

あきらめなければならない夢があると思っていませんか？

確かに、一人の人生だけを切り取って見れば、かなう夢も、かなわない夢もあるでしょう。

でも、一人の生が終わったとしても、夢がたすきのように、人から人へ渡されていくものだとしたら——。

夢が、ずっとつながっていくものだとしたら——。

すべての夢は、かなうのです。

だから、もし今、あなたが、かなわない夢があると感じているのだとしたら、そんなことはないと伝えたいです。

夢は、かなえなければならないものではありませんが、同時に、かなえたい夢を持つのは、本当に素晴らしいことです。

私は、生まれつき、この病気を持っていたことで、多くの夢をあきらめかけていました。

人を好きになること。

好きな人と一緒にいること。

好きな人と子どもをつくり、家庭を築くこと。

ほとんど不可能に思えた夢をかなえてくれたのは、あなたでした。

あなたは私に読んでくれた手紙の中で、「君をもっと幸せにできる人がいたんじゃないだろうか」と言っていましたが、私の人生を最高に幸せにしてくれたのは、あなたでした。

そんなあなたが――そして、晴香が――これからの人生でどんな夢をかなえていくのか、想像するだけで本当に幸せな気持ちになれます。

それでは、さようなら。

大好きな、大好きな、あなたへ。

私たちが、形を変えてつながっていく存在なのだとしたら、いつかまた、この世界のどこかで、あなたと出会いたいです。


——志織の手紙の上に、次から次へと涙の雫《しずく》がこぼれ落ちる。大切な手紙を汚したくなかったが、喪服の袖で何度ぬぐっても涙があふれ出てきてしまった。

ハンカチで涙をふいた僕は、一度大きく息を吐くと、志織の手紙に書かれてある「夢」についての部分を読み返した。

——そうだ。そのとおりだ。

確かに、偉人たちはみな——ダ・ヴィンチもディズニーもエジソンもアインシュタインも——最後の夢をかなえることができなかった。

でも、偉人たちがこの世を去っても、夢は、死ななかったんだ。

そして、過去の偉人たちが思い描いた夢の多くは、すでに誰かの手によってかなえられ、まだかなえられていない夢をかなえるのは——今を生きる、僕たちだ。

僕は、感動で胸を震わせながら手紙の上に落ちた涙をハンカチでふき取り、丁寧に畳もうとした、そのときだった。

手紙の左隅に、小さな手書きの文字が記されているのを見つけた。

Produced by ガネーシャ

（ガネーシャ――）

志織と明らかに違う筆跡の文字は、ガネーシャが勝手に書き込んだものだろう。

ガネーシャの、あまりにもバカバカしくてくだらない行動に――新たな涙が込み上げてきてしまう。

ガネーシャと出会い、ガネーシャの教えを実践していた日々を思い出しながら、僕は部屋の扉を開けて言った。

「晴香……晴香！」

晴香を探して家の中を歩いていくと、

「どうしたの、パパ」

彼女は食卓の前にいて、ちょうどあんみつを食べ終えたところだった。晴香も、志織の一周忌をきっかけに、ガネーシャのことを思い出していたのかもしれない。

僕は、興奮した口調で晴香に言った。

「晴ちゃん、今日から一緒に、健康に良いことを始めよう！」

「何なの、いきなり」

不審そうな表情を浮かべる晴香に向かって、そのままの調子で続けた。

「いきなりでいいんだよ。僕たちはいつ、何を始めてもいい。どんな夢に向かって進み始めてもいいんだ。だって、それが——生きるってことなんだから！」

そして僕は、晴香が食べ終えたあんみつの容器を指差して言った。

「とりあえず、今食べたあんみつ一個分のカロリーを運動で消費するっていうのはどうかな？」

すると晴香は、しばらく僕を見つめてから言った。

「パパはあんみつ一個じゃ足りないでしょ」

「え？」

晴香は無言のまま、僕のお腹を指差した。

僕がおそるおそるシャツをまくり上げると、一年間の食生活の乱れによって作られた、たるんだお腹が現れた。

「ガネちゃんと同《おな》じだね」

晴香がそう言って笑い声を上げると、苦笑いを浮かべていた僕も楽しくなってきて、一緒に声を出して笑った。

以前よりも、少し広く感じられるようになってしまった食卓に、笑い声が満ちあふれた。

ガネーシャの教え

「健康に気を遣うんは、長生きするためだけちゃうで。これまでは面倒くさがってた健康を大事にする習慣を身につけられれば、自分の行動を管理して目標を達成できるようになる。つまり――夢をかなえられるようになるっちゅうことや」（P.68）

健康に良いことを始める

「自分が死んだあとどんな手続きが必要になるか。多くの人にとって、目を背けたくなる現実や。ただ、その苦しさから逃げんと、冷静に見つめて対処する姿勢を持てれば、ダーウィンくんみたいに自分の死後も家族を守れる力が身につくはずやで」（P.88）

死後に必要な手続きを調べる

「もちろん、今やってる仕事の中に情熱を見出していくんも大事やで。ただ、もし自分がこれまでの人生で、情熱を燃やせる分野を本気で探してこうへんかったなら、いったんお金のことを脇に置いて自由に考えてみいや。言うても、仕事を生活の手段やて割り切ったとき、一番脇に置いてかれるのが、やりたいこと――つまり、情熱やからな」

（P．101）

お金の問題がなかったらどんな仕事をしたいか夢想する

「『やる』て決めたその瞬間から、やれることはなんぼでも生まれてくんねん。（中略）なんぼ大きくてかないそうにない夢でもな、その夢に近づくためにできることは、今、この瞬間にあるんやで」（P．110）

大きな夢に向かう小さな一歩を、今日踏み出す

「自分、仲違いして疎遠になってもうてたり、お世話になったのにお礼が言えてへん人おらへんか？　そういう人に直接会って心のわだかまりをといてみい。それができる器の持ち主こそが、会社や家族を末永く繁栄させられるんやで」（P．122）

人に会ってわだかまりをとく

「頭で考えて終わりにするんやのうて、まずは書き出してみることが大事やねん。できへんかもしれんて考え始めると、楽しくなくなってまうやろ？　せやけど、ワクワクしながら気軽に書き出していけば忘れてもうてた願望を思い出せるし、気持ちが高まれば行動に移したなるから実現しやすくなるもんやで」（P．151）

「死ぬまでにやりたいことリスト」を作る

「自分、アリとキリギリスの童話知ってるやろ？　アリは将来の不安に備えて、『今』を使て貯えてる。それは悪いことやあれへん。ただ、キリギリスのように『今』を楽しむことも大事なんやで。あの童話は、ずっと遊んどったキリギリスが最後に後悔して終わるけどな。自分の人生に後悔せえへんために大事なんは、アリとキリギリス、どっちかの生き方に囚われるんやのうて、自分が本当に望む方を選べるようになることなんやで」（P．159）

経験したことのないサービスを受ける

「アリとキリギリスの生き方、どっちも選べることが大事やて言うたやんな？　せやったら昨日は高級寿司やったんやから今日は逆の節約寿司にするのが道理やろがい！」

（P．165）

節約を楽しむ

「ワシはな、人に迷惑かけることがええことやて言うてるわけやないで。ただ、人の評価を大事にしすぎるちゅうことは、自分がほんまに大事にせなあかんもんを見失ってまうことでもあるんやで」（P．177）

思い切って仕事を休む

「たとえば心臓は、自分が生まれてから今日に至るまで、一回も休まずに全身に血を送ってくれてる。肺は、自分が意識せんでも呼吸をしてくれてる。体は二十四時間体制で自分を支えてくれてんねん。せやのに自分は、それが当たり前や思うて全然労わってこうへんかったやろ？　ワシに言わせたら、自分は、体ちゅう従業員をないがしろにしてきたブラック企業の経営者やで」（P．187）

自分の体に感謝する

「自分を身近で支えてくれてる人に対しては、色々してもらうのが当たり前になってもうてるやろ？　でも、『働く』の語源が『傍《はた》を楽にする』て言われるように、傍《そば》にいる人の苦労が分かって感謝できるようになれば、世の中の人らの苦労を減らせるサービスも生み出せるようになるんやで」（P．２０５）

身近な人に感謝の言葉を伝える

「判断に迷うちゅうことは、自分の本心と、周囲からの期待が合うてへん場合がほとんどやねん。そんで、自分がこれまで周囲の人の気持ち大切にしてきたんなら、違う方を選択する勇気も持たなあかん。その両方を経験して初めて、自分にとってほんまに大事なもんが何か分かるんやからな」（P．２１１）

周囲の期待と違う行動を取る

「『頑張りすぎても意味がない』て言う人おるやろ？　でも、それは実際に頑張ってみて、これ以上やってもプラスにならへんちゅうラインを知ったとき初めて言える言葉や。ほとんどの人は、『頑張りすぎても意味がない』ちゅう言葉を、頑張らへんことの言い訳にしてまう。せやから、自分の内に秘めとる能力を最大限引き出せてへんのやな。ここが限界やて思たとこから、もうひと踏ん張りしてみい。そしたら、自分の限界が実はもっと先にあったちゅうことが分かる。そんとき自分は――『ジ・ジブン』になれるんやで」（P．221）

限界を感じたとき、もうひと踏ん張りする

「オバマくんの父親も幼いころに自分の母親と引き離され、同じような苦しみを経験してたことが分かったんや。すべてを知ったオバマくんは父親の墓石の前で泣き崩れてな。『自分が人生で感じた痛みは、父が感じた痛みだ』て、父親との深いつながりを感じて癒されたんやで」（P．251）

両親の生い立ちを知る

「自分は未来に縛られすぎて、これまで夢をかなえてきた自分を忘れてもうてんねん。周りと比べて『たいしたことない』て思てもうたり、かなえた夢に新しい夢を上書きしてもうたりして、なかったことにしてもうてんねんな」（P．313）

かなえてきた夢を思い出す

「職場の同僚や町ですれ違う人……自分が関わるすべての人には、必ずどこかしらに人として至らへん部分があるやろうけど、受け入れる姿勢を持ってみるんや。（中略）他人は自分の鏡て言うけども、他人に完璧さを求めるちゅうことは、それ以外のことに対しても——とりわけ、自分自身に対して——完璧さを求めてまうねんな。そういう人は、自分の欠点が気になって頭から離れんし、普段の生活でも嫌なことばっか目についてまうから、いつもイライラして苦しむことになってまう」（P．326）

他者の欠点を受け入れる姿勢を持つ

「人の欠点が気になってまうんは、欠点に焦点をあてることで、あたかも欠点がその人全体を表しているように感じてもうてるからや。でも、欠点があるちゅうことは、その欠点が支えてる長所が必ずあんねん。せやから、その長所にも目を向けるようにしてみいや」（P．328）

見る場所を変える

「赤ちゃんはな、自分で望んだわけやないのに、突然、この世界に生み出されてん。そんで、真っ白なキャンバスの赤ちゃんに、両親や周りの人、周囲の環境、身に起きた出来事、その時代の空気……色んなもんが絵描いてったわけや。そうやって、少しずつ、少しずつ作り上げられてきた人が、今、目の前におる。そのことが想像できたら、もし嫌なことを言われたとしても——もちろん、その人に責任がないちゅうわけやないけども——完全に否定するんやのうて、この世界に生み出されて悩んだり苦しんだりしながら生きてきた一人の存在として、尊重する気持ちを持つことができるんちゃうかな」（P．329）

相手の背景を想像する

「人を嫌ったり、人の行動にイライラしたりするちゅうんは、知らず知らずのうちに他人に完璧さを求めてもうてるちゅうことや。ただ、『ああ、今、自分は、相手が完璧じゃないことにイライラしてるな』て気づくことができれば、その感情と距離を置けるんやで」（P．331）

他人に完璧さを求めている自分に気づく

「この世界にあるものは、ほんまは『同じもの』が変化し続けている――すべてはつながっている――んやけど、自分らはその一部だけを切り取って、岩、石、砂、て名前をつけて、別々のものとして認識しとる。そういうものの見方が当たり前になってもうてるから、全体と自分を分けてとらえてまうんや。（中略）夢が生み出す苦しみから逃れる方法はな、目の前にある石が、かつては岩だったことや、これから砂になることを思い出すことや。自分らが、岩、石、砂て分けて呼んでるもんは、ほんまはつながってる一つのものであり、そのつながりの中に自分も含まれとるちゅうことをな」（Ｐ．３４５）

つながりを意識する時間を持つ

「全部がつながってる世界では、死の不安や苦しみは存在せえへん。そもそも死が存在せえへんからな。ただ、その分、生きることの喜びや感動も存在できへんのや。なんで赤ちゃんが泣きながら生まれてくるか分かるか？　それはな、母親とヘソの緒でつながってる安らぎの世界から切り離されたからや。ただ、そうなることで初めて、自分とは違う『母親』の存在を知り、『笑う』ことができるようになんねんで。（中略）人間が存在する理由は何か？　それは、苦しみも、その苦しみに支えられた喜びも、すべてを『経験』するためや。水にも、土にも、木にも、他の生き物にもできへん、人間という形でしかできへん

『経験』をするためなんや」（P．365）

喜怒哀楽を表に出す

死神の教え

「人間が死に際に後悔する十のこと」（P．63）

本当にやりたいことをやらなかったこと

健康を大切にしなかったこと

仕事ばかりしていたこと

会いたい人に会いに行かなかったこと

学ぶべきことを学ばなかったこと

人を許さなかったこと

人の意見に耳を貸さなかったこと

人に感謝の言葉を伝えられなかったこと

死の準備をしておかなかったこと

生きた証を残さなかったこと

自分の死後、人に伝えたいメッセージを書く

「死後の手続きなどではなく、お前の死後もこの世で生き続ける者たちへ伝えるべきことを書き遺すのだ」（P．263）

【死神の引用名言】

「一人の死は悲劇だが、一〇〇万人の死は統計上の数字にすぎない」

アドルフ・アイヒマン　ドイツの軍人（P．62）

「死の準備をするということは、充実した人生を送るということだ。人生の充実によって死の恐怖は和らぎ、安らかに死を迎えられる」

トルストイ　ロシアの文豪（P．66）

「死が訪れたとき、死ぬのは俺なんだ。だから俺の好きなように生きさせてくれ」

ジミ・ヘンドリックス　アメリカのミュージシャン（P．107）

「死は人生の終末ではない。生涯の完成である」

マルティン・ルター　ドイツの神学者（P．215）

「死者の命は、生者の心の中に生き続けることにある」

キケロ　古代ローマの思想家（P．263）

「死が悪でないことは大きな幸福である」

プブリリウス・シルス　古代ローマの詩人（P. 290）

偉人索引・用語解説

縄文杉　Jomon-sugi〈P．21〉
鹿児島県の屋久島に自生する最大・最古の屋久杉。木の高さは25メートル、周囲は16メートルであり、樹齢は2000年～7200年と言われている。

M－1　M－1 Grand Prix〈P．26〉
毎年、年末に行われる漫才コンクール。テレビ朝日系列で全国放送され、優勝賞金は1000万円。コンビ結成から15年以内であれば、プロアマ問わず参加できる。

プルーフ　proof〈P．27〉
証拠。証明。

アイコス　IQOS〈P．33〉
米・フィリップモリス社が提供している加熱式たばこ。世界シェアの7割を日本が占めている。

レオナルド・ダ・ヴィンチ　Leonardo da Vinci（1452～1519）〈P．34、151、298〉
イタリアの芸術家。絵画以外にも音楽、建築、数学、天文学、物理学、解剖学など様々な分野で業績を残し、万能の天才と呼ばれた。ルーヴル美術館に展示されている『モナ・リザ』は彼の最高傑作と名高い。かつて盗難に遭い、かのパブロ・ピカソが犯人ではないかと疑われた（真犯人はのちに逮捕された）。

ハニカミ王子 Ryo Ishikawa（1991〜）〈P．41〉
日本のプロゴルファー、石川遼選手の愛称。高校一年生の時にプロの大会で優勝。男子ツアー世界最年少優勝としてギネスブックに登録された。ちなみに、「ハンカチ王子」として知られているのは、プロ野球北海道日本ハムファイターズ所属の斎藤佑樹投手。

シェイクスピア William Shakespeare（1564〜1616）〈P．54〉
英国の劇作家。卓越した人間観察眼による心理描写で、最も優れた劇作家と称される。本文中の「天と地の間には〜」という台詞は代表作で四大悲劇の一つとして知られる『ハムレット』内のもの。

NO MORE映画泥棒のCM〈P．55〉
映画館で本編の前に上映される映画盗撮・録音禁止キャンペーンのCM。頭がビデオカメラになった人物がクネクネと踊りながらパトランプ頭の人物の追及を逃れようとするも、最終的に逮捕される。

アドルフ・アイヒマン Adolf Otto Eichmann（1906〜1962）〈P．62〉
ナチスドイツの親衛隊将校。ヒトラー政権の下、ユダヤ人担当課に配属され、ユダヤ人撲滅作戦の責任者の一人として、ユダヤ人の大量虐殺に加担。戦後、潜伏先のアルゼンチンで身柄を拘束され、1962年、イスラエルで死刑に処された。

トルストイ　Ru-Lev Nikolayevich Tolstoy（１８２８〜１９１０）〈P．66〉
ロシアの小説家。ドストエフスキー、ツルゲーネフと並んで19世紀のロシア文学を代表する作家として知られている。代表作に『戦争と平和』『アンナ・カレーニナ』など。

伊能忠敬　Tadataka Ino（１７４５〜１８１８）〈P．67〉
江戸時代の商人・天文学者。50歳で隠居をすると、19歳年下の天文学者に弟子入りし、天体観測や測量の技術を学ぶ。55歳で日本地図の作成に着手。弟子とともに日本全国をあまねく測量する。地図製作は忠敬の死後も弟子に受け継がれ、21年の歳月をかけてようやく完成した。

ジェットカウンター〈P．78〉
パチンコの出玉の数を計測する機械。箱型をしており、玉を流し込むことで自動的に出玉数が計算されて紙に印字される。

武豊　Yutaka Take（１９６９〜）〈P．79〉
日本の競馬騎手。年間リーディングジョッキー（最多勝利）を18回獲得。競馬界で数々の最年少記録を塗り替え、天才と称される。競走馬に関する記憶力も抜群で『歩く競馬四季報』というニックネームがつけられた。

岡部幸雄 Yukio Okabe（1948〜）〈P．81〉
日本の元競馬騎手で現競馬解説者。長年トップジョッキーとして競馬界に君臨。武豊に抜かれるまで、日本中央競馬会（JRA）の最多勝記録を保持していた。日本競馬界で初めてエージェント制を導入した人物としても知られる。

チャールズ・ダーウィン Charles Robert Darwin（1809〜1882）〈P．88〉
英国の自然科学者。父から譲り受けた資産を土地や鉄道株に投資して大幅に増やすなど、投資家としても相当の手腕を誇った。新聞を熟読するなどして世の中の事情に精通していた彼の晩年の資産は、日本円で60億円を超えていたという。

人生ゲーム〈P．95〉
タカラトミーから発売されているボードゲーム。盤面にあるルーレットを回して、双六《すごろく》のようにして遊ぶ。1968年より発売され、改良を繰り返しながら、いまなお人気を博し続けている。

ビル・ゲイツ William Henry Gates III（1955〜）〈P．98〉
世界最大のコンピュータ・ソフト会社マイクロソフトの創業者。1000億ドル以上と呼ばれる資産を有するが、近年、富裕層が気候変動をもたらすと世界に警鐘を鳴らし、ジェフ・ベゾス（アマゾン創業者）らとともに、気候変動問題に取り組む企業に投資する巨大ファンドを立ち上げた。

ポール・アレン　Paul Allen（１９５３〜２０１８）〈Ｐ．99〉
ビル・ゲイツとともにマイクロソフトを立ち上げた資産家。大の読書家で、高校時代から哲学書や物理学書、数学書などを読み漁っていたという。

YouTube〈Ｐ．１０５〉
世界最大の動画共有サービス。動画に広告を結びつけることでお金を稼ぐ「ユーチューバー」も多く現れ、日本の小学生男子の「なりたい職業ランキング」で1位になるなど、社会現象となっている。

ジミ・ヘンドリックス　James Marshall Hendrix（１９４２〜１９７０）〈Ｐ．１０７〉
アメリカのギタリスト、シンガーソングライター。独創的なパフォーマンスと斬新な音楽性で多くのファンを獲得。ハードロックの原型を作ったと言われる。日本での愛称は「ジミヘン」。

キング牧師　Martin Luther King, Jr.（１９２９〜１９６８）〈Ｐ．１０８〉
米国の公民権運動のために尽力した牧師。当時、アラバマ州モントゴメリー市では白人とアフリカ系アメリカ人で乗車区画を分けるバスが運行されていたが、バス・ボイコット運動を指導。ローザ・パークス逮捕から2年後、強い世論に圧され、市は人種分離区画を撤廃した。

ローザ・パークス　Rosa “Lee” Louise McCauley Parks（１９１３〜２００５）〈Ｐ．１０８〉
米国の公民権運動活動家。彼女の逮捕によって市バスを利用するアフリカ系アメリカ人たちの間でボイコットが起こり、収益の多くを彼ら彼女らの乗車賃で賄っていた市は経済的に大きな打撃を受けた。

レイ・クロック　Raymond Albert Kroc（１９０２〜１９８４）〈P．１１０〉
ハンバーガーチェーン店、マクドナルド・コーポレーション創業者。マクドナルド兄弟が営む店の味と営業の仕組みに感銘を受け、フランチャイズ化を提案。全世界に店舗を拡大した。ちなみにマクドナルドのキャッチフレーズ"I'm lovin' it"の意味は「私のお気に入り」。

スティーブ・ジョブズ　Steven Paul Jobs（１９５５〜２０１１）〈P．１２１〉
世界的コンピューターメーカー、アップルの創業者。非凡なデザインセンスでiPhoneやiPadなど独創的な商品を次々と世に送り出し、時代の寵児と呼ばれた。ライバルであったビル・ゲイツはジョブズの死後、「彼は人を魅了する魔法使いのようだった」と絶賛した。

ラリー・ペイジ　Lawrence Edward "Larry" Page（１９７３〜）〈P．１２１〉
グーグルの共同創業者。父は大学教授、母は教師であり、幼いころからコンピューターに精通し、６歳時には持っていた絵本をプログラミングして遊んでいたという。

ビル・ヒューレット　Bill Hewlett（１９１３〜２００１）〈P．１２１〉
コンピューター関連製品の開発・サポートなどを行うヒューレット・パッカード社の共同創業者。元手５００ドルほどで始めた会社の創業地である車庫（ガレージ）はシリコンバレー発祥の地と呼ばれ、２００

7年にアメリカの国立公園局によって史跡として登録された。

エジソン　Thomas Alva Edison（1847〜1931）〈P．151、298〉
米国の発明家。エジソンがアイデアリストとして書き記した「エジソン・ノート」はその生涯で3500冊にもおよび、ことあるごとにそれを見返し、発明の着想に役立てていたという。

御木本幸吉　Kokichi Mikimoto（1858〜1954）〈P．153〉
日本の実業家。御木本真珠店（現・ミキモト）創業者。それまで誰も実現できなかった真珠の養殖を世界で初めて成功させ、「真珠王」と呼ばれた。発明王エジソンは御木本と対面した際、「私の研究所で発明できなかったものが二つある。ひとつはダイヤモンド。もう一つは真珠だ！」と激賞したという。

グラハム・ベル　Alexander Graham Bell（1847〜1922）〈P．158〉
英国スコットランド生まれの科学者・発明家。電話を発明した人物として知られている。競争相手のエリシャ・グレイがいたが、特許申請がグレイよりも2時間ほど早かったことで「電話の父」として知られるようになった。

チャップリン　Charles Spencer Chaplin（1889〜1977）〈P．169〉
英国出身の映画俳優・映画監督。旅芸人だった母親のハンナは、生活が苦しい中、ささやかな楽しみとして幼いチャップリンに通行人のモノマネやいろいろな話を一人芝居にして見せてやっていた。天才的と称されるチャップリンのパントマイムの基礎はそこでできたと言われている。

ジョン・レノン　John Winston Lennon（１９４０〜１９８０）〈P．１７７〉
英国出身のシンガーソングライター。世界的バンド『ビートルズ』のメンバー。妻であるオノ・ヨーコとの間に生まれた息子のショーン・レノンの名付け親は、世界的ミュージシャンのエルトン・ジョン。ショーンは長じてミュージシャンとなり、度々来日している。

富士急ハイランド　Fuji-Q Highland（１９６９〜）〈P．１８２〉
富士山の裾野にあるアミューズメントパーク。２０１８年7月より入園料が無料になった。

ド・ドドンパ　Do-Dodonpa〈P．１８３〉
富士急ハイランドにある絶叫アトラクション。『ドドンパ』が発射１・８秒で時速１７２キロに達していたのに対し、『ド・ドドンパ』は１・５６秒で時速１８０キロに到達する。風が強い日には運行休止になる場合があるが、運行状況は富士急ハイランドのホームページで確認することができる。

本田宗一郎　Soichiro Honda（１９０６〜１９９１）〈P．１８８〉
本田技研工業創業者。二輪車から始まり、一代でホンダを世界的な大企業へと発展させた。大企業の社長になってからも感謝と気配りを忘れず、「車の会社の人間が大渋滞を起こしては申し訳ない」と言って、自分の死に際しては盛大な社葬を行わないようにと遺言を残した。

松下幸之助　Konosuke Matsushita（1894〜1989）〈P．188、205〉
松下電器産業（現・パナソニック）の創業者。その経営手腕を信奉する実業家も多く、松下幸之助を題材にしたビジネス書は枚挙にいとまがない。「感謝」と「謙虚さ」を人生訓とし、「感謝の心が多ければ多いほど、幸福感は増すのだ」と説いていたという。

涅槃　nirvana〈P．193〉
仏教、ヒンドゥー教、ジャイナ教における概念。誕生・生・死の輪廻から魂が解放され、心の安寧を得た至福の状態を指す。

犬神家の一族　Inugamike no Ichizoku〈P．197〉
横溝正史の人気長編推理小説で、度々映像化されている。中でも1976年に公開された作品は日本映画の金字塔と高く評価され、映像中の「水面から突き出た逆さの両足」や「スケキヨの不気味な白マスク」は強いインパクトを与え、多くのパロディが生まれた。

食品サンプル　Shokuhin Sample〈P．199〉
飲食店の店頭のショーウィンドウなどに展示されている、料理の見本模型。日本独自の文化と言われており、東京・浅草合羽橋にある食品サンプル専門店には外国人観光客が頻繁に訪れ、お土産として買い求めているという。

豊田佐吉　Sakichi Toyoda（1867〜1930）〈P．206〉
日本の発明家・実業家。豊田自動織機製作所を興し、トヨタグループの礎を作った。佐吉の死後、佐吉の精神を記した五カ条からなる「豊田綱領」が、社員によって作られた。その中の一つに「神仏を尊崇し報恩感謝の生活を為すべし」という一文があるが、この神仏がガネーシャを指すかどうかは不明。

レイチェル・カーソン　Rachel Louise Carson（1907〜1964）〈P．210〉
米国の生物学者。当時、だれもが無関心だった環境問題に取り組み、ライフワークとした。農薬などの化学物質の危険性を指摘した著書『沈黙の春』は20数か国で翻訳、世界的なベストセラーとなり、環境保護運動を盛り上げるきっかけとなった。

マルティン・ルター　Martin Luther（1483〜1546）〈P．215〉
ドイツの神学者。宗教改革を行った人物として知られている。当時はラテン語で書かれていた聖書を民衆の言葉であるドイツ語に翻訳し、人々が歌いやすいように讃美歌を数多く作った。キリストの福音を人々に理解しやすくすることに人生を捧げた。

ジャック・ニクラウス　Jack Nicklaus（1940〜）〈P．220〉
米国のプロゴルファー。全盛期の圧倒的な強さから、日本では「帝王」のニックネームがある。彼が樹立した4大メジャー大会18勝の記録はいまだに破られていない（2位は15勝のタイガー・ウッズ）。

坂本龍馬　Ryoma Sakamoto（１８３６〜１８６７）〈P．２４３〉
江戸時代末期の土佐藩士。薩長同盟の仲介や、海援隊を組織するなど、諸外国に対して立場の弱かった日本を近代化し、強くすることに大きく貢献した。新しいことが好きで、日本初の新婚旅行をしたことでも知られる。くせ毛が激しく髷が結えなかったため、頭の後ろで一つに束ねていたと言われている。

バラク・オバマ　Barack Hussein Obama II（１９６１〜）〈P．２５０〉
米国の第44代大統領。ケニア人を父に持つアフリカ系アメリカ人初の大統領として8年にわたってアメリカを率いた。核兵器のない平和な世界を追求する姿勢を前面に押し出し、ノーベル平和賞を受賞。優れた演説と愛らしい笑顔で多くの国民の支持を得た。

ラグナル・ソールマン　Ragnar Sohlman（１８７０〜１９４８）〈P．２５４〉
科学者アルフレッド・ノーベルの助手。子どもがいなかったノーベルは、自分の死の間際、ラグナルを遺言の執行者として指名。ラグナルは周囲の反発に抗いながら、遺言の内容に従ってノーベル財団を立ち上げ、ノーベル賞の設立に貢献した。ラグナルの孫、マイケル・ソールマンもノーベル財団の管理代表者を務めた。

アルフレッド・ノーベル　Alfred Bernhard Nobel（１８３３〜１８９６）〈P．２５４〉
スウェーデンの科学者。ダイナマイトを発明して得た莫大な財産を、人類のために大きな貢献をした人間へ分配することを遺言状に残してこの世を去る。この遺言はノーベル賞として形になった。ノーベル賞には物理学、化学、医学・生理学、文学、経済学、平和賞があり、これまでの日本人受賞者は25人である。

安来節 Yasugibushi〈P．257〉
島根県安来市の伝統民謡。豆絞りの手ぬぐいを頭に巻き、鼻に銭（割り箸で代用することもある）をつけて踊る「ドジョウすくい」を含む。大正期を中心に全国で人気を博し、宴会芸の定番であったが、現在はあまり見ることがない。

キケロ Marcus Tullius Cicero（BC106〜BC43）〈P．263〉
古代ローマの思想家、政治家。著書の『国家論』『義務論』は秀逸な散文として高い評価を得、カントやモンテスキューといったのちの哲学者に大きな影響を与えた。

MEN Multiple Endocrine Neoplasia〈P．277〉
多発性内分泌腫瘍症の略称。遺伝子の変異などによって内分泌臓器（ホルモンを産生する臓器）が冒される病気で、1型と2型に分類される。発症は3〜4万人に1人とされ、現在でもMENそのものを治す方法は確立されていない。

プブリリウス・シルス Publilius Syrus（生没年不詳）〈P．290〉
古代ローマの喜劇作家。詩人。多くの金言、箴言を残すが、その素性はよく知られていない。

ウォルト・ディズニー　Walt Disney（１９０１〜１９６６）〈P．２９８〉
米国のアニメーター、プロデューサー、映画監督。世界的に有名なキャラクター「ミッキーマウス」の生みの親。「あらゆる世代の人が一緒になって楽しめるファミリーエンタテインメントを実現したい」という彼の夢を形にした「ディズニーランド」は「この世界に想像力が残っている限りは永遠に完成しない」テーマパークである。

アインシュタイン　Albert Einstein（１８７９〜１９５５）〈P．２９８〉
ドイツ生まれの理論物理学者。量子力学と並んで、現代物理学の基本的な理論である、相対性理論を提唱。二十世紀最高の物理学者と称される。相対性理論の発見後、40年を「宇宙の統一理論」の研究に費やしたが果たせなかった。アインシュタインの死後、統一理論へのアプローチは相対性理論ではなく量子力学から行うということが物理学界の共通認識となった。

オードリー・ヘップバーン　Audrey Hepburn（１９２９〜１９９３）〈P．３１３〉
ベルギー出身、英国人の女優。米ハリウッド映画で活躍。代表作に『ティファニーで朝食を』『ローマの休日』などがあり、特に日本での人気が高い海外女優の一人。幼少期から多くの苦難を経験した影響もあり、人生の後半はユニセフ親善大使を務め、アジア、アフリカなどで貧困にあえぐ子どもたちの問題を広く世界に訴えた。

西郷隆盛　Takamori Saigo（１８２８〜１８７７）〈Ｐ．３２５〉
薩摩藩士、政治家。薩長同盟の成立や江戸城の無血開城に奔走するなど、日本の近代化に大きく貢献した。ユーモアと思いやりを持ち、誰からも好かれたと言われる。女中がみそを入れ忘れたみそ汁を出したところ、女中を気遣い「これはうまい」と言っておかわりをしたというエピソードがある。

タレス　Thalēs（ＢＣ６２４頃〜ＢＣ５４６頃）〈Ｐ．３４５〉
古代ギリシャの哲学者。「〇〇とはなにか」という相互的な問いをしたという意味で、最初の哲学者と呼ばれている。また、数学や天文学、測量術などにも明るく、今のような測量道具がない時代に、相似形の性質を用いてピラミッドの高さを測ったと言われている。

ヘンリー・ディヴィッド・ソロー　Henry David Thoreau（１８１７〜１８６２）〈Ｐ．３４７〉
米国の作家、思想家。マサチューセッツ州ウォールデン湖畔での自給自足の生活の記録をまとめた『ウォールデン　森の生活』は自然描写だけではなく、経済や文学、人生哲学についても深い洞察をもって語られており、のちの思想家や作家にも大きな影響を与えた。

合羽橋　Kappabashi〈Ｐ．３５６〉
東京都台東区の浅草と上野の中間にある、食器具、包材、調理器具、食品サンプル、調理衣装などを扱う道具専門の問屋街。約８００メートルの通りに２００軒近くの店が並び、プロ用の調理道具から個人で使える便利グッズまで、揃《そろ》わないものはないと言われる。

ヒゲボソゾウムシ　Phyllobius〈P．362〉
ゾウムシ科に属する昆虫の総称。口吻《こうふん》と呼ばれる伸びた頭の部分がゾウの鼻のように見えることから名称がついた。葉の裏などに潜む小さな虫だが、コヒゲボソゾウムシはその中でも小さく、体長は5ミリほどである。

風神　Fu-jin
風を司るとされる神で手に持つ袋に風を蓄えている。ギリシャ神話や北欧神話など世界各国で多くの伝承があり、様々な姿で描かれている。京都の建仁寺に伝わる、俵屋宗達の「風神雷神図屏風」が有名。

秋葉権現　Akiba-Gongen
山岳信仰と修験道が融合した神仏習合の神。火事を防ぐという霊験で知られる。明治時代、住居が密集する東京を襲った大火がきっかけで、火除け地として設けられた土地が現在の秋葉原である。

閻魔大王　Emma
仏教、ヒンドゥー教における地獄、冥界の主。冥界に来た死者の生前の罪を裁く。手に持ったハリセンみたいな板（ガネーシャ談）は笏《しゃく》と呼ばれる大王の権威の象徴。また、生前にウソをついたものの舌を抜くためにペンチのような「やっとこ」も持っている。

死神　Death

死を司るとされる神。世界中に似たような伝説が数多くあり、手にしている大鎌で魂を刈り取るとされている。日本における死神の有名な話として古典落語の演目『死神』があり、落語家たちによって様々なサゲ（オチ）が考案されている。

釈迦　zaakya（ＢＣ４６３～ＢＣ３８３　※諸説あり）

仏教の開祖。本名・ゴータマ・シッダールタ。インド北部の釈迦族の王子として生まれるが、病や老い、死といった逃れることのできない苦からの解放を求め出家。６年間の厳しい修行の末、仏の悟りをひらく。その後、死ぬまで多くの人々にそれを説いて回り、彼の教えはその後仏教と呼ばれるようになった。

ガネーシャ　gaNeza

人間の体とゾウの頭、４本の腕を持ったインドの大衆神。ヒンドゥー教の最高神のひとり、シヴァ神の息子として生まれ、仕事や学問、お金の神様としてインドを中心に高い人気がある。日本には平安時代に伝わり、聖天《しょうでん》、大聖歓喜天《だいしょうかんぎてん》、天尊《てんそん》、など様々な呼び名がついたが、親しみを込めて「聖天さん」と呼ばれることもある。

参考文献

『チャールズ・ダーウィンの生涯』松永俊男著（朝日新聞出版）
『人を動かす 一日一話活用事典』講談社編
『1000人の看取りに接した看護師が教える 後悔しない死の迎え方』後閑愛実著（ダイヤモンド社）
『武豊インタビュー集スペシャル 勝負篇』島田明宏著（廣済堂出版）
『身近な人が亡くなった後の手続のすべて』児島明日美／福田真弓／酒井明日子著（自由国民社）
『エンディングノート　もしもの時に役立つノート』コクヨ
『ぼくとビル・ゲイツとマイクロソフト』ポール・アレン著 夏目大訳（講談社）
『スティーブ・ジョブズ』ウォルター・アイザックソン著 井口耕二訳（講談社）
『レイチェル＝カーソン』太田哲男著（清水書院）
『Ｃｏｍｅ Ｔｏｇｅｔｈｅｒ ジョン・レノンとその時代』ジョン・ウィナー著 原田洋一訳（ＰＭＣ出版）
『死ぬときに後悔すること25』大津秀一著（新潮文庫）
『死ぬ瞬間の5つの後悔』ブロニー・ウェア著 仁木めぐみ訳（新潮社）
『まずは、あなたのコップを満たしましょう』玉置妙憂著（飛鳥新社）
『心の深みへ――「うつ社会」脱出のために』河合隼雄／柳田邦男著（新潮文庫）
『河合隼雄の幸福論』河合隼雄著（ＰＨＰ研究所）
『人間の達人 本田宗一郎』伊丹敬之著（ＰＨＰ研究所）
『働き方革命 あなたが今日から日本を変える方法』駒崎弘樹著（ちくま新書）
『交通事故を7割減らすたった2つの習慣』江上喜朗著 松永勝也監修（日本経済新聞出版）

『錯覚の科学』クリストファー・チャブリス／ダニエル・シモンズ著 木村博江訳（文春文庫）
『リスクにあなたは騙される「恐怖」を操る論理』ダン・ガードナー著 田淵健太訳（早川書房）
『毒になる親 一生苦しむ子供』スーザン・フォワード著 玉置悟訳（講談社＋α文庫）
『「毒親」の正体――精神科医の診察室から』水島広子著（新潮新書）
『帝王ジャック・ニクラウス 私の履歴書』ジャック・ニクラウス著 春原剛訳（日本経済新聞出版）
『創造の狂気 ウォルト・ディズニー』ニール・ゲイブラー著 中谷和男訳（ダイヤモンド社）
『代表的日本人』内村鑑三著（岩波文庫）
『森の生活』H・D・ソロー著 今泉吉晴訳（小学館）
『孤独の愉しみ方 森の生活者ソローの叡智』H・D・ソロー著 服部千佳子訳（イースト・プレス）
『アイデア大全』読書猿著（フォレスト出版）
『偉人たちのあんまりな死に方』ジョージア・ブラッグ著 梶山あゆみ訳（河出文庫）
『教えて、お坊さん！「さとり」ってなんですか』小出遥子著（KADOKAWA）
『アップデートする仏教』藤田一照／山下良道著（幻冬舎新書）
『死ぬ瞬間――死とその過程について』エリザベス キューブラー・ロス著 鈴木晶訳（中公文庫）
『人生は廻る輪のように』エリザベス・キューブラー・ロス著 上野圭一訳（角川文庫）
『仏教聖典』仏教伝道協会編
『文藝春秋』２０１６年３月号
『ＳＡＰＩＯ』２０１７年８月号
『女性自身』２０１２年９月４日号
『てんとう虫』２０１５年11月号
『名言ナビ』https://meigennavi.net/ 『名言＋Quotes』https://meigen-ijin.com/

水野敬也（みずの・けいや）

愛知県生まれ。著書に『夢をかなえるゾウ』シリーズほか、『雨の日も、晴れ男』『顔ニモマケズ』『運命の恋をかなえるスタンダール』『四つ話のクローバー』、共著に『人生はニャンとかなる！』『最近、地球が暑くてクマってます。』『サラリーマン大喜利』『ウケる技術』など。また、画・鉄拳の絵本に『それでも僕は夢を見る』『あなたの物語』『もしも悩みがなかったら』、恋愛体育教師・水野愛也として『ＬＯＶＥ理論』『スパルタ婚活塾』、映像作品ではＤＶＤ『温厚な上司の怒らせ方』の企画・脚本、映画『イン・ザ・ヒーロー』の脚本を手掛けるなど活動は多岐にわたる。

公式ブログ「ウケる日記」https://ameblo.jp/mizunokeiya/
Twitter アカウント　@mizunokeiya

夢をかなえるゾウ4 ガネーシャと死神

２０２０年７月14日　第１刷発行
２０２３年２月10日　第５刷発行

著　者　水野敬也
発行者　山本周嗣
発行所　株式会社 文響社
〒１０５-０００１
東京都港区虎ノ門２丁目2-5
共同通信会館９Ｆ
ホームページ　https://bunkyosha.com
お問い合わせ　info@bunkyosha.com
協　力　岩崎う大（かもめんたる）　長沼直樹
　　　　臼杵秀之　梶塚康太　井口靖浩　中村由紀人
Special Thanks　篠原一朗
編　集　畑北斗
印刷・製本　中央精版印刷株式会社
絵　矢野信一郎
装　丁　池田進吾 (next door design)

 ISBN 978-4-86651-240-2

本書に登場する名称や思想には著者の拡大解釈が含まれており、
実在のものとは異なる場合があります。